Femme Fatale

MISHA BELL

♠ MOZAIKA PUBLICATIONS ♠

Pubblicato da Mozaika Publications, stampato da Mozaika LLC.
www.mozaikallc.com

Traduzione italiana: Martina Pompeo

Copertina di Najla Qamber Designs
www.najlaqamberdesigns.com

Fotografia di Wander Aguiar
www.wanderbookclub.com

ISBN: 978-1-63142-760-2
Print ISBN: 978-1-63142-761-9

CAPITOLO
Uno

INFILO IL DITO nell'ano in silicone di Bill.

"Ma che diavolo!" esclama Fabio con un sussurro inorridito. "Quello si chiama infilzare. Devi essere delicata. Amorevole."

Grugnendo per la frustrazione, tiro via la mano di scatto.

L'ano di Bill produce un rumore di risucchio ingordo.

"Vedi?" dico. "Gli manca il mio dito. Non poteva essere poi *così* terribile."

"Senti, Blue." Fabio stringe gli occhi ambrati verso di me. "Vuoi il mio aiuto o no?"

"D'accordo." Mi lubrifico il dito ed esamino il mio obiettivo ancora una volta. Bill è un torso di silicone senza testa con gli addominali, un culo e un cazzo duro (o è un dildo?) che sporge, almeno di solito. In questo momento, quel povero arnese è schiacciato tra l'addome di Bill e il mio divano.

"Fai finta che sia la tua fica." Fabio storce il naso con

disgusto. "Sono sicuro che *quella* non la colpisci come un pulsante dell'ascensore."

"Di solito, mi strofino il clitoride, quando mi masturbo" mormoro, mentre aggiungo altro lubrificante al mio dito. "O uso un vibratore."

Fabio simula il rumore di un conato di vomito. "Non mi paghi abbastanza, per ascoltare schifezze del genere."

Con un sospiro, faccio roteare il dito in modo seducente intorno all'apertura posteriore di Bill per alcune volte, poi inserisco lentamente solo la punta dell'indice.

Fabio annuisce, quindi spingo il dito più in profondità, fermandomi quando la prima nocca è dentro.

"Molto meglio" commenta lui. "Ora, mira tra il suo ombelico e il suo uccello."

Rabbrividisco. Odio la parola "uccello" (così come tutto quello che riguarda i volatili). Tuttavia, faccio come mi viene ordinato.

Fabio scuote drammaticamente la testa. "Non piegare il dito. Non stai mica facendo cenno a qualcuno di avvicinarsi."

Tiro fuori il dito e ricomincio da capo.

Stavolta, il mio dito entra dritto come un'asta.

"Oh!" esclamo, quando arrivo alla profondità di due nocche. "C'è qualcosa lì. Sembra una noce."

Fabio sbuffa. "Quella *è* una noce, sciocchina. L'ho infilata lì dentro a scopo educativo. La prostata (o punto P) si trova all'incirca dove stai toccando adesso, ma quella vera è più morbida e liscia. Ora che l'hai trovata, massaggiala delicatamente."

Mentre do piacere alla noce di Bill, Fabio scuote il manichino per simulare come si comporterebbe un uomo reale. Poi, si mette anche a dare la voce a Bill, usando tutta la sua abilità di recitazione da pornodivo.

'Bill' mugola e geme fino ad avere, come dice Fabio: "un orgasmo prostatico che li domina tutti."

Estraggo il dito ancora una volta. Provo sentimenti contrastanti riguardo al mio risultato.

Fabio mi afferra il mento e mi solleva il viso. "Mostrami la lingua."

Sentendomi come se avessi cinque anni, tiro fuori la lingua fino in fondo.

Lui scuote la testa con disapprovazione. "Non abbastanza lunga."

Ritraggo la lingua. "Abbastanza lunga per cosa?"

"Per raggiungere la noce, ovviamente." Sospira teatralmente. "Suppongo che dovrò lavorare con quello che ho."

Uff! Posso schiaffeggiarlo? "Che ne dici di lavorare al suo pene?"

Con un altro sospiro, lui capovolge Bill. "Hai preso quelle pastiglie, come ti avevo detto?"

Non per la prima volta, mi sovvengono dei dubbi sul mio istruttore. L'obiettivo di questa formazione è semplice: voglio diventare una spia, il che significa acquisire abilità di seduttrice/femme fatale. Pensate al personaggio di Keri Russell in *The Americans*. Secondo il suo retroscena in quella serie, lei aveva frequentato un'inquietante scuola di spionaggio, che insegnava tecniche di seduzione. Infatti, tali scuole sono comuni nei film sulle spie russe; l'ultima compariva in *Anna*. Purtroppo, queste scuole sono più difficili da trovare nella vita reale. Così, ho pensato di assumere una professionista, ma la prostituta a cui avevo chiesto aiuto si è rifiutata. Idem le pornostar che avevo contattato sui social media. Come ultima risorsa, mi sono rivolta a Fabio, un amico d'infanzia che adesso fa il pornodivo. Lavorando nell'ambiente del porno gay, sostiene di saper soddisfare un uomo meglio di quanto farebbe qualsiasi donna.

"Sì, ho succhiato le pastiglie" rispondo. "Ho la gola intorpidita e riesco a malapena a sentirmi la lingua."

"Ottimo. Ora, infilati tutto quel pene in gola." Fabio indica Bill.

Scruto la lunghezza di Bill con apprensione. "Ne sei sicuro? Le pastiglie non renderebbero il pene insensibile? Se Bill fosse reale, intendo."

Lui solleva un sopracciglio. "Bill?"

Mi stringo nelle spalle. "Ho pensato che, se ho rapporti con lui, non dovrebbe essere anonimo."

Fabio mi dà una pacca sulla spalla. "Le pastiglie servono solo a darti un po' di fiducia in te stessa. Quando avrai visto che ci entra tutto, sarai più rilassata per l'esperienza reale, così non avrai bisogno di anestetizzanti. Non preoccuparti. Ti insegnerò la respirazione corretta e tutto il resto. Diventerai una professionista in men che non si dica."

"D'accordo." Mi tolgo la parrucca sexy e la appoggio sul divano. Prima che Fabio dica qualcosa, gli assicuro che la terrò addosso durante un incontro reale.

Sentendomi ormai a mio agio, mi chino in avanti e prendo Bill in bocca, il più a fondo possibile.

Le mie labbra toccano la base di silicone. Wow! Così è più a fondo di quanto io sia mai riuscita a prendere in bocca i miei ex (che non erano poi così dotati!). Il mio riflesso faringeo è sensibile. Di solito, persino lo spazzolino da denti mi dà fastidio, quando lo uso per pulirmi la lingua. Grazie all'anestetico, però, il dildo di silicone è entrato fino in fondo.

Questo è interessante. Le pastiglie potrebbero aiutarmi anche a resistere all'annegamento simulato? Se voglio diventare una spia, devo imparare a resistere alla tortura, nell'eventualità in cui mi catturino. Naturalmente, l'annegamento simulato non è la mia maggiore preoccupazione. Se il nemico avesse accesso a un'anatra (o a un qualsiasi uccello, in effetti), spiffererei tutti i segreti di stato, pur di tenere quella mostruosità piumata lontano da me.

Sì, ok, forse la CIA aveva effettivamente una buona ragione per rifiutare la mia candidatura. Ripensandoci, in *Homeland* (un'altra delle mie serie preferite), hanno lasciato che Claire Danes rimanesse alla CIA con tutti i *suoi* problemi (il che mi ricorda che devo esercitarmi a far tremare il mento a comando).

Fabio mi dà una pacca sulla spalla. "Basta così."

Mi stacco e ingoio una sovrabbondanza di saliva. "Non è stato poi così male. Devo provare di nuovo?"

Lui scuote la testa. "Credo che tu abbia bisogno di una spinta motivazionale."

So di cosa sta parlando, perciò tiro fuori il cellulare.

"Sì!" Si sfrega le mani come un cattivo dei primi film di James Bond. "Mostrami di nuovo la foto."

Apro l'immagine di nome-in-codice: Mr. Spia Sexy.

Un agente dell'FBI sotto copertura ha scattato questa foto, perché stava dando la caccia a uno degli uomini raffigurati, ma non al mio bersaglio. No. Tutti pensano che Mr. Spia Sexy sia solo un tizio qualunque, ma *io* ritengo che sia un agente russo.

Fabio fischia. "Un bel manzo di prima scelta."

È vero. Nella foto, alcuni uomini dall'aspetto estremamente invitante sono seduti intorno a un tavolo, all'interno di una *banya* in stile russo (un ibrido tra un bagno turco e una sauna); indossano solamente degli asciugamani e, nel caso di Mr. Spia Sexy, un paio di occhiali da sole da aviatore non riflettenti, che devono avere una sorta di rivestimento anti-appannamento. Tutti con i muscoli scintillanti, imperlati di sudore, sembrano un sogno erotico diventato realtà.

"Stanno giocando a poker" affermo. "Ecco perché sto prendendo lezioni."

"Già, l'avevo dedotto, visto che la foto è intitolata Hot Poker Club." Fabio enuncia le ultime tre parole con aria eccitata. "Ti rendi conto che sembra il titolo di uno dei miei film?"

Mi stringo nelle spalle. "Un agente dell'FBI ha nominato così quest'immagine, non io. Stavano inseguendo un altro tizio che era presente in quella stanza, e io li ho aiutati in nome della collaborazione tra agenzie."

Fabio picchietta lo schermo per zoomare su Mr. Spia Sexy. "E lui è quello che insegui tu?"

Annuendo, divoro l'immagine con gli occhi ancora una volta. Tra gli uomini di quel gruppo dall'aspetto già impressionante, Mr. Spia Sexy ha i muscoli più sodi e la mascella più marcata. I suoi tratti maschili cesellati sono vagamente slavi (elemento che mi ha fatto inizialmente sospettare di lui). Ha i capelli biondo scuro, sani come quelli delle pubblicità degli shampoo. Nemmeno le mie parrucche sono così belle.

Se dovessi scoprire che quest'uomo è il risultato del tentativo di genetisti sovietici di creare il perfetto esemplare maschile/super-soldato/agente operativo, non ne sarei sorpresa. Né sarei scioccata di scoprire che lui è stato l'ispiratore dell'equivalente russo di una bambola di Ken. Persino se non lo ritenessi una spia, m'infiltrerei in quella partita di poker, solo per strappargli via quegli stupidi occhiali e vedere i suoi occhi. Anche se me li immagino…

"Stai sbavando" mi dice Fabio. "Non che possa biasimarti."

Per poco non mi strozzo con la saliva traditrice. "No, invece."

"Già, certo. Sii onesta: gli dai la caccia perché potrebbe essere una spia o perché vuoi sposarlo?"

"La prima opzione." Nascondo il cellulare. "Spia o meno, il matrimonio è fuori questione per me. Il mio attuale atteggiamento verso le relazioni ha lo stesso acronimo dell'agenzia per cui lavoro, la NSA: Niente Storie d'Amore. Ma non si tratta di questo, comunque. Se smascherassi da sola una spia, la CIA dovrebbe inevitabilmente prenderne atto e riconsiderare il rifiuto della mia candidatura. E anche se non mi assumessero, avrò reso l'America più sicura. Le spie russe sono tuttora tra le maggiori minacce alla nostra sicurezza nazionale."

"Certo, certo" commenta Fabio. "E la sua figaggine non ha niente a che vedere con il fatto che ti sia concentrata su di lui, nello specifico."

Aggrotto la fronte. "La sua figaggine è il motivo per cui lui è l'agente perfetto. Pensa a James Bond. Pensa a Tom Cruise in *Mission Impossible*. Pensa a..."

Fabio alza le mani, come se minacciassi di sparargli. "La signora protesta troppo, mi sembra."

Indico il fallo di silicone. "Dovrei riprovare? Credo che l'intorpidimento stia svanendo."

Per qualche ragione sconosciuta, mi sento super motivata a fare un pompino a qualcuno.

Fabio tira fuori il proprio cellulare. "Certo. Tu fa' pratica, ma io devo scappare. Il mio appuntamento su Grindr mi aspetta."

Mi mostra la foto di un pene.

"Amico" commento. "Non sei già abbastanza attivo al lavoro?"

Fabio dà un colpetto scherzoso al membro eretto di Bill, che oscilla avanti e indietro come un pendolo birichino. "Ecco perché ringrazio il cielo di essere attratto dagli uomini. Il loro appetito sessuale è molto più forte."

"Questo è sessista. Solo perché le donne non scopano tutto quello che si muove non significa che abbiano un appetito sessuale debole."

Lui dà un'altra toccatina alla mascolinità di Bill (o dovrei chiamarla manichinità?). "Se il tuo uccello e il tuo buco del culo non sono sempre indolenziti, il tuo appetito sessuale è carente. Questo è quanto."

Rabbrividisco di nuovo. Che cos'hanno in comune gli uccelli (macchine assassine che sono!) con i peni? Perché non chiamare l'organo maschile pitone, wurstel o salsiccia? Ciascuno di questi nomignoli sarebbe più appropriato.

Fabio sogghigna e dà l'ennesimo colpetto all'appendice in questione. "Scusa se ho detto 'uccello'. Sono proprio un…"

Prima che lui possa concludere la frase, una macchia di pelo gli passa accanto. Un gigantesco felino atterra sugli addominali scolpiti di Bill e, con gli artigli affilati come rasoi, colpisce il fallo simile a un pendolo.

Gridando in falsetto, Fabio si allontana dalla scena del crimine d'odio in corso.

Il proprietario degli artigli è il mio gatto, Machete, che (a quanto pare) non ha ancora finito, perché conficca gli artigli su ciò che rimane della 'manichinità' di Bill.

"Questo è semplicemente osceno!" Fabio incrocia le gambe, come se avesse urgenza di andare a fare pipì. "Dovresti portare il tuo gatto da uno psicologo."

Come se avesse capito quello che il mio amico ha appena detto, Machete gli lancia uno sguardo felino carico d'odio.

Come al solito, posso immaginare cosa direbbe, in un mondo da incubo, dove i gatti sanno parlare:

Il maschio di silicone non è riuscito a sfuggire a Machete. Quello più morbido e carnoso sarà il prossimo.

"Vieni qui, tesoruccio" mormoro, chinandomi per prendere il gatto.

Machete deve sentirsi estremamente magnanimo quest'oggi, perché mi permette di tenerlo in braccio e conservare gli occhi.

Fabio ridacchia e io gli lancio uno sguardo interrogativo.

"Il tuo gatto stava cercando di *Kill Bill*" spiega.

Machete sibila contro Fabio.

Machete non lo trova divertente. Uma Thurman ha grandi capacità, ma non può competere con Machete.

Sogghigno. "Deve averti sentito definire quel pene un uccello." Indico con un gesto la sorte sventurata di Bill. "Il mio tesoruccio mi protegge dagli uccelli." Accarezzo il pelo setoso di Machete e vengo ricompensata con delle fusa profonde. "All'inizio, quando l'ho adottato, ha ucciso per me quello che si è rivelato essere un cuscino d'oca."

Fabio adocchia la porta. "So solo che ha l'aspetto di uno che ha combattuto in molte risse di strada clandestine, prima che tu lo adottassi. E che ha perso parecchi scontri."

È vero. Machete aveva un aspetto persino peggiore, quando mi sono imbattuta in lui al rifugio per animali. È stata anche l'unica volta che ricordo di averlo visto in qualche modo vulnerabile.

Inutile dire che ho usato le mie risorse di lavoro per rintracciare i suoi precedenti proprietari e, poco dopo, sono misteriosamente finiti su una lista nera di divieto d'imbarco aereo... appena prima di una grande vacanza.

Interrompo per un momento le carezze al gatto, che sibila di nuovo contro Fabio.

"È meglio che io vada" dice quest'ultimo, indietreggiando.

Lo seguo. Una finestra di videochiamata si apre su uno dei miei monitor a muro. Sì, ho molteplici monitor a muro. La mia configurazione domestica è ispirata a tutti i film in cui le spie osservano qualcuno da una stanza di sorveglianza.

Dimenticando il pericolo rappresentato dal gatto, Fabio si ferma a guardare lo schermo. Se il mio amico fosse della razza di Machete, la curiosità lo avrebbe ucciso da tempo.

"È la mia videoconferenza con Gia e Clarice" gli spiego. "Puoi andare."

Fabio mette il broncio. "Chi è Clarice?"

"La mia insegnante di poker" rispondo. "Vai."

Sembra sul punto di pestare il piede. "Ma voglio salutare la mia ragazza, Gia."

"D'accordo." Accetto la videochiamata e Gia appare sullo schermo insieme a Clarice.

CAPITOLO
Due

LA DONNA pallida che assomiglia a Morticia Addams è Gia, una delle mie due sorelle che non fanno parte della mia cucciolata di sei gemelle identiche.

Eh già, ho cinque sorelle che condividono il cento per cento del mio DNA. Anche Gia ha una sorella con cui condivide il cento per cento del proprio DNA: la sua gemella Holly.

Sono un po' invidiosa delle due gemelle. Per cominciare, hanno meno cloni identici tra loro. Inoltre, si chiamano come le nostre nonne, mentre la mia cucciolata ha nomi a sfondo sessuale, che i nostri genitori devono essersi inventati durante un trip di LSD particolarmente lungo.

Prendete per esempio il mio nome: Blue Hyman. Sembra l'imene che si dovrebbe rompere per deflorare una delle aliene di *Avatar* (d'altronde, loro non facevano forse sesso telepatico tramite le proprie code raccapriccianti? Le stesse code che usavano sugli animali, oltretutto!). Oh, e il mio nome fa schifo anche nel mio lavoro. Dopo che ho fatto una certa cosa (i cui dettagli sono riservati) ad alcuni computer, i miei colleghi hanno cominciato a chiamarmi 'Schermata blu della morte'.

Schiarendosi la gola, Gia sposta lo sguardo tra Fabio e il membro danneggiato di Bill. Il suo viso si contorce in uno dei suoi caratteristici sorrisi diabolici. "Perverso!"

Fabio rotea gli occhi. "Rozza, come al solito."

Clarice si sistema il cappello da pirata. "È lui il tuo tesoruccio?"

"No" rispondiamo io e Fabio, mentre Gia dice: "Sì."

Beh, pazienza. Non è un insulto presumere che io stia con Fabio. È un bel ragazzo, proprio come il modello italiano che sua madre desiderava così tanto, da dare il suo nome al proprio figlio. Anche il petto nudo di questo Fabio non sembrerebbe fuori luogo in un romanzo d'amore dei primi anni Novanta.

"D'accordo" ammette Gia. "Magari non è il suo fidanzato, ma Blue gli ha fatto un pompino in passato."

"Non gli ho fatto un pompino!" ribatto. "Abbiamo giocato a *mostrarmi il tuo e io ti mostro la mia*. Un'unica volta."

"Proprio così. Ed è stato più che sufficiente." Fabio fa una smorfia e io devo trattenere l'impulso di lanciargli Machete in faccia.

"Ah, giusto" commenta Gia. "Non è stato allora, che Fabio ha capito che preferiva essere gay?"

Stringo gli occhi su di lei. "Tu non avevi forse detto di essere andata a letto con lui al liceo?"

Un'espressione rara appare sul volto di Gia: senso di

colpa. "Era uno scherzo." Guarda Fabio in modo significativo. "Uno scherzo privato."

Non era uno scherzo e lo sappiamo tutti. Per qualche motivo, Gia si dava un gran daffare per far credere a tutti di essere la più zoccola tra noi otto.

"Ragazzi" interviene Clarice. "Quell'uomo non è il tesoruccio a mi cui stavo riferendo." Indica Machete. "Intendevo *quello*."

"Ah!" Gratto Machete sotto il mento e lui chiude gli occhi, beato. "Lui sì che *è* il mio tesoruccio."

"Come si chiama?" Clarice solleva un adorabile persiano e lo tiene davanti alla fotocamera. "Questo è Hannibal, a proposito. Il *mio* tesoro."

Clarice ha un gatto di nome Hannibal?

Naturalmente.

Quando Machete apre gli occhi e vede Hannibal, sibila ferocemente.

A Machete non piacciono i gatti soffici e viziati. Inoltre, quel muso non è esattamente quello che si vede sulle lattine di cibo per gatti Fancy Feast? A Machete viene da domandarsi se quell'intera razza non sia un branco di cannibali.

A suo merito, Hannibal sembra imperturbabile. O sa che il gatto davanti a lui non può raggiungerlo attraverso lo schermo, o è coraggioso quanto Machete.

"Allora, Clarice" esordisce Fabio. "Come mai la tenuta da pirata? È una cosa da maga, come l'abbigliamento da vampira di Gia?"

È così, infatti. Mia sorella e Clarice sono maghe, e il modo in cui si vestono è effettivamente pensato per i loro personaggi di scena. Anche se non ho idea di come la tenuta da pirata che indossa Clarice sia collegata alla

14

sua specialità: giocare a carte. Forse, il collegamento è il poker? I pirati giocavano a poker e Clarice è molto esperta di quel gioco; per questo è la mia insegnante.

Prima che qualcuno possa rispondere, è il turno di Hannibal di iniziare a sibilare contro Fabio. E (anche se potrebbe trattarsi della mia immaginazione), odo delle parole nel sibilo: *Se ti azzardi ancora a dare della pirata alla mia amica, ti mangio il fegato con delle fave e un buon Chianti.*

Fraintendendo il bersaglio del sibilo, Machete raddoppia la propria ostilità. Non per la prima volta, mi domando se potrei addestrarlo a diventare il mio assistente-spia. Potrebbe intimidire il nemico in certe situazioni e, in altre, infiltrarsi in posti difficili da raggiungere.

"Dovrei proprio andare" dice Fabio, spostando lo sguardo avanti e indietro tra i due gatti arrabbiati. "Sono in ritardo per il mio appuntamento."

"Ti accompagno alla porta" dichiaro con un sorriso diabolico. Non sfuggirà a Machete così facilmente.

"Non ce n'è bisogno" mi assicura lui, ma io e il mio gatto lo seguiamo lo stesso. Quando se n'è andato, chiudo la porta dell'appartamento e lascio Machete in cucina a mangiare.

Quando torno in salotto, anche il gatto di Clarice è scomparso dalla visuale della fotocamera. Dev'essere fuori a caccia, in cerca di qualcuno da cannibalizzare.

"Che peccato che sia gay!" commenta Clarice. "Anch'io gli mostrerei la mia, se lui mi mostrasse il suo."

Un peccato, davvero. Fabio è sexy e sarebbe

abbastanza scopabile, se non fossimo attratti dallo stesso sesso. Beh, quasi… a differenza di Fabio, che appartiene al team del cromosoma Y fino in fondo, io andrei a letto anche con Claire Danes, Keri Russell e qualche altra attrice che ha interpretato spie che ammiro.

In ogni caso, Fabio è un amico che tutte noi sei gemelle condividiamo, in parte perché fungevamo collettivamente da sua finta fidanzata al liceo. Ancora oggi, credo che ci veda come un'unica persona affetta da un disturbo di personalità multipla.

"Scommetto che Fabio è popolare nel genere di porno in cui un gay seduce un etero" afferma Gia.

Sollevo le sopracciglia. "Guardi i porno gay?"

Lei fa spallucce. "Guardo tutti i tipi di porno. Tu hai dei pregiudizi con i tuoi?"

Mi limito a scuotere la testa. Battute idiote a parte, Gia è la sorella che mi capisce meglio, nonostante non faccia parte della mia cucciolata. Entrambe amiamo l'inganno: i mestieri del prestigiatore e della spia hanno questo in comune. Inoltre (e questo è un fattore importante), siamo legate per sempre dallo stesso evento traumatico, nome-in-codice: il Massacro della Cinciallegra Zombie.

Dovete sapere che i nostri genitori vivono in una fattoria, dove salvano animali di ogni sorta, cosa alla quale io sono totalmente favorevole… tranne in quel caso in cui hanno adottato una cinciallegra: un uccello che in inglese si chiama 'Great Tit' (dove 'tit' significa anche 'tetta'), ma è conosciuto anche come 'Zombie Tit': la cinciallegra zombie. Il motivo del secondo nome è agghiacciante (come tutto ciò che riguarda gli uccelli). Questi mostri sono assetati di cervello di pipistrelli e, occasionalmente, di altri volatili, compresi i polli: ecco quello a cui ho assistito in quel giorno orribile.

Il mio battito cardiaco accelera, mentre rivivo la scena ancora una volta.

Il beccare.

Il sangue.

Le cervella sparse dappertutto.

La maledetta cinciallegra zombie, con il becco insanguinato e gli occhi assetati di altri cervelli, intenta a fissarmi.

Il film *Gli uccelli* di Hitchcock non era nulla in confronto a questo spettacolo horror.

Da quel giorno, sono terrorizzata dagli uccelli e li evito scrupolosamente in tutte le forme, anche da cotti.

Ehi, almeno non morirò di influenza aviaria!

Quello che non capisco è perché io sia da sola in questo. Gli uccelli sono dinosauri. Tutti hanno visto *Jurassic Park*. I velociraptor erano spaventosi? Sì! Avrebbero potuto essere più spaventosi, se i creatori del film non fossero stati magnanimi e li avessero rappresentati correttamente, con tanto di piume e tutto il resto? Certo che sì!

Proprio così. In realtà, i velociraptor avevano le piume ed erano grandi quanto un grosso tacchino. Puro carburante per incubi.

"Ehi, sorellina, stavo solo scherzando" mi dice Gia, evidentemente non comprendendo come mai la mia faccia sia diventata pallida come la sua. "Che ne dici di metterci al lavoro?"

"Giusto." Mi scrollo di dosso i terribili ricordi. "Forza. Stasera c'è la partita."

"Per la ghiandola surrenale di Houdini!" esclama Gia. "Sei pronta?"

Piego un dito. "Ho ripassato tutto quello che Clarice mi ha insegnato." Piego un altro dito. "Ho riguardato *Casino Royale*." Piego un altro dito ancora. "Ho visto *Rounders - Il giocatore* per la prima volta e, come aveva detto Clarice, John Malkovich era fantastico nel ruolo di Teddy KGB, mentre i giovani Ed Norton e Matt Damon erano deliziosi."

"Suppongo che questo sia un sì, dunque" deduce Gia.

Annuisco. "Ora, voglio solo avere la tua opinione su come eseguo le mosse da maga che mi hai insegnato e sentire eventuali consigli di poker dell'ultimo minuto da Clarice."

Gia avvicina la loro fotocamera. "Fai le tue mosse."

Prendo la parrucca che ho scelto per l'infiltrazione e la indosso sopra il mio taglio di capelli a spazzola. Poi, prendo una fiche da poker con sopra inciso il mio numero di telefono e la infilo sotto la parrucca, vicino all'orecchio sinistro. Infine, prendo la microcamera/GPS e la nascondo vicino all'orecchio destro.

"Ecco." Intrufolo le dita sotto la parrucca e tiro fuori la fiche, tenendola nella presa che Gia mi ha insegnato. A quanto pare, questa è una mossa classica, insegnata in ogni libro per principianti sui giochi di prestigio con le monete. Il risultato è che la moneta/fiche da poker non è visibile nella mia mano.

"Ed ecco la mossa della fotocamera." Tiro fuori di nascosto il dispositivo e lo tengo con una presa più avanzata, sempre proveniente dai libri di magia con le monete. Poi, scatto una foto della stanza, proprio come farò alla partita di poker, e attacco furtivamente il dispositivo al muro con della cera adesiva da prestigiatore.

"Ottimo lavoro" commenta Gia. "Si vede che ti sei esercitata."

"Qual è il piano preciso?" mi chiede Clarice.

"Darò di nascosto la fiche da poker al mio obiettivo, nella speranza che lui mi chiami" rispondo. "Scatterò anche qualche foto con questo." Stacco il dispositivo dal muro.

"Furtiva!" esclama Clarice, esaminando l'aggeggio con ammirazione. "Ma se ti perquisissero alla ricerca di dispositivi elettronici, prima della partita?"

Mi tolgo la parrucca e mostro loro la rete all'interno. "Questa ha una gabbia di Faraday cucita all'interno." Dinnanzi allo sguardo vacuo di Clarice, aggiungo: "Non lascia entrare né uscire segnali elettromagnetici."

Gia sogghigna. "Come quei cappelli di carta stagnola che impediscono agli alieni di origliare."

Mi rimetto la parrucca. "La carta stagnola non sarebbe una valida gabbia di Faraday, e tu lo sai."

"Bambine" commenta Clarice. "È il mio turno di dare consigli."

Entrambe la guardiamo con aspettativa.

"Non parlare di strategie di poker al tavolo" mi dice. "Potresti aver preso quest'abitudine con me, ma durante una vera partita può ritorcertisi contro."

"Non lo farò" garantisco. "Che altro?"

"Presta attenzione alle frasi-indizio" mi consiglia.

"Che cosa sarebbero?" domanda Gia.

"È quando qualcuno dice qualcosa del tipo: 'Sono stufo che tu vinca sempre. Punto tutto'."

Arrossisco. Questo esempio proviene da una partita che abbiamo giocato noi qualche settimana fa.

"Che cosa si fa, quando qualcuno dice così?" domanda Gia.

Clarice sembra compiaciuta. "Ovviamente, si presume che sia una recita e che il vero motivo per cui quella persona sta puntando tutto sia che abbia una mano forte."

"Mi assicurerò di non farlo" garantisco. "E terrò d'occhio gli altri che lo fanno."

Clarice mi dà altri promemoria, che ascolto con apprezzamento. Alla fine, conclude: "Ok, sei il più pronta possibile."

"Grazie" rispondo.

"Che importanza ha se vinci o se perdi?" mi domanda Gia. "Pensavo che lo scopo fosse semplicemente di trovarti nella stessa stanza con l'obiettivo."

Roteo gli occhi. "Intendi dire, oltre a non fare la figura dell'idiota?"

Lei annuisce.

Sospiro. "La quota d'ingresso per questa partita è di mezzo milione di dollari. Mi piacerebbe tenermi quei soldi."

Entrambe le due paia di occhi sullo schermo si allargano fino a proporzioni comiche. Suppongo di aver dimenticato di menzionare questo piccolo dettaglio. Ops!

Gia si schiarisce la gola. "Dove hai preso tutti quei soldi? Non sapevo che l'NSA pagasse così bene."

"Lavoro per l'Agenzia che Non C'è" rispondo in automatico (questo è il soprannome che ho dato all'NSA, l'Agenzia per la Sicurezza Nazionale degli Stati Uniti). "E no. Non pagano *così* bene. Ho appena venduto una parte dei miei bitcoin."

Dato che ho studiato crittografia all'università, per me aveva senso investire nelle criptovalute (dopo averle analizzate a fondo) e i miei investimenti sono cresciuti abbastanza bene negli ultimi anni. Per essere una venticinquenne, sono piuttosto benestante. Tuttavia, ci rimarrei molto male, se perdessi quella quota d'ingresso.

"Non avevo capito che fosse così." Clarice sembra affranta. "Suppongo di non avere alcuna possibilità di partecipare a quella partita."

"Ti propongo un patto" annuncio. "Se stasera raddoppierò i miei soldi grazie al tuo addestramento, coprirò io le tue spese. In cambio, dividerai le tue vincite con me."

"Affare fatto" risponde Clarice, con gli occhi che brillano. "Diventerò ricca!"

"Ah-ah" commenta Gia, ignorandola. "Ora capisco perché sei così attiva con tutta la preparazione. Mezzo fottuto milione. So che hai una macchina di lusso, ma non avevo idea che fossi così ricca. Questa è la prima volta che invidio la tua noiosa specializzazione universitaria."

"Non sono così ricca" replico. "Almeno, non di solito. Ultimamente, le criptovalute stanno riscuotendo un enorme successo, perciò ho comprato la macchina e, ora, questo. Tralasciando la quota d'ingresso per un secondo, sembrerebbe semplicemente sospetto, se mi presentassi a quella partita e poi giocassi da schifo. Si tratta ovviamente di un gruppo di squali del poker, o di persone che pensano di esserlo."

Gia agita le sopracciglia in modo lascivo. "Sono sicura che ci andrebbero piano con una *donna*." Vedendo il mio sguardo e quello di Clarice, si affretta ad aggiungere: "Non intendevo in senso sessista. È un gioco pieno di bei fusti nudi che, a quanto pare, sono pieni di soldi. Una donna ricca potrebbe essere giustificata, se volesse andare lì per rifarsi gli occhi... o magari per incontrare il suo futuro marito."

"A proposito" interviene Clarice. "Come mai i ragazzi che giocano in quel club sono così belli?"

Mi stringo nelle spalle. "Sono sicura che partecipino anche giocatori poco attraenti, di tanto in tanto. Ma scommetto che, dopo aver visto gli altri, la loro autostima crolla e, probabilmente, non vogliono più tornare. Nemmeno a me piacerebbe fare Bikram Yoga circondata da modelle di Victoria's Secret."

"Suppongo che abbia senso" commenta Clarice. "Mi domando anche come puoi essere così sicura che il tuo obiettivo sarà lì. Non sai chi sia né che cosa faccia. Può darsi che abbia semplicemente fatto un salto lì per quell'unica partita."

"Vero" confermo. "Però, se è una spia, avrebbe senso che continuasse a frequentare quella gente. Molti di loro sono ricchi e potenti, il che li rende ottimi agganci da avere."

Gia e Clarice annuiscono con aria sapiente.

"Ok, ragazze" dichiaro. "Dovrei andare."

"Ultima domanda" interviene Gia. "Perché lo stai facendo?"

Questo ci porterà a un'affermazione simile al "vuoi sposarlo" di Fabio?

"È top secret" rispondo. "Un'informazione da rivelare solo a chi ne abbia necessità, e tu non ne hai."

"Seriamente" s'intromette Clarice. "Anch'io lo voglio sapere."

Mi stringo nelle spalle. "Suppongo di voler dimostrare alla CIA che si sono sbagliati a respingermi."

"Perché mai vorresti lavorare per loro?" mi chiede Clarice. "Hanno una cattiva reputazione. L'FBI potrebbe essere una scelta migliore."

"Gli agenti dell'FBI non sono spie" ribatto. "Lavorano sotto copertura, ma non è la stessa cosa."

"La NSA spia" interviene Gia. "E ha anche una reputazione alquanto pessima, se è quello che cerchi."

"Stare seduta al computer tutto il giorno non è la mia idea di spionaggio" affermo. "Voglio lavorare sul campo e, stasera, ne avrò un assaggio."

"Beh, buona fortuna" mi augura Gia.

"Aspetta!" esclama Clarice. "Non ci hai ancora spiegato a che cosa serve il manichino superdotato sul tuo divano."

"Oh, no!" Emetto un sibilo con il lato della bocca. "Temo che stia cadendo la linea."

Gia ridacchia. "Prima che tu vada, volevo

chiederti… Verrai ad assistere al mio spettacolo di magia?"

"Certo. Mandami i dettagli." Detto questo, riattacco, prima che possano trattenermi ulteriormente.

È ora di prepararmi per l'infiltrazione nell'Hot Poker Club.

CAPITOLO
Tre

UNA COSA ALLA VOLTA. Dovrei indossare la mia tuta da scassinatrice per la partita?

No, sarebbe inutile. Per giocare, ci si spoglia.

Indosso il mio miglior costume da bagno, invece. Auspicabilmente, me lo lasceranno tenere addosso.

Deciso l'abbigliamento, affronto il trucco, dando la priorità a quanto segue: impermeabilità (affinché non coli dentro la banya) e miglioramento del sex appeal (affinché Mr. Spia Sexy voglia chiamarmi, dopo la partita).

Fissandomi sulla testa la parrucca con gabbia di Faraday, mi avvicino alla porta e controllo l'ora.

Dannazione! È più tardi di quanto pensassi. Dovrò guidare, anziché andare a piedi al luogo d'incontro.

Il mio cellulare emette il suono di notifica di un campanello.

Strano. Non aspetto nessuno.

Pur essendo in piedi vicino allo spioncino, sollevo il

telefono e controllo il segnale video del mio videocitofono intelligente.

La persona dall'altra parte della porta è identica a me (soprattutto con la parrucca che indosso attualmente).

Capelli biondo fragola, zigomi alti, mento marcato, occhi verdi: chiaramente una delle mie gemelle. Penso di sapere chi sia, in base al modo in cui è vestita, ma per sicurezza domando: "Quale sei?"

"Olive" risponde.

Eh già, come pensavo: Olive, alias *Octopussy*, come la chiamo affettuosamente io, non perché mi ricordi il personaggio del film di James Bond del 1983, ma perché è ossessionata dai polpi (in inglese, *octopuses*).

Apro la porta e lei entra.

Oh, no! Non mi servono i poteri magici di telepatia tra gemelle, per capire che è turbata.

"Posso stare da te?" mi chiede tutto d'un fiato, anziché salutare.

"Certo. Che cos'è successo?"

Se mia sorella ha bisogno di me, rimanderò l'infiltrazione. Anche se ciò significa che si terranno la quota d'ingresso che ho già versato.

"Per favore" dice Olive. "Non mi va di parlarne."

Le prendo la mano. "Stai bene?"

"Sì" risponde, anche se i suoi occhi sono eccessivamente lucidi, come quando si trattengono le lacrime. "Ho solo bisogno di riposare. Ok?"

"Certo" rispondo, pur essendo sempre più preoccupata.

"Ho anche bisogno di un po' di tempo tra me e me."

Mi guarda con aria implorante. "Pensi che potrei fare un lungo bagno?"

"Non c'è problema." C'è chiaramente qualcosa che non va, ma capisco che abbia bisogno del suo spazio. "Fai pure il bagno e parleremo dopo."

Distoglie lo sguardo. "Speravo di potermi buttare sul tuo divano, dopo, e dormire un po'. Ok?"

Non vuole parlare oggi di ciò che la turba. D'accordo. Le darò tempo fino a domani e, poi, sarà il momento dell'interrogatorio.

"Hai bisogno di me qui, allora?" le chiedo. "Stavo uscendo, ma…"

"Per favore, vai." Le parole suonano come una supplica, il che mi fa solo desiderare di restare.

"Sei sicura?"

"Sicurissima. Ho bisogno di un posto dove stare, non di compagnia."

"D'accordo. Seguimi." La accompagno nell'appartamento e le spiego dove trovare tutto ciò di cui potrebbe avere bisogno. Quando ci imbattiamo nella bestia, le chiedo: "Ti ricordi di Machete?"

Il gatto alza pigramente lo sguardo verso di noi, al che gli dico severamente: "Questa è Olive. Trattala come tratteresti me."

Lui si lecca la zampa, col muso peloso annoiato.

Tutti gli umani sono uguali per Machete, ma soprattutto voi due, per qualche motivo. Chiunque dia da mangiare a Machete vivrà… per ora.

Quando torniamo in salotto, Olive vede Bill sul divano e si strofina gli occhi.

"Ah già, puoi gettarlo nell'armadio della mia camera da letto?" le chiedo.

Il fatto che, invece di sfottermi o farmi domande, lei si limiti ad annuire (come se mettere via manichini con dildo danneggiati fosse una cosa di routine) è una testimonianza di quanto sia sconvolta.

"Sei sicura di non volermi raccontare cosa c'è che non va?" le chiedo.

"Sicura. Vai, per favore." Olive si mette le mani sui fianchi. "Da qui in poi, posso farcela da sola."

Sarà meglio che mi riveli tutti i suoi segreti domani. Non mi faccio scrupoli a usare la privazione del sonno (o le strattonate di capelli) per estorcere informazioni. A questo punto, i problemi di Olive m'incuriosicono quasi quanto la missione di Mr. Spia Sexy.

"D'accordo." Mi giro verso la porta. "*Mi casa es tu casa.*"

Mi sento ancora a disagio ad andarmene, ma lei sembra così sollevata, che mi arrendo. Qualunque cosa sia successa, Olive vuole stare da sola, per ora.

Dopo una corsa in ascensore, entro nel parcheggio sotterraneo del mio palazzo e la mia eccitazione per l'infiltrazione ritorna.

Controllo l'ora.

Accidenti! Sono in ritardo.

Mi fiondo verso la mia auto: una Aston Martin DBS V12 (o, se ci penso, l'auto che Daniel Craig ha guidato come James Bond in *Casino Royale* e *Quantum of Solace*).

Mentre il motore potente prende vita, metto la colonna sonora di *Mission Impossible* a tutto volume e traccio mentalmente il percorso.

Il luogo d'incontro è vicino al lato di Manhattan del ponte di Brooklyn e, poiché abito a Battery Park, la distanza che devo percorrere si limita a pochi isolati. Normalmente, ci vorrebbero circa sei minuti di viaggio, a seconda del traffico. Dato che l'incontro sta per iniziare, dovrò dimezzare questa tempistica, traffico o meno.

Giro il volante e premo sull'acceleratore.

Mentre volo fuori dal parcheggio, per poco non investo una signora che abita dall'altra parte del corridoio.

Ops!

Almeno, con i finestrini oscurati a livello illegale, lei non può vedermi al volante. Speriamo!

Con le gomme che stridono, svolto su Water Street e, per poco, non mi schianto contro un taxi giallo.

Il tassista non batte ciglio. Ne avrà passate di peggio. Infatti, il mio istruttore di guida si è fatto le ossa su uno di quei taxi.

Lanciandomi in avanti come un siluro, controllo che non ci siano pedoni, prima di passare col rosso, pregando che nessun poliziotto mi veda. Per fortuna, la faccio franca (anche con l'infrazione del limite di velocità). Quando raggiungo la famosa Wall Street, oltrepasso un altro semaforo rosso. Da qui in poi, li trovo tutti verdi, fino a quando sfreccio su Pearl Street.

Se volessi davvero percorrere il ponte, prenderei la rampa, ma non è esattamente così; perciò, sbando in un parcheggio, con le gomme che stridono e il volante che mi sterza di scatto tra le mani. Balzo fuori dall'auto, lascio le chiavi all'interno e lancio una banconota da cento dollari al parcheggiatore lì vicino.

"Ma è impazzita?" mi chiede, a bocca aperta.

"Tornerò tra un paio d'ore" gli dico. "Tenga il resto e le darò altri cento dollari di mancia, se tratterà bene la mia auto."

Prima che lui possa chiedermi di compilare un modulo, scrivere una ricevuta o fare qualsiasi altra cosa che mi rallenti, esco di corsa e mi dirigo verso il luogo dell'incontro.

Quando arrivo, ansimando, controllo l'ora.

Un minuto di ritardo.

Il mio contatto all'FBI mi aveva avvertita che queste persone sono puntuali, ma spero che un solo minuto non sia un problema.

L'incontro è stato organizzato sul dark web, secondo le istruzioni del mio contatto. Sono rimasta impressionata dagli organizzatori dell'Hot Poker Club. Mi hanno mandato un'email che non sono riuscita a rintracciare, nonostante tutte le mie abilità. Un'email autodistruggente, per di più (molto in stile *Mission Impossible*).

Per non parlare del fatto che la sede è ideale: un ponte. È un classico, per cose come gli scambi di prigionieri à la *Bridge of Spies - Il ponte delle spie*, quindi è un posto adatto per prendermi come prigioniera... di qualche sorta.

Faccio dei segnali con la mano, come mi è stato detto, e noto due tizi mascherati uscire da una Chevrolet Suburban nera dall'altra parte della strada.

Devono essere le persone che devo incontrare.

Eh già. Uno di loro fa il segnale di risposta con la mano.

Il mio contatto mi ha avvertita di cosa verrà dopo, quindi mi sento un po' in apprensione. Sono la prima donna a farlo, che io sappia. E se decidessero di tenersi i miei soldi e farmi qualcosa d'inenarrabile, anziché giocare a poker?

Ma no! Donna o meno, questo sarebbe nocivo per gli affari, perché potrebbe scoraggiare i futuri giocatori. Inoltre, se dovesse accadermi qualcosa di spiacevole, posso sempre usare le mie abilità di combattimento Krav Maga. E se quelle dovessero fallire, posso dire loro dove lavoro. Uccidere agenti governativi è davvero pessimo per gli affari (basta guardare *Sicario*).

Eppure, a dispetto di ciò che ripeto a me stessa, mi tremano le ginocchia, mentre attraverso la strada. In questo momento, il mio istruttore di Krav Maga mi darebbe della fifona. Suppongo di esserlo, quando si tratta della mia paura degli uccelli, ma questi tizi non sono altrettanto spaventosi.

"Ciao" li saluto, quando li raggiungo.

Ehi, la mia voce è ferma. Un punto per me.

"Parola d'ordine?" tuona il tizio sulla sinistra.

La dico.

"Sali" mi ordina.

Eh già. Sto entrando in un furgone nero dall'aria sospetta. È ora di vedere se sono tagliata per il lavoro sul campo.

Il ricordo del mio obiettivo finale mi sprona, perciò salto in macchina quasi euforicamente.

Diamine, sì: sono tagliata per questo! In effetti, nel

dizionario, sotto la voce "spia cazzuta" dovrebbe esserci un mio ritaglio.

L'uomo seduto davanti sul sedile del passeggero si gira verso di me. Oltre alla maschera, porta un paio di quegli occhiali da sole spessi e giganti, che gli anziani indossano per ridurre il riverbero.

Forse questo scagnozzo andrà presto in pensione?

"Dammi il tuo telefono" esige.

Mmm. Dalla voce, non sembra poi *così* vecchio.

Gli porgo il mio cellulare e lui lo spegne.

"Puoi tenerlo in tasca, ma non accenderlo finché non ti riportiamo qui" mi avverte. "Se lo farai, ce ne accorgeremo."

Quindi, hanno intenzione di riportarmi indietro. È un sollievo. Naturalmente, lui parlerebbe così anche se avessero intenzione di trasformarmi in mangime per uccelli.

"Lo terrò spento" assicuro.

"Bene." Tira fuori un sacco nero dal vano portaoggetti, smorzando ciò che rimaneva del mio entusiasmo. Il mio contatto all'FBI mi aveva avvertita di questa parte, eppure... Un sacco nero sulla testa è il modo in cui si finisce in una prigione per terroristi, non in una partita di poker.

"Che cosa volete fare con quello?" chiedo, impersonando una giocatrice di poker indignata (e molto ricca).

"Non vogliamo che tu veda dove stiamo andando" afferma il tizio con gli occhiali da sole. "Finché non diventerai una cliente abituale, preferiamo mantenere segreta l'ubicazione del club."

Uhm. Il mio contatto all'FBI non sapeva che il sacco fosse una misura temporanea. Suppongo che le mie straordinarie astuzie femminili stiano già sciogliendo le lingue.

Sbatto le ciglia vezzosamente. "Per favore, state attenti ai miei capelli."

L'ultima cosa che voglio è che la fiche da poker e la fotocamera mi cadano dalla parrucca. Non arriverei di sicuro alla partita (e, forse, nemmeno a casa).

Il tipo adocchia la mia acconciatura (parrucca) impeccabile, poi guarda il collega, che si stringe nelle spalle.

L'uomo con gli occhiali da sole raggiunge il vano portaoggetti e tira fuori del nastro adesivo.

Oh-oh. È per tapparmi la bocca? Il contatto all'FBI non mi aveva detto nulla al riguardo. Dannazione! Ho fatto una mossa troppo azzardata, prima ancora di arrivare al tavolo da poker? Se m'imbavagliano, non potrò rivelare di essere un'agente.

Prima che io possa dire qualsiasi cosa, il tizio si toglie gli occhiali da sole, strappa un pezzo di nastro adesivo e lo incolla sulle lenti, internamente.

Oh. Che stia...?

Eh già.

Dopo aver trasformato gli occhiali in una benda improvvisata, me li mette sul viso.

Com'è accomodante! La mia recensione dell'Hot Poker Club su Yelp è appena passata da una stella a tre.

Poi, qualcuno mi mette dei paraorecchie. Il mio contatto all'FBI aveva ipotizzato che fossero come quelle utilizzate nei poligoni di tiro. Riesco ancora a udire i suoni, ma sono fortemente attutiti.

"Parti" sento qualcuno dire, ma la voce è flebile.

Cominciamo a muoverci.

Gli altoparlanti dell'auto emanano una melodia rilassante. Anche senza i paraorecchie, è improbabile che riuscirei a sentire cosa succede all'esterno.

Do una sbirciatina furtiva in basso e di lato.

Niente.

Gli occhiali sono efficaci quanto un sacco nero, nel bloccarmi la visuale.

Se avessi le "capacità molto particolari" di Liam Neeson in *Taken*, riuscirei a capire dove siamo diretti, anche senza poter vedere né sentire. Ahimè, non ne sono capace (ancora), ma in mia difesa, nemmeno il mio contatto dell'FBI ci riesce.

Non fa niente. Ho un dispositivo con il GPS. Se vivrò abbastanza a lungo da tirarlo fuori dalla mia parrucca con gabbia di Faraday, conoscerò l'ubicazione del Club.

La voce di una cantante femminile si unisce alla musica. "You're beautiful..."

È Nelly Furtado? Ma che canzone sarà?

Quando mi sovviene la risposta, è tanto sconvolgente quanto la mia situazione.

Nelly canta: *"I'm like a bird, I'll—"*

Non voglio sentire il resto.

Una canzone sugli uccelli? Che cosa verrà dopo, un jingle su Hitler? Charles Manson? Daffy Duck?

Recito algoritmi crittografici nella mia mente, per isolarmi dalla melodia horror per il resto del viaggio.

Ci fermiamo dopo circa mezz'ora. Ciò significa che potremmo essere a Brooklyn, Midtown o anche nel Queens, se avessimo accelerato e non avessimo trovato traffico.

Qualcuno mi conduce per mano, mentre camminiamo sull'asfalto, poi su pavimenti in moquette. Alla fine, percepisco delle piastrelle sotto i piedi.

C'è anche un odore che diventa sempre più forte: cloro e limone. Dev'essere ciò che usano per disinfettare la spa alla partita di poker.

Ehi, almeno non mi hanno calata in uno di quei montavivande o buttata in uno scivolo per la biancheria.

Dopo un altro breve corridoio, entriamo in una stanza in cui l'aroma di cloro e limone è sovrastato dall'odore di spogliatoio. Uomini nudi e sudati devono essere nei paraggi.

Qualcuno mi toglie gli occhiali da sole e i paraorecchie.

La stanza è luminosa, perciò mi serve un secondo per abituarmi.

Davanti a me, c'è lo scagnozzo che mi ha messo gli occhiali, mentre accanto a lui c'è un'altra persona mascherata, che è chiaramente una donna.

Tiene in mano due asciugamani (un dettaglio che non mi piace).

"La signora Black si occuperà di te" annuncia il tizio, per poi andarsene con gli occhiali da sole in mano.

"Per motivi di sicurezza, ti faremo usare lo

spogliatoio degli uomini" m'informa la signora Black
con tono allegro. "Non preoccuparti: i giocatori maschi
sono già al tavolo e, quando avrai finito, avrai la
precedenza qui, rispetto a un uomo che deciderà di
incassare nel tuo stesso momento."

"Grazie" rispondo.

"Le tue fiches sono sul tavolo e, quando hai finito,
puoi lasciarle lì. Ti faremo riscuotere elettronicamente."
Mi porge gli asciugamani. "Spogliati e mettiti questi."

Si gira dall'altra parte.

Mi tolgo tutto, tranne il costume da bagno, e mi
schiarisco la gola.

Lei si volta.

"Posso giocare con questo addosso?" chiedo.

Mi esamina. "Dovrò perquisirti."

"Che cosa intendi?"

"Se vuoi tenere il top, dovrò esaminarti il seno, e..."

"Capito." Sgancio il top del bikini. "Indosserò un
asciugamano intorno alla vita."

È difficile stabilirlo con certezza, dato che lei indossa
la maschera, ma penso che sia sollevata di non dovermi
perquisire la vagina.

Tasta il top del bikini, dà una rapida occhiata al mio
seno (non c'è molto da guardare) e mi restituisce il top.
"Lascia i tuoi vestiti lì e imposta una combinazione."
Indica un armadietto aperto.

La faccio voltare dall'altra parte, mentre scambio lo
slip del bikini con un asciugamano. Poi, metto le mie
cose nell'armadietto e lascio che lei mi conduca all'altro
lato della stanza.

"Lì." Indica una grande porta di legno, con una

piccola finestra di vetro completamente appannata (come la macchina di *Titanic*).

Guardo la donna. "Entro e basta?"

Lei annuisce. "Il tuo posto ti sta aspettando."

Mi avvicino alla porta con apprensione.

Dopo tutto questo, Mr. Spia Sexy potrebbe non essere dall'altra parte. Oppure potrebbe esserci, ma risultare disinteressato a me. O quella stanza potrebbe essere piena di perfidi uccelli.

No. Quest'ultima eventualità va contro la Convenzione di Ginevra.

Con un respiro profondo, apro la porta ed entro.

CAPITOLO
Quattro

QUANDO LA PORTA della sauna si richiude alle mie spalle, un'esplosione di calore mi colpisce in viso. Sbatto le palpebre e reprimo l'impulso di tossire per il vapore. Il tavolo da poker davanti a me è proprio come quello che ho visto nella foto. Anche gli uomini seminudi che lo circondano sembrano gli stessi, almeno all'inizio. Quando li esamino più attentamente, noto alcune facce nuove, tra cui un ragazzo poco attraente, che (come sospettavo) sembra molto a disagio nella propria pelle, considerando la bellezza maschile che lo circonda.

A proposito di bellezza maschile, eccolo lì.

Mr. Spia Sexy: volto scolpito, occhiali da aviatore e tutto il resto. Di persona, sembra ancora più imponente... e più leccabile, con tutte quelle goccioline di sudore che gli imperlano il torso muscoloso.

Mi sento il cuore in gola.

Non soltanto è *qui*, ma l'unico posto vuoto è proprio accanto a lui.

Il mio posto.

Muovendomi come in uno stato di annebbiamento, mi lascio cadere alla cieca su quella sedia. È un miracolo che non finisca sulle sue ginocchia! Un miracolo deludente.

"Ciao" saluto, rischiando di rovesciare la pila di fiches da poker che qualcuno ha preparato per me.

Gli uomini sudati mi scrutano intensamente, mentre mi salutano, ma a me interessa solo l'attenzione del mio obiettivo.

Girandosi verso di me, Mr. Spia Sexy solleva gli occhiali da sole. "Benvenuta."

Wow!

Ho sognato di vedere i suoi occhi per tanto tempo, eppure, in qualche modo, superano persino le mie aspettative impossibili. Anziché essere azzurri o grigi (i colori che solitamente accompagnano i capelli biondi), sono di un verde foresta scuro, con riflessi di miele che li portano al limite del nocciola. E quelle ciglia marrone scuro!

Devo dire al mio contatto dell'FBI di occuparsi del caso, perché sono abbastanza sicura che sia un reato, per un uomo, avere ciglia così lunghe e folte.

"Grazie" riesco a rispondere, accorgendomi tardivamente che l'unica parola che ha pronunciato finora non aveva alcuna traccia di accento russo.

Non che questo provi alcunché. Potrebbe essere un agente sotto massima copertura, come in *The Americans*.

Qualcuno prende le carte e comincia a mescolarle.

Accidenti! Devo concentrarmi sulla partita.

Scrutando la stanza con questo scopo in mente, prendo nota delle pile di fiches di tutti.

Alcuni, incluso Mr. Spia, hanno messo in ordine le proprie. Secondo Clarice, questo significa che saranno più organizzati e metodici nel loro gioco, mentre il cumulo disordinato di fiches del ragazzo pallido di fronte a me indicherebbe il contrario.

Prendo nota di un giocatore in particolare. Ha costruito una scultura con le proprie fiches: un chiaro segno di qualcuno che vive e respira il poker.

Mentre le carte vengono distribuite, metto in ordine le mie pile di fiches... e il mio gomito sfiora quello di Mr. Spia.

Per la miseria! È come una scossa dritta ai miei capezzoli (nomi-in-codice: Sergente e Capitano).

Lancio una sbirciatina a Mr. Spia.

Ha le narici dilatate e una goccia di sudore gli scende sulla fronte, ma per il resto, è difficile stabilire se il contatto gli abbia fatto effetto (o se non se ne sia nemmeno accorto). Maledetti quegli occhiali da sole, che nascondono i suoi bellissimi occhi!

Da parte mia, la temperatura già calda nella stanza sembra salire alle stelle. Sto sudando, mentre un calore liquido mi si accumula tra le gambe (è meglio che sia l'effetto della sauna e non di quel tocco di gomito!). Oh, e il delizioso profumo del mio allettante vicino di tavolo non è d'aiuto, in questo senso. Percepisco un aroma legnoso (acero, credo), con appena un accenno di lavanda.

Quando l'ultima carta viene distribuita, la mia eccitazione si raffredda. A contribuire ulteriormente a questo è il tizio con la pila sciatta di fiches. Lo sorprendo a fissarmi maleducatamente il seno.

Do una sbirciatina verso il basso, per assicurarmi che il Sergente e il Capitano non siano in mostra. L'ultima cosa che vorrei in una stanza piena di uomini è uno scapezzolamento!

No. Il Sergente e il Capitano sono nascosti, ma grazie all'incontro con Mr. Spia, sono sull'attenti, pronti per la battaglia: una situazione visibile anche attraverso tutta l'imbottitura del reggiseno del bikini.

Il gioco inizia, quindi mi tolgo dalla testa Mr. Pila Sciatta.

Ringrazio il cielo per l'addestramento di Clarice. In un batter d'occhio, guadagno cinquemila dollari. La botta di dopamina è forte, anche se la vicinanza di Mr. Spia potrebbe aggiudicarsi parte del merito. Non c'è da stupirsi, se alcune persone sviluppano una dipendenza dal gioco d'azzardo.

Nel turno successivo, Mr. Spia vince il piatto, mentre nel turno dopo ancora, è la volta di Mr. Pila Sciatta (anche se sospetto che sia stato solo fortunato).

Tira le fiches nel proprio mucchio in disordine. "Vorrei che questo fosse uno strip poker" commenta, senza interrompere il contatto visivo col mio seno.

"Chiudi il becco" ringhia Mr. Spia.

Sta difendendo il mio onore? È carino o sessista da parte sua? Sono indubbiamente capace di parlare per me stessa.

"Non fa niente" dico con voce smielata. "Solo che, se avessi voluto giocare a strip poker, mi sarei portata una lente d'ingrandimento."

Per la prima volta, Mr. Pila Sciatta distoglie lo sguardo dal mio seno, con espressione confusa.

"Sai." Guardo il suo asciugamano. "Per vedere il tuo micro-pene."

Mr. Pila Sciatta contrae la mascella e tutti sembrano a disagio, tranne Mr. Spia, che si gira verso di me con un sorrisino, solleva di nuovo gli occhiali e mi fa l'occhiolino.

Dannazione, ha una fossetta sulla guancia sinistra! Cosa ancora più sexy, ha una leggera spolverata di peli sulle nocche (cosa per cui la sua foto non mi aveva preparata).

Sento un formicolio tra le gambe e, sicuramente, non è la sauna.

Io *adoro* i peli sulle nocche, al punto che una volta ho applicato del Rogaine sulle nocche del mio ex-ragazzo e, quando questo non ha funzionato, ci ho incollato sopra delle sopracciglia finte in vista del sesso per il mio compleanno.

Tutto è iniziato dopo aver visto Sean Connery e Pierce Brosnan come James Bond, nonché Elijah Wood come Frodo ne *Il signore degli anelli*. Frodo non era esattamente una spia, ma si è infiltrato (attenzione allo spoiler!) a Mordor.

Grazie al cielo, c'è un asciugamano tra me e la sedia! Ricordare i vari Bond non mi sta aiutando a trattenere i miei fluidi.

Che cosa farebbe Mr. Spia, se allungassi la mano sotto il suo asciugamano per dare piacere alla sua noce? Magari, accarezzando anche il suo...

Che cosa sto pensando? Sono io che dovrei sedurre

Mr. Spia, per indurlo a rivelarmi tutti i suoi segreti. Non posso lasciare che le sue fossette e le sue nocche pelose (o la sua noce) facciano altrettanto con me.

Inoltre, sta diventando assurdamente caldo qui dentro. Oltre ad esercitarmi con Clarice, avrei dovuto assicurarmi di sviluppare una resistenza alla temperatura della sauna.

Beh, non c'è niente da fare, ormai.

Con uno sforzo di volontà, mi costringo a concentrarmi sul gioco.

Per fortuna, l'inganno al tavolo da poker mi viene naturale, come per James Bond in *Casino Royale*.

Ben presto, perdo centomila dollari, ma imparo un mucchio d'indizi sui giocatori. Mr. Pila Sciatta finge di essere eccessivamente disinteressato, ma poi continua a puntare, quando ha qualcosa in mano. Il tipo poco attraente sospira per dare l'impressione di avere una brutta mano, ma è sempre una recita. Un altro tizio si siede più dritto, quando ha carte forti. Un altro fa scorrere le fiches delicatamente, fingendo di avere una mano debole, quando in realtà è forte.

Colgo anche l'indizio del giocatore che costruisce le sculture. Dà una sbirciatina alle proprie fiches ogni volta che ha una mano forte.

L'unica persona di cui non conosco ancora gli indizi è Mr. Spia, ma sapere quelli di tutti gli altri è sufficiente.

Usando le mie conoscenze, comincio a vincere e, quando sono sul punto di svenire per il caldo, sono in vantaggio di un quarto di milione.

D'accordo. Se le mie astuzie femminili non avessero impressionato Mr. Spia, le mie abilità a poker potrebbero averlo fatto. È vero, lui ha raddoppiato le proprie fiches, ma dovrebbe almeno vedermi come una sua pari a carte... e telefonarmi (per parlare di poker, se non altro).

È ora di passargli il mio numero e svignarmela.

Al prossimo giro, avvicino di nascosto la mano alla parrucca e, quando nessuno mi guarda, faccio scivolare fuori la fiche da poker incisa.

Il mio cuore batte all'impazzata. C'è un motivo per cui alle persone con problemi cardiaci viene consigliato di evitare le saune. Dovrebbero evitare ancora di più gli affari loschi nelle saune!

Se mi beccano con questa fiche, potrei essere in grossi guai. Tralasciando il mio numero di telefono, portare le proprie fiches potrebbe essere considerato come barare. Inoltre, se iniziassero a chiedersi dove ho tenuto nascosta la fiche, potrebbero trovare il dispositivo (e farmi beccare con quello sarebbe ancora peggio!).

La buona notizia è che nessuno mi sta guardando, tranne Mr. Pila Sciatta, il cui sguardo è ancora fisso sul mio seno. La cattiva notizia è che questa mossa è molto più difficile da eseguire, con le mani sudate.

Eppure, riesco a non far cadere la fiche, mentre la afferro come Gia mi ha insegnato.

Dal momento che le carte sono state distribuite, controllo le mie.

Due assi e due sei. Bene. Grazie alle statistiche che Clarice mi ha inculcato in testa e alla mia capacità di analizzare mentalmente i numeri, ho motivo di essere felice. Questo batterebbe una singola coppia e qualsiasi carta alta. Inoltre, se ricevessi un altro asso o un altro sei, avrei un *"full house"* (che non è solo il nome inglese del programma in cui hanno esordito le gemelle Olsen).

Le scommesse hanno inizio e io le uso come copertura per allungare la mano sopra la pila più vicina di Mr. Spia, mentre mollo la fiche col numero di telefono.

Mr. Spia ci lancia un'occhiata appena percettibile, poi prosegue come se niente fosse.

Fiù!

Non sono stata sgamata.

Almeno, non credo.

Tuttavia, quelli della sicurezza potrebbero entrare da un momento all'altro. Oppure, lui potrebbe rilanciare la mia fiche, che rischierebbe di andare a finire...

No.

Come speravo, ha capito al volo.

Fa scivolare la mia fiche dal mucchio e la nasconde sotto il proprio asciugamano.

Porca miseria!

Ho intravisto la parte superiore della sua coscia. Non sapevo di essere il tipo donna che impazzisce per le gambe, ma suppongo di esserlo.

Inoltre, avrà intenzione d'infilarsela nel didietro? Vicino alla sua noce?

È ora di filarmela.

Ma aspettate!

Ottengo l'asso, da abbinare alla mia coppia.

Ho un full house.

Sarei pazza a non cogliere l'opportunità. Esistono solo altre tre mani più forti di questa. Devo solo stare attenta a non telegrafare la mia gioia a tutti quelli intorno al tavolo.

Dannazione! Mr. Spia deve conoscere qualche mio indizio rivelatore. O è così, o c'è qualche altro motivo per cui lascia.

Gli altri non lo imitano, però, così finisco per fare due cose molto piacevoli contemporaneamente: raddoppio i miei soldi e lascio Mr. Pila Sciatta senza fiches.

Se apprezzassi le espressioni relative agli uccelli (e decisamente non è così!), questo sarebbe un perfetto esempio di "prendere due piccioni con una fava." In realtà, esistono espressioni peggiori, come ad esempio: "È meglio un uccello in mano, che due nel cespuglio." Primo, dite pure addio a quella mano. Secondo, "due nel cespuglio" suona vagamente sessuale: evoca un ménage à trois in stile zoofilia. E a proposito di sesso, perché mai la riproduzione viene definita con "gli uccelli e le api", due specie che si riproducono in modo così diverso dagli esseri umani? La deposizione delle uova dovrebbe rientrare in quella conversazione? A tal proposito, volete avere incubi? Se sì, informatevi sulla riproduzione delle anatre. Attenzione allo spoiler: i genitali a forma di vite e quella che viene educatamente definita "copulazione forzata" sono tematiche in primo piano.

"Che gran cazzata!" esclama Mr. Pila Sciatta (o dovrei dire Pila Inesistente?), fissandomi torvo. "Questo posto non è adatto a te."

Gli lancio il mio sguardo più fulminante. "Sul serio? 'Questo posto non è adatto a una donna?' Forse, se non mi avessi fissato le tette per tutta la partita, ti sarebbero rimaste delle fiches. La prossima volta, non lasciare che il tuo micro-pene guidi la tua strategia di poker."

"Stronza!" Si alza in piedi. "Io me ne vado."

Tutti lo fissano e (a loro merito) gli uomini sembrano disapprovare all'unanimità.

Mr. Spia si alza in piedi, flettendo i muscoli delle ampie spalle. La sua voce profonda è bassa e pericolosa. "C'è solo uno stronzo piagnucolone in questa stanza, e lo sto guardando."

Mentre l'attenzione è distolta da me, estraggo furtivamente il mio dispositivo e lo nascondo nella mano. "Non te ne andrai ancora" dico a Mr. Pila Sciatta, alzandomi in piedi a mia volta. "Sto incassando e ho la priorità sullo spogliatoio."

Ci siamo. *Potrei* giocare un'altra mano o due, ma lui mi ha dato della stronza, quindi lo farò aspettare al tavolo senza fiches, come il perdente che è.

"Al diavolo!" Si fionda verso la porta. "Io esco."

Mr. Spia si piazza davanti a lui, bloccandogli la strada. "Eravamo tutti d'accordo che la signora avrebbe avuto la priorità sullo spogliatoio. Siediti, o ti farò sedere io."

Accidenti! Generalmente, troverei paternalistico che un uomo facesse una cosa del genere per conto mio; in questo caso, però, è così sexy da far sciogliere le mutandine (non che io le stia indossando).

Dato che l'attenzione di tutti è ancora rivolta su Mr. Pila Sciatta/Inesistente, scatto una foto della stanza con il mio dispositivo.

Uno dei giocatori della foto dell'FBI lancia una fiche a Mr. Pila Sciatta.

"Tieni" gli dice. "Sei di nuovo in gioco. Mi ripagherai più tardi."

Brontolando, lo stronzo si rimette a sedere.

Grosso errore. L'uomo a cui ora deve dei soldi è uno dei clienti abituali e, secondo il file dell'FBI sul suo conto, potrebbe essere un membro della mafia. Sarà meglio che Mr. Pila Sciatta abbia i soldi per ripagarlo.

"Grazie" sussurro all'orecchio di Mr. Spia, mentre si siede di nuovo, e poi me la svigno, prima di prendere un avvelenamento da testosterone.

———

Quando mi trovo di nuovo nello spogliatoio, mi rendo conto di quanto io sia effettivamente surriscaldata.

Potrei svenire da un momento all'altro.

Dannazione! Ho ancora una cosa da fare.

Appoggiandomi all'indietro, come per riprendere fiato (cosa che ho bisogno di fare comunque), attacco il mio dispositivo al muro con la cera.

Ci siamo. Ora, ho un feed video all'interno dello spogliatoio maschile (come una pervertita).

È meglio che me ne vada da qui al più presto. Avevano detto che se ne sarebbero accorti, se avessi acceso il cellulare, quindi potrebbero rilevare anche il dispositivo.

Afferrati gli asciugamani vicini, mi asciugo il sudore dal viso e dal corpo. Non oso fare la doccia in queste circostanze. Invece, mi vesto quanto più in fretta il mio stato di surriscaldamento mi consenta e, poi, faccio capolino dallo spogliatoio.

Uno dei tizi mascherati mi dice di aspettare e scompare. Un minuto dopo, ritorna con la benda improvvisata di prima e il suo proprietario.

La via del ritorno mi sembra più veloce, probabilmente perché è beatamente priva di canzoni sugli uccelli.

Quando mi tolgono i paraorecchie e gli occhiali da sole, il proprietario di questi ultimi mi chiede dove voglio scendere.

Indico il parcheggio.

Mi conducono dentro in auto.

La mia macchina è pronta a partire. Deduco che il parcheggiatore a cui prima avevo dato la mancia voglia gli altri cento dollari.

"Puoi andare" mi dice uno degli uomini mascherati.

Sto per obbedire, quando lo vedo.

Un piccione.

È appollaiato proprio sopra la mia portiera, dal lato del conducente.

Sono incollata al sedile. Non ho modo di avvicinarmi a quella macchina, ora.

"Ho detto che puoi andare" ringhia lo stesso tizio.

"Ti ho sentito, ma c'è un problema. Quello." Punto un dito instabile verso il piccione.

"Cosa?" Guarda fuori dal finestrino, stringendo gli occhi.

"L'uccello" dico. "Puoi mandarlo via, per favore?"

Mormorando qualcosa di incomprensibile, lui esce dalla Suburban e scaccia via il piccione.

La mia recensione su Yelp, ora, è di cinque stelle luminose. Spero solo che il tizio non la paghi troppo cara per il suo coraggio.

Chiunque definisca i piccioni "ratti con le ali" si sbaglia. In confronto, i ratti sono carini e coccolosi; sono anche molto più puliti e portano meno malattie. Persino tra gli uccelli, i piccioni sono inquietanti. Hanno gli occhetti piccoli e penetranti, che sembrano sempre guardarti di traverso, e non hanno paura.

Ecco un'idea per un film horror. Mettiamo che un piccione vi voglia morti. Si potrebbe trasportare la perfida creatura fino a duemila chilometri di distanza, in isolamento (privandola di vista e udito), e troverebbe comunque la via del ritorno. Gli scienziati non sanno come sia possibile, il che ha senso: il male puro opera in modi inquietantemente misteriosi.

E non dimentichiamoci che, se vostro figlio ha l'asma, la roba che i piccioni portano sulle ali la farà scatenare. Se un piccione vi tocca e riuscite a sopravvivere, vi prenderete come minimo la scabbia. E se doveste davvero fare amicizia con uno di loro, potreste prendere una malattia simile all'enfisema, chiamata polmone dell'allevatore di uccelli.

Potrei continuare, ma sarebbe crudele.

Aspettate un secondo! Ho appena visto il tizio tirare fuori una pistola?

Non mi è chiaro, ma qualcosa riesce finalmente a spaventare il mostro, perciò esco e ringrazio profusamente il mio eroe.

"Posso darti la mancia?" gli chiedo alla fine.

Lui scuote cupamente la testa.

"Beh, se mai incontrerò il tuo capo, mi assicurerò di riferirgli delle tue straordinarie capacità di servizio al cliente."

Il mio salvatore grugnisce qualcosa e torna alla Suburban nera. L'auto si allontana velocemente.

Mentre salgo nella mia macchina, il parcheggiatore di prima si fa vivo. "Un accordo è un accordo."

Gli do i soldi, come promesso, e metto in moto.

Prima di uscire, decido di controllare il video in diretta del dispositivo (ed è una fortuna che lo faccia).

Nella visuale della fotocamera, c'è nientemeno che Mr. Spia Sexy in persona... e sembra che stia per commettere qualcosa di losco.

CAPITOLO
Cinque

TRA LE MANI di Mr. Spia, c'è un dispositivo che ho già visto in passato. Si tratta di un sistema antiquato per infiltrarsi nel cellulare di qualcuno e, all'Agenzia che Non C'è, ci hanno detto di stare attenti che non lo usino su di noi. Nota a margine: simili gadget non sono necessari per la mia agenzia. Noi possiamo accedere alla maggior parte degli smartphone con le mani legate dietro la schiena.

Come sospettavo: è una spia. Perché, altrimenti, dovrebbe possedere un dispositivo come quello? Domanda persino migliore: dove nascondeva quell'aggeggio durante la partita?

Muovendosi furtivamente, Mr. Spia si avvicina a un armadietto vicino.

Scommetterei la mia quota d'ingresso che quell'armadietto non è il suo. Sta chiaramente cercando il telefonino di qualcuno che è ancora a quella partita.

Se è così, come fa a conoscere il codice di qualcun altro?

Improvvisamente, la porta dello spogliatoio si apre e una persona mascherata entra, reggendo una specie di dispositivo a propria volta. Se dovessi indovinare a cosa serve, direi che avverte quelli dell'Hot Poker Club, quando qualcuno accende il cellulare.

Mr. Spia sta per essere sorpreso a spiare?

Reagendo con una velocità impressionante, lui lascia cadere la propria tecnologia d'infiltrazione sul pavimento di piastrelle sotto i suoi piedi. Il marchingegno va in frantumi. Rapidamente, calpesta uno dei pezzi con un piede nudo e copre il resto con l'altro.

Deve fargli male, ma le prove delle sue azioni furtive sono sparite.

Rabbrividisco, mentre lo guardo trascinare i piedi verso un altro armadietto, che dev'essere il suo.

Con mia sorpresa, l'addetto alla sicurezza non va verso Mr. Spia.

Invece, si dirige verso di me... cioè, verso la fotocamera.

Oh, merda!

Proprio così. Afferra l'aggeggio, mandando in tilt la mia visuale.

"Questo è tuo?" il tizio della sicurezza domanda a Mr. Spia Sexy, esaminando il piccolo dispositivo tecnologico.

"No" risponde Mr. Spia. "Non l'ho mai visto prima."

Il tizio della sicurezza lascia cadere l'aggeggio e lo calpesta, perciò non riesco a sentire il resto.

Merda! Sapevo che c'era una possibilità che il

dispositivo venisse trovato, ma non pensavo che sarebbe successo così in fretta.

Mr. Spia Sexy riuscirà a tirarsi fuori d'impaccio? In caso contrario, che cosa gli faranno? Sicuramente, non lo uccideranno, vero? Sembra una reazione troppo severa, ma non si sa mai.

Cosa ancora più importante, perché sono preoccupata per uno sconosciuto che, molto probabilmente, è un agente straniero?

Non lo sono. Questo dolore al petto è solo senso di colpa, per il fatto che è stato il mio aggeggio a metterlo nei guai.

Sì, dev'essere così.

Eppure, per un secondo, considero d'imbarcarmi in una missione di salvataggio. Dopotutto, oltre al video, il mio dispositivo ha registrato le coordinate dell'ubicazione dell'Hot Poker Club.

Inserisco le suddette coordinate nel GPS.

Si trova a Midtown. Nello specifico, è nel bel mezzo di un hotel chiamato Palace.

Interessante. Gli alberghi hanno bagni di vapore e saune, quindi perché non una banya?

Dovrei andare lì a salvare una spia, anche se lavora per la controparte?

No. La mia forza è la furtività, non i muscoli. Lui se la caverà. Probabilmente, controlleranno la fotocamera di sicurezza e vedranno che non si è avvicinato al punto in cui è stato incollato il dispositivo.

Merda!

Potrebbero sgamare *me*?

Se non mi pagheranno, lo saprò.

Per ora, guido fino a casa.

———

Entrata nel mio appartamento, cammino in punta di piedi nel salotto.

Olive sta russando sul divano, con Machete accoccolato accanto.

Traditore. È così che, di solito, dorme con me. Senza dubbio, non riesce nemmeno a distinguere la differenza tra noi due.

Prendo una coperta e copro la mia gemella.

Ora che sono tornata, devo combattere la tentazione di svegliarla per farmi raccontare cosa le sia successo.

Machete apre un occhio verde e sibila contro di me.

Non svegliare mai Machete in quel modo. Può ucciderti con un solo colpo della zampa posteriore.

Roteando gli occhi in direzione del gatto, vado in cucina e bevo un'intera bottiglia d'acqua.

Il bagno è la prossima tappa.

Dopo essermi fatta la doccia e in qualche modo reidratata, crollo sul letto e mi addormento.

CAPITOLO
Sei

AL RISVEGLIO, prendo il telefono.

No.

Mr. Spia Sexy non ha chiamato.

Questo non significa che sia stato ferito (né che abbia perso la fiche con il mio numero). È solo la mattina seguente. Certi ragazzi aspettano tre giorni o più, per telefonare.

Tamburellando sullo schermo, controllo il conto bancario che ho usato per pagare la quota d'ingresso per la partita.

Bingo! I soldi ci sono tutti. Clarice ne sarà felice. Visto che ho più che raddoppiato l'importo che avevo stanziato, la finanzierò, come promesso.

Suppongo che quelli dell'Hot Poker Club non abbiano capito che l'aggeggio che hanno trovato apparteneva a me, o non abbiano lasciato che questo li trattenesse dal pagarmi.

Saltando giù dal letto, corro in bagno e mi lavo i denti. Poi, trovo Olive in salotto. È sveglia e tiene in mano un flacone di crema solare potentissima.

"Ciao, sorella. Come hai dormito?" le chiedo.

Mi sorride (un buon segno). "Il tuo gatto è meglio di un sonnifero. Appena l'ho abbracciato, mi sono addormentata."

"È bravo in questo. Dunque..." Metto le mani sui fianchi. "Ti ho lasciato il tuo spazio. Ora è il momento di sputare il rospo."

Si spreme un po' di crema solare sulla mano e se la spalma sul viso. Tamburello con il piede, mentre la guardo applicare diligentemente la lozione su tutta la pelle esposta.

Sospiro. "Sul serio... Sono preoccupata per te. Tu come ti sentiresti, al posto mio?"

Mi porge la crema solare.

"No, grazie" replico. "Siamo al chiuso."

Non ritrae il flacone. "Ci sono comunque raggi di luce nocivi dentro casa. Passano attraverso i vetri, sono emessi dalle lampadine e dagli elettrodomestici e..."

Afferro la crema solare. "Se la uso, mi dirai cosa ti è successo?"

Lei annuisce.

Mi spalmo addosso la sostanza bianca. "Sputa il rospo."

"Io e Brett abbiamo chiuso" dichiara con voce rotta.

"Brett, il ragazzo con cui sei andata a convivere?" Mi massaggio la crema solare sulle guance.

"L'ho sorpreso a tradirmi." Stringe le mani a pugno. "Quando gli ho detto che era finita, mi ha urlato contro e mi ha insultata."

Stringo il flacone di crema solare così forte, che

emette un suono di risucchio, che mi ricorda i rumori provenienti dall'ano in silicone di Bill (anche se l'associazione anale potrebbe avere qualcosa a che vedere con la mia voglia di fare un culo così al suo ex!).

"Che cosa ti ha detto?" le chiedo, nascondendo la minaccia nella mia voce, nel caso in cui lei provi ancora dei sentimenti residui per Brett.

"Non m'importa quello che ha detto." Tira su col naso. "Non mi ha permesso di portare via Beaky."

"Che cosa?" ringhio. Con un tono più normale, le chiedo: "Chi è Beaky?"

"Il mio polpo" risponde.

La confusione mi fa dimenticare per un attimo la rabbia contro Brett. "Perché mai dovresti chiamare un polpo Beaky? Sembra il nome di un uccello."

Un nome orribile, alla pari di Freddy, Jason e Chucky.

"I polpi hanno il becco" mi spiega. "E Beaky ne ha uno grande."

"Perché mi dici una cosa del genere?" Ora, ho bisogno di un disinfettante per il cervello. Avere paura degli uccelli è già abbastanza difficile. Non vorrei dover evitare anche i molluschi. Alcuni di loro sono deliziosi.

"Puoi aiutarmi a riprendermi Beaky?" mi chiede, con un'aria infelice. "Non credo che Brett me lo restituirà spontaneamente."

"Fidati, riavrai il tuo polpo." Massaggio la crema solare rimasta sulla mia pelle scoperta. "Possiamo andare insieme da Brett per costringerlo a consegnartelo, oppure…"

"Optiamo per l'oppure" m'interrompe. "Non voglio rivedere Brett mai più."

Le restituisco la crema solare. "Posso andarci senza di te."

"Così, penserà che sei me e ti urlerà contro."

Sbuffo. "Mi piacerebbe vederlo provare. Non vedo l'ora di usare le mie abilità di Krav Maga."

Lei scuote la testa. "Qual è il piano B?"

Rifletto rapidamente. "Aspettiamo che lui parta per andare al lavoro, lunedì, e poi…"

"Non voglio aspettare due giorni. Lui non sa come prendersi cura di Beaky nel modo giusto."

"D'accordo. Posso fare in modo che sia costretto ad uscire di casa oggi stesso. A quel punto, noi andremo a prendere Beaky."

"Questo piano mi piace."

"Ottimo. Fammi parlare con alcune persone."

"Grazie" mi dice, mentre mi giro per andare in camera mia. "E tieni." Mi piazza la crema solare tra le mani. "Non dimenticarti di riapplicarla ogni due ore."

———

Mezz'ora dopo, ho terminato la prima fase del mio piano diabolico.

"Brett sta per essere arrestato per un crimine informatico e portato negli uffici dell'FBI adiacenti al palazzo in cui lavoro" informo Olive.

Lei mi guarda, sbattendo le palpebre, dal divano del salotto. "Quale crimine informatico? Come? Perché…?"

"Dettagli riservati. La missione inizia tra quattro ore."

Batte le mani, emozionata. "Grazie! Beaky deve…"

Il mio telefono squilla.

È un numero sconosciuto.

"Scusa, sorella" le dico. "Devo rispondere."

Senza aspettare la sua replica, mi chiudo in camera da letto e rispondo al telefono.

"Pronto?"

"Ciao!" dice una voce maschile profonda e sexy. "Bella fiche da poker."

CAPITOLO
Sette

IL MIO BATTITO ACCELERA. "Ciao. Anche le tue fiches non erano male."

Aspettate, che cosa? Non ha alcun senso.

Lui ridacchia. "Come ti chiami?"

"Blue" rispondo.

"Come il colore?"

"No" ribatto. "Come un umore deprimente."

"Beh, piacere di conoscerti, Blue. Io sono Maxim."

Accidenti! Non si sta nemmeno sforzando. Maxim, in una varietà di ortografie, è un nome comune nei paesi slavi, come la Madre Russia. L'origine è il termine romano *Maximus*.

Mi piace questo nome. La versione romana mi rende speranzosa a proposito di quello che lui poteva avere sotto l'asciugamano.

"Maxim" ripeto. "Come la rivista che oggettivizza le donne?"

Ridacchia di nuovo. "Puoi chiamarmi Max, se lo trovi più femminista."

"Max" ripeto, assaporando la parola e desiderando che si trattasse delle sue labbra. "Così va un po' meglio, ma ti fa sembrare il migliore amico dell'uomo."

In realtà, Max mi fa pensare al Teorema Min-Max e alle sue applicazioni nella crittografia e, a quel punto, torno a sperare che qualunque cosa avesse sotto l'asciugamano fosse Max e non Min.

"Non intendi forse il migliore amico della donna?" mi chiede. "Sono scioccato che tu abbia usato un'espressione così sessista."

"Mi dispiace se ho offeso la tua delicata sensibilità con questo palese sessismo, Max. Starò più attenta, in futuro."

Posso praticamente sentirlo sorridere, mentre replica: "Lo apprezzerei, Blue."

"Qual è il tuo cognome?" gli chiedo, cercando di sembrare disinvolta.

Quando saprò il suo nome completo, lo avrò in pugno.

"Stolyar" risponde.

Seriamente, la mancanza di sforzo nel nascondere la sua nazionalità russa è un insulto. Che abbia visto troppi film di James Bond, come me? Anche Bond, per qualche motivo, rivela a tutti il suo vero nome, persino alle spie nemiche. Comunque sì, Stolyar è un tipico cognome associato ai mestieri, nella patria di Max. Significa "falegname" o "carpentiere" (devo ricontrollare il mio dizionario di russo). Inoltre, lui lo ha pronunciato esattamente come avrebbe fatto un russo. La "L" nel mezzo era una consonante morbida. Un madrelingua inglese avrebbe dovuto rompersi la lingua, per pronunciarla in quel modo.

Grandioso. Ora sto pensando alla lingua di Max. E, per estensione, a sedermi sulla sua faccia. Che cosa verrà dopo, gemere come un'operatrice telefonica di una linea erotica?

"Stolyar" ripeto, assicurandomi di toccarmi il palato con la lingua, mentre pronuncio la "L", come ci ha insegnato l'insegnante di russo (per lo più senza successo, dovrei aggiungere).

"E qual è il *tuo* cognome?" mi chiede.

Interessante. Non ha commentato la mia pronuncia. Forse, la mia "L" era talmente pessima, che lui non ha nemmeno notato lo sforzo? O forse, questo è il suo limite, quando si tratta di nascondere le proprie origini russe?

"Hyman" rispondo, irrigidendomi. Se fa una battuta sulla verginità, gli dirò di ficcarsi il suo umorismo comunista su per il...

"È carino" commenta.

"Ah sì?"

Ha chiaramente frequentato una di quelle scuole di spionaggio che insegnano la seduzione. Con sforzo minimo, mi sta facendo venire voglia di mettermi a cantare quella canzone di *West Side Story*, dato che anch'io mi sento *"Oh, so pretty"* (e forse persino *"witty"*, ma assolutamente non *"gay"*).

"Anche Blue è carino" aggiunge.

Accidenti! È bravo. Dovrò stare molto attenta con lui.

"Nemmeno Max è poi così male" replico. "Associazioni canine a parte."

"Grazie. Allora, come mai quella fiche da poker?"

Faccio spallucce, prima di ricordarmi che lui non può vedermi (auspicabilmente!). Se avessi qualche minuto, potrei riuscire a vedere *lui* tramite la fotocamera del suo telefono.

"L'ho portata perché mi avevano detto che ci sarebbero stati parecchi uomini attraenti alla partita" dichiaro. "Sono single, quindi ho pensato che avrei potuto passare il mio numero a uno di loro."

Ehi, non ci sto andando per il sottile.

"Mi sento speciale" replica. "Grazie per aver dato la tua fiche a me."

"Eri la scelta più ovvia." Sorrido diabolicamente. "Abbastanza vicino, da permettermi di infilare la fiche nella tua pila senza che nessuno se ne accorgesse."

Lui ride. "Quindi, è stato come nel settore immobiliare: tutta una questione di location?"

"Non solo. Le tue fiches erano ben impilate. Inoltre, la tua generale mancanza di bruttezza ha favorito un po' la tua causa."

"Vado fiero della mia mancanza di bruttezza" dice. "Sono lieto che tu l'abbia notata."

"È la tua qualità migliore. Custodiscila."

"Mi piace parlare con te" afferma, facendomi venire di nuovo voglia di mettermi a cantare quella canzone. "Ma credo che mi piacerebbe ancora di più vederti."

Ok, devo rintracciare la scuola che ha frequentato. Palesemente, in tema di seduzione, loro ne sanno più di Fabio. Ripensandoci, noi donne siamo creature più semplici, a questo proposito: niente noci nei pertugi dei nostri sederi, nessun bisogno di soffocare il partner con i nostri genitali... e l'elenco continua.

"Vuoi passare a una videochiamata?" gli chiedo.

"E se, invece, ci incontrassimo nel mondo reale?"

Che sia perché lui non fa videochiamate? Forse, il veto ai video è una cosa da spia? Forse, non vuole che il suo volto venga catturato? O forse, pensa che una videocamera potrebbe rubare ciò che passa per l'anima di una spia russa.

"L'incontro dovrà avvenire in un luogo pubblico" preciso. "Non sappiamo nulla l'uno dell'altra. Io potrei essere un'imbalsamatrice serial killer, a cui piace collezionare uomini non brutti come trofei."

"Considerando quanto è specifico quest'esempio, concordo con l'idea del luogo pubblico. Che ne dici di Central Park?"

Mi sta chiedendo un appuntamento, giusto? Se è così, ci andrò davvero? Beh, perché no? È proprio a questo che serviva la fiche. È la mia occasione per scoprire se lui è una spia.

Già! È per questo che sono emozionata. Un motivo puramente professionale. Questa è la mia versione e mi ci atterrò... a meno di non essere soggetta a qualche tortura con i passeri.

"Certo" rispondo. "Possiamo incontrarci sui gradini del Metropolitan Museum. Quando pensavi?"

"Sai... è un bellissimo sabato mattina." Assume improvvisamente un tono super-invitante. "Io sono libero, se tu lo sei."

Adesso? Vuole vedermi adesso? Non sono pronta.

Devo affinare ulteriormente le mie capacità di seduzione e formulare un piano d'azione. Per esempio, forse potrei rapirlo, portarlo su un'isola deserta e aspettare che gli venga la sindrome di Stoccolma? Ma no. Lunedì devo andare in ufficio; l'Agenzia che Non C'è non mi permette di lavorare a distanza.

"Ho un impegno tra qualche ora" dico, ricordandomi dell'operazione 'Salvate il soldato Beaky'. "Magari, un'altra vol…"

"Ottimo" m'interrompe. "Io ho solo due ore, prima di un impegno di lavoro. Se ci sbrighiamo, abbiamo tutto il tempo per una passeggiata."

Il mio cuore martella per l'eccitazione. Suppongo che stia per accadere. "D'accordo. Tra quanto puoi essere lì?"

"Quindici minuti?"

"Facciamo mezz'ora, per me" ribatto. Dovrà essere la preparazione più veloce in tutti i miei anni da donna, ma accetto la sfida.

"Affare fatto" dice. "A tra poco, allora."

Lui riattacca e io saltello su e giù per l'eccitazione (puramente professionale).

Mi affretto a prepararmi. Dato che mi ha vista con la parrucca della gabbia di Faraday, dovrò indossare quella, o qualcosa di simile in termini di colore e lunghezza dei capelli. Non sono pronta a rivelargli il mio taglio rasato (una comodità per indossare le parrucche di cui mi sto improvvisamente pentendo). Beh, fortuna vuole che io abbia una versione persino migliore della parrucca di ieri sera. Con me ad indossarla, Max non sarà l'unico che potrebbe recitare in una pubblicità di shampoo. Decisi i capelli, scelgo una gonna, un paio di scarpe e un trucco che dovrebbero far pulsare nome-in-codice Maximus dentro i pantaloni di Max (ammesso che lui trovi qualcosa di attraente in me, il che è probabile, considerando la telefonata e l'appuntamento).

"Wow!" esclama Olive, quando sfilo in salotto. "È un look piuttosto elegante per il salvataggio di un polpo."

"Questo non è per Beaky" affermo. "Vado prima a un incontro veloce con un amico. Non preoccuparti, tornerò in tempo per la nostra missione."

Mi squadra da capo a piedi. "Scommetto cento dollari che il tuo amico ha un bel pene."

Sogghigno. "Sono così ottimista al riguardo, che l'ho già soprannominato Maximus."

Lei tira fuori un flacone di crema solare da non so quale orifizio. "Vuoi portare questa con te? Sarà il caso di riapplicarla, se esci alla luce del sole."

"Sono a posto così" replico, correndo fuori a chiamare un taxi.

———

Scendendo dal taxi, scruto i gradini del MET e, per poco, non mi strozzo con la lingua.

Max mi sta già aspettando, con un girasole in mano.

Come fanno i suoi capelli a sembrare ancora più belli, oggi? Porta anche lui una parrucca?

Come se la splendida chioma non fosse già abbastanza, indossa un completo su misura, che ora è ufficialmente il mio secondo preferito tra i suoi look (il primo è così come mamma l'ha fatto).

Oh, e ho menzionato la cravatta? Lo fa sembrare come se stesse per ordinare un Martini, agitato non mescolato, o una vodka liscia... direttamente dalla bottiglia.

"Ciao" mi saluta, porgendomi il fiore, mentre mi avvicino.

Vorrei poter zittire le farfalle nel mio stomaco. Il girasole è un gesto dolce, anche se questa particolare pianta è una strana scelta per un appuntamento. Una rosa o un giglio sarebbero più tradizionali. Sembra quasi un trucco di spionaggio. Forse, se io fossi una spia russa sua collega, gli darei in cambio una zucca (dato che entrambe le cose producono semi che sono ottimi per la salute cardiovascolare).

"Indossi dei vestiti" blatero.

Mi abbaglia con quella fossetta devastante. "Anche tu."

Conversazione brillante! Forse dovrei dirgli che il cielo è azzurro, cosa che potrebbe ugualmente sembrare un trucco di spionaggio.

"Io sono Blue... ancora." Gli tendo la mano.

"Max." Mi stringe la mano, con gli occhi screziati di miele che brillano.

Per la miseria!

Il precedente tocco di gomito non mi aveva preparata adeguatamente per questo.

Mi sento come se il mio palmo si fosse appena trasformato in un clitoride e lui l'avesse leccato... e succhiato. Tutto il mio corpo vibra di energia sessuale. Il

Sergente e il Capitano rivolgono a Max un netto saluto militare, mentre il mio vero clitoride (il cui nome in codice è segreto) brama il trattamento che il mio palmo ha appena ricevuto.

Prima di avere un orgasmo in pubblico (o di cominciare a parlare in lingue slave), ritraggo la mano.

"Ti va di andare da quella parte?" Indico la direzione di East 80th Street.

"Certo." Mi offre il braccio, come se fossimo una coppia sposata a passeggio. "Andiamo?"

Beh, suppongo che, quando sei a Roma... fa' come fanno i russi. Infilo la mano nell'incavo del suo gomito; la sensazione del suo braccio muscoloso quasi mi rispedisce in una frenesia orgasmica.

Cominciamo a camminare. Il verde, gli alberi e le panchine ovunque mi ricordano le scene dei film in cui le spie s'incontrano di nascosto. A differenza di quei film, però, noi non stiamo facendo finta di non conoscerci.

Un gruppo di donne con passeggini mi guarda con invidia sfrenata.

Eh già. Continuate a camminare. Lui è mio.

"Dunque" esordisco. "Come sei finito a quel tavolo da poker?"

Lui rallenta. "Non pensi che questa sia più una domanda da terzo appuntamento?"

Terzo appuntamento? Conto di averlo già sedotto per allora e, se questo accadrà, lui mi rivelerà tutto ciò che voglio sapere durante le conversazioni tra le lenzuola. Oppure, se le mie abilità in camera da letto saranno all'altezza, lui potrebbe addirittura convertirsi e cambiare fazione. La mia vagina deve assolutamente essere *così* efficace. Per il bene del mio paese. La conversione avviene sempre nei film di spionaggio, di solito quando una femme fatale nemica va a letto con l'eroe sexy, specialmente se si tratta di James Bond.

"Mi dispiace" dice. "Sono una persona riservata e, come saprai, il Club coinvolge il dark web. Ipoteticamente."

Persona riservata. Siamo in vena di eufemismi?

"Ipoteticamente, certo" affermo. "Che cosa *puoi* dirmi di te?"

Si stringe nelle spalle. "Aiutami a restringere il campo."

"Sei single, giusto?"

Gli conviene esserlo.

"Sì, e anche tu hai detto di esserlo." La sua fossetta ricompare. "Lo sei ancora?"

"Affermativo. Anche se ho ricevuto un sacco di proposte di matrimonio, mentre venivo qui. È il tuo turno. Dove hai studiato?"

Di sicuro, non si limiterà a rispondere: "Mosca."

"York University" afferma. "E tu?"

York University? Cioè a Toronto. Cioè in Ontario. Cioè in… Canada?

Immagino che faccia freddo lì, quindi un russo si sentirebbe come a casa.

"Ho frequentato la California State University" rispondo. "Che cos'hai studiato?"

"Relazioni internazionali" dichiara, fermandosi davanti a una statua di tre orsi.

Uhm. Le relazioni internazionali sono esattamente

ciò che una spia studierebbe. Dovrei sentirmi insultata dalla sua mancanza di sottigliezza?

"E tu?" mi chiede, con gli occhi fissi sugli orsi.

"Sicurezza informatica" rispondo.

Più specificamente, ho una laurea in Sicurezza Informatica Nazionale, ma entrare così nel dettaglio si avvicina troppo ad ammettere ciò che faccio per vivere. Non che io abbia intenzione di nasconderlo. Semmai, il mio lavoro potrebbe contribuire alla seduzione. Se lui decidesse di voler convertire *me*, le possibilità di quel terzo appuntamento aumenterebbero. Inoltre, se è al servizio dei russi, potrebbe già sapere dove lavoro, visto che gli ho detto il mio nome.

L'unico motivo per cui io non ho ancora cercato il suo è che ero di fretta per arrivare qui.

"Che lavoro fai?" Volta le spalle agli orsi e inclina la testa, guardandomi con quei bellissimi occhi verde foresta.

Uhm. Forse, *non* lo sa. Oppure è bravo a fingere.

"Il mio lavoro è legato alla mia laurea" replico. "Per la maggior parte, è riservato. Spiacente."

"Non dire altro" afferma senza battere ciglio.

Ahah! Comprende la necessità di segretezza: un altro indizio che è una spia.

Girandosi di nuovo verso gli orsi, mormora: "Non è fantastica quella statua?"

Certo, se hai nostalgia della Madre Russia, dove (come tutti sanno) gli orsi vagano per le strade e nuotano in fiumi di vodka.

"Non male. Mi piace di più la statua di Alice nel

paese delle meraviglie." Indico la direzione in cui siamo diretti.

"Sì" conferma, lanciandomi un'occhiata di lato. "Il coniglio è ben fatto. Anche il topo. E il gatto."

Oh, quindi non gli piacciono soltanto gli orsi. Che sia appassionato di tutti gli animali, a quanto pare?

Oppure, si è reso conto che l'orso era un indizio che lo tradiva.

Spero non sia una copertura. Essendo cresciuta alla fattoria, ho sviluppato un amore per gli animali (come la maggior parte delle mie sorelle) e lo apprezzo nelle altre persone. Vale la pena notare: malgrado la tassonomia affermi che gli uccelli sono animali, penso che dovrebbero appartenere a un regno tutto loro, come i funghi. I funghi possono sembrare piante, ma in realtà sono miceti.

Mentre riprendiamo a camminare, gli chiedo: "E tu?"

Si passa una mano tra i capelli biondo scuro. "E io?"

Bel tentativo.

"Che lavoro fai *tu*?"

Rallenta di nuovo, ma è a malapena percettibile.

Sarà un segnale rivelatore di quando mente? Se è così, è fortunato che al tavolo da poker stia seduto fermo.

"Sono un consulente aziendale" risponde.

Me lo sto immaginando, o sembra un po' evasivo?

"Di che tipo?" gli chiedo.

"Oh, progetti diversi in aziende diverse. Tutti noiosi…"

Non sento quello che dice dopo, perché vedo un grosso intoppo sul nostro cammino.

Stiamo parlando di un problema della serie: cacarsi sotto e scappare urlando a squarciagola.

Un stormo di corvi.

CAPITOLO

Otto

QUESTA PASSEGGIATA È APPENA DIVENTATA un film horror, come *Il corvo* (che non ho visto) o *28 giorni dopo* (che ho visto, nonostante la mia avversione per gli zombie). Non ero affatto sorpresa che (attenzione allo spoiler!) fosse stato un corvo a portare il virus.

"Va tutto bene?" mi chiede lui, quando mi blocco sul posto.

Rimango ammutolita, mentre le informazioni sui corvi mi turbinano nella mente, una più terrificante dell'altra.

I corvi sono tra gli uccelli più intelligenti. Sì. Lo sono talmente tanto, che sanno costruire e usare strumenti (e che cosa c'è di più terrificante di un uccello abbastanza intelligente, da fare una cosa simile?). Inoltre, c'è di peggio. Mangiano praticamente qualsiasi cosa, compresa la carne umana, persino quella in decomposizione. I corvi sono comunemente considerati simboli di sfortuna in molte culture (e per una buona ragione!).

"Sul serio, qual è il problema?" Max mi stringe le spalle e mi dà una leggera scrollatina.

"Torniamo indietro" dico con un filo di voce. Sono così scossa, che noto a malapena il fatto che mi stia toccando con quelle sue mani grandi e forti.

"Certo."

Mollandomi, si volta e io lo seguo... solo che è troppo tardi.

Dietro di noi, una signora sta gettando a terra del mangime per uccelli, che un gruppo di piccioni sta già attaccando. Hanno solo un breve lasso di tempo per banchettare, prima che i corvi se ne accorgano e balzino all'attacco.

Agendo per puro istinto, mi stringo a Max. "Gli uccelli. Non mi piacciono gli uccelli."

"Capito" dice e, passandomi un braccio intorno alle spalle per tenermi stretta a sé, inizia a scacciare via i corvi.

"Non fare l'eroe, mira ai piccioni!" gli grido, ma lui non mi ascolta, mentre continua ad agitare il braccio libero contro lo stormo. Rabbrividendo, gli dico: "Ricorderanno il tuo volto e ti serberanno rancore." Almeno, ho letto ricerche agghiaccianti in questo senso.

Se fossi in Max, dormirei con un occhio aperto in futuro (sperando che non venga colpito da una beccata).

I corvi gracchiano con rabbia, ma il mio salvatore emette un verso acuto, simile al gracchiare, che finalmente disperde lo stormo.

Tiro un sospiro di sollievo. Questo mi ricorda i film sulle spie che sanno compiere imprese impossibili, tipo costruire una bomba con un microonde, una ciambella e un assorbente.

"Andiamo!" Tenendomi stretta al proprio fianco, Max mi conduce attraverso l'area che i corvi occupavano solo un secondo prima.

Poi, mi molla e ci mettiamo a correre.

I corvi gracchiano con rabbia e uno cerca addirittura di colpire in picchiata la testa di Max, ma il mio salvatore dimostra ancora una volta le proprie credenziali da spia con alcune mosse di arti marziali che, alla fine, spaventano gli uccelli.

Ci siamo. Investirò in un cappello con uno spaventapasseri sopra (supponendo che esistano). Se non altro, l'intelletto e la memoria a lungo termine dei corvi potrebbero giocare a mio favore, stavolta. Potrebbero aver imparato che è meglio non attaccare Max o chiunque sia con lui.

O almeno così mi dico per calmarmi, mentre rallentiamo il passo.

"Vuoi veder navigare un modellino di barca a vela?" mi chiede Max, indicando l'attrazione più avanti. Non sembra minimamente colpito dall'attacco dei corvi quanto lo sono io.

Scuoto la testa. "Potrebbero esserci delle anatre… e non mi sono ripresa abbastanza, per affrontare degli uccelli con genitali a forma di vite."

Solleva un sopracciglio. "C'è forse qualcosa che vuoi spiegarmi?"

Sospiro. "D'accordo. Ma mi prenderai in giro."

"Giuro che non lo farò" promette, appoggiandosi una mano sul petto.

Ahhh, quelle nocche pelose! Sa proprio come premere i miei tasti giusti. Correrò il rischio di offrirgli delle munizioni nel caso volesse torturarmi, in futuro? Potrebbe usarlo come materiale compromettente?

Al diavolo! Ha già visto come reagisco ai corvi.

Gli racconto del Massacro, che lui ascolta senza alcuna traccia di divertimento. Semmai, sembra arrabbiato con la cinciallegra zombie per conto mio.

"Così, dal massacro della cinciallegra zombie" concludo, "ho paura sia degli uccelli sia degli zombie, e non sono una fan della parola 'tette'."

Mi lancia uno sguardo bramoso verso il seno. "Quale termine preferisci?"

"Dipende se sono grandi o piccole" replico.

Lui strizza gli occhi. "Direi una seconda, coppa B."

Accidenti! È proprio così (ammesso che stiamo parlando delle mie). "Io le chiamo gemelle, ma più che altro per irritare certe mie sorelle. Per te, sono babushka."

Ecco come si sgama una spia. Lui ride, quindi sa che *babushka* significa "nonna" in russo. Giusto?

"Babushka" ripete, alzando lo sguardo sul mio viso. "Mi riferirò a loro in questo modo, d'ora in poi."

"Fa' pure." Allungo la mano verso il suo gomito e lui mette il braccio in posizione per me.

Mentre riprendiamo a camminare, gli dico: "Dunque, di cosa stavamo parlando, prima dei corvi?"

Lui sorride. "Che lavori facciamo, dove abbiamo studiato, cose del genere."

"Giusto" affermo. Sono davvero stupita che non abbia colto la palla al balzo per cambiare argomento. A meno che… non sia ansioso di usare la sua copertura con me, per quanto inconsistente sia? "A chi toccava rispondere a una domanda?"

"A te" replica.

"Conveniente."

Lui sorride. "Qual era la tua materia preferita a scuola? O è un'informazione riservata?"

"Posso dirti qual era la più sbalorditiva." Gli stringo il gomito. "Informatica quantistica."

"I computer quantistici… dividono i calcoli tra più universi, giusto?"

Spero proprio che questa domanda non significhi che anche la Russia ci sta lavorando. In classe, abbiamo imparato che l'informatica quantistica matura (che non è ancora in atto) potrebbe diventare una minaccia per i moderni algoritmi crittografici. Abbiamo anche parlato di alcuni algoritmi che *potrebbero* resistere alla futura informatica quantistica, ma non li condividerò con lui. Infatti, porterò la conversazione ben lontano da qui.

"Gli universi multipli sono solo un'interpretazione della stranezza che è la fisica quantistica" affermo. "Tu, personalmente, credi che esistano?"

Ci siamo. Basta parlare dei miei studi o del mio lavoro.

Lui rallenta leggermente, il che potrebbe indicare che questo sia il suo modo di riflettere, anziché di mentire. "Sì. Credo che ci siano infiniti universi là fuori."

"Non lo trovi strano?"

Si stringe nelle spalle. "Perché dovrei?"

"Infinito significa che c'è un'altra Terra là fuori, con un'altra versione di noi che sta camminando proprio come questa, o una in cui siamo corvi parlanti." Rabbrividisco all'orribile immagine.

Ridacchia. "Siamo amanti in alcuni di questi universi?"

Spia astuta! Se l'obiettivo era quello di farmi formicolare (o formicolare *di più*), missione compiuta. "Scommetto che in alcuni lo siamo e in altri no. Questo è il problema dell'infinito: permette opzioni folli, come un universo in cui tu sei una ragazza e io sono un ragazzo con un pene molto, molto grosso. A te piace il sesso selvaggio e entrambi adoriamo la pecorina."

Lui ride. "Credo di preferire gli universi in cui tu non hai il pene. In questo, non ce l'hai, giusto?"

"Non ho un pene." Sospiro malinconicamente. "Ma ehi, questa era una domanda personale extra, fuori turno. Ora, mi devi due risposte."

"Non avevo capito che si trattasse di un quid pro quo. Che cosa vorresti sapere?"

"Per cominciare, devi rivelarmi una tua paura" affermo. "Io ti ho svelato la mia."

Quali sono le mie possibilità di ottenere del materiale compromettente su di *lui*?

Guarda gli alberi vicini. "Non è esattamente una paura di per sé, ma quand'ero in vacanza in Florida, mi è venuta soggezione delle palme... o, più precisamente, della possibilità che una noce di cocco mi cadesse in testa."

Scorgo un piccione in lontananza e svolto verso una

parte più ombreggiata del parco. "Hai paura delle palme?"

Questo ha stranamente senso. La Russia è troppo fredda, perché lui abbia mai visto una palma lì; perciò, quando finalmente ne avrà vista una per la prima volta, deve essergli sembrata una pianta esotica fuori dalla sua comprensione... e le persone tendono a temere ciò che non comprendono.

"Si tratta di noci di cocco che cadono e no, non ne ho paura" precisa. "In realtà, all'inizio avevo soggezione degli squali; poi, però, mi hanno detto che era infondata, perché dieci volte più persone muoiono per la caduta di una noce di cocco in testa, piuttosto che per l'attacco di uno squalo. Penso che volessero indurmi a temere meno gli squali, ma io invece ho iniziato a guardarmi dalle palme."

Dovrei rivelargli quanto possono essere letali gli uccelli? Il calcio di uno struzzo può uccidere un leone. Uno squalo o una palma potrebbero riuscirci? Una volta, uno struzzo ha quasi ucciso Johnny Cash, eppure non sono gli uccelli peggiori. Gli emù hanno artigli capaci di sventrare, gli avvoltoi barbuti sanno come aprire le ossa delle loro vittime per recuperare il midollo interno, mentre la forza di presa di un grande gufo cornuto è sufficiente per sfigurare permanentemente, accecare o uccidere.

Proprio così! No. Gli conviene temere solo le docili palme, non il vero male che sono gli uccelli. Questo è il mio fardello da portare.

"Ti spetta un'altra domanda" mi dice.

Oso chiedergli quello che sto morendo dalla voglia di sapere?

Al diavolo! Come si dice nella sua patria: colei che non rischia non beve champagne.

Faccio un respiro profondo e, nel modo più disinvolto possibile, gli domando: "Di dove sei?"

CAPITOLO
Nove

"Sono nato a Edmonton, in Alberta" dichiara. "È in Canada, nel caso tu…"

Di nuovo il Canada? È questa la versione a cui intende attenersi? Sul serio? Capisco che abbia un clima simile a quello della Russia, ma questo è l'unico…

"E tu?" mi chiede, riportandomi alla conversazione.

"Sono nata a nord di New York" rispondo. "È lì che si trova la fattoria dei miei genitori. Ma possiamo tornare alle tue presunte origini canadesi?"

Lui aggrotta un sopracciglio. "Presunte?"

"Non hai detto 'eh' nemmeno una volta" affermo. "Non sei più educato della maggior parte degli altri ragazzi, non hai minimamente menzionato l'hockey durante questa passeggiata e, ultimo ma non meno importante, non mi hai offerto della poutine."

"Sembra che tu sappia un mucchio di cose su noi canadesi, eh?" chiede. "Credo che tu abbia dimenticato di chiedermi se ho il Wi-Fi nel mio igloo, se vado al lavoro con gli sci o con i pattini, qual è il mio piatto preferito nel menù di Tim Horton, quanto è grave la mia dipendenza dallo sciroppo d'acero e, ultimo ma non meno importante, quali sono i nomi di tutti i miei animali domestici: l'orso polare, l'alce e i cani che uso per trainare la slitta."

Ridacchio. Ha studiato per bene, glielo concedo. "Crescendo, conoscevi Justin Bieber o i due Ryan: Reynolds e Gosling?"

La sua fossetta fa un'apparizione. "No, ma *sono* un grande fan di Celine Dion."

Un ragazzo a cui piace Celine Dion? La sua copertura potrebbe saltare per un soffio, durante un test del glaucoma.

Dovrei dirgli quanto mia nonna Gia adori Celine Dion?

No. Ho un'idea migliore.

"Chi è Celine Dion?" domando, facendo del mio meglio per mantenere una faccia da poker.

Lui si ferma e si gira verso di me, con gli occhi sgranati. "È una delle artiste più vendute di tutti i tempi! Non hai mai visto *Titanic*? È lei che canta la colonna sonora."

"Ah." Un sorriso subdolo mi si forma sulle labbra. "*It's all coming back to me now* (mi sta tornando tutto in mente adesso)."

"Fiù!" Riprende a camminare. "Stavi scherzando. Mi è quasi venuto un infarto."

"Mi dispiace" dico. "Sono felice che *your heart will go on* (il tuo cuore vada avanti)."

Ridacchia di nuovo e indica il lago vicino. "Ti va di noleggiare una barca?"

Strizzo gli occhi in direzione del lago. "Forse. Dipende dalla situazione delle anatre."

Che stia usando la mia paura degli uccelli per smettere di parlare della sua presunta patria?

"Andiamo a controllare." Accelerando il passo, mi conduce il più vicino possibile all'acqua.

Scruto il lago.

Niente anatre (e, oltretutto, il posto è estremamente romantico).

Come mai desidero improvvisamente qualcosa di canadese dentro di me? Del bacon, il Maximus di Max... No. Che cosa mi passa per la testa? Maximus, come il suo padrone, è russo quanto Tolstoj.

Come se mi leggesse nel pensiero, Max si gira verso di me, con gli occhi socchiusi.

Deglutisco forte.

Grazie al mio addestramento di Krav Maga, sono acutamente consapevole di quanto siamo vicini, solo a pochi centimetri di distanza. Basterebbe che lui chinasse la testa e io mi sollevassi in punta di piedi... e potremmo baciarci.

Rendendoci conto entrambi di questa verità, oscilliamo l'uno verso l'altra, attirati dalla stessa forza che attira i russi verso la vodka.

Il mio cuore batte all'impazzata. Ci siamo. Questo è il mio debutto nella terra delle femme fatale. Fabio non ha precisato quando dovrei sfoderare la manovra di dare piacere alla noce, ma suppongo che non sia una cosa da primo appuntamento. Un bacio è la classica prima mossa della seduzione. A proposito, chi sta seducendo chi, in questo momento? O è l'inizio di uno di quei duelli di seduzione da storie di spionaggio?

Quando le nostre labbra sono a un solo soffio di distanza, lo sento.

Un suono orribile, che è un ibrido tra un clacson e un latrato, con l'aggiunta di un chiocciare malvagio.

Balzo via da Max, girando sui tacchi.

Il mio sguardo si posa sulla fonte del rumore e il mio cuore (già iperattivo) minaccia di saltarmi fuori dal petto.

No.

Per favore, no!

Ma non ci si può sbagliare.

Si tratta del mostro più aggressivo e spaventoso che si possa incontrare (serial killer e draghi di Komodo inclusi); una creatura veramente folle, che non conosce il significato della paura. I tassi del miele, con la loro reputazione pazzesca, non sono nulla in confronto a questa bestia terribile.

Il suo solo nome trasforma le mie interiora in gelatina.

La chiassosa…

La terribile…

Oca.

CAPITOLO
Dieci

Mi RITRAGGO.

Max si frappone tra di noi. Come stabilito in precedenza, quest'uomo è assurdamente coraggioso.

L'oca sbatte le ali enormi e apre il becco frantumatore, esponendo la lingua seghettata (da film horror) a cui sembrano spuntati i denti.

Oh, e le oche hanno una cosa chiamata *unghia* sul becco, nonché delle vere e proprie unghie (o artigli) sui piedi palmati.

La bestia grida di nuovo.

Mi viene la pelle d'oca. Indubbiamente, questa reazione di paura avrà preso il nome da un fatidico incontro con tale bestia.

Una dozzina di linee d'azione mi passano per la testa in un batter d'occhio, grazie al mio addestramento nelle arti marziali.

Fingermi morta? No, è quello che si fa con gli orsi... e, se questo fosse un orso, Max ci ballerebbe insieme. Problema risolto.

Mettermi a correre? No, queste stronzette sono famose per inseguire le persone. Cercare di sorpassarne una è inutile. Inoltre, non sarebbe carino lasciare indietro Max.

Saltare nel lago? Penso che questo funzioni solo con le api nei cartoni animati.

Che cosa, allora? Nessun contatto visivo, ovviamente. Nessun movimento improvviso (non che sarei in grado di farne, se anche ci provassi).

Ci sono forse dei paperi nelle vicinanze? Queste creature possono diventare particolarmente assassine, quando proteggono i propri piccoli.

Dannazione! Ho evocato io questo male, menzionando Ryan Gosling, prima? (In inglese, papero si dice "gosling").

Inoltre, questa è sicuramente un'oca canadese: l'esportazione meno gradita dal presunto paese natio di Max. Infatti, se il Canada non fosse uno stato amico, sospetterei che stessero modificando geneticamente queste bestie come armi di terrore.

"Sciò!" esclama Max.

Sciò? Se fosse davvero canadese, non saprebbe forse quanto questo sia inefficace? Sicuramente, gli attacchi delle oche fanno parte della vita quotidiana, in Canada.

Infatti, l'oca si agita ancora di più e si lancia in avanti.

"Blue, resta dietro di me" ordina Max.

Non c'è bisogno di ripeterlo.

Il becco dell'oca si apre di nuovo e la sua lingua sembra un'anguilla da incubo.

Muovendosi con velocità da cobra, la bestia vola in aria per un secondo e becca gli occhi di Max.

O almeno, così sembra per un momento. Ciò che l'oca fa realmente è afferrare la cravatta di Max e, poi, non la molla più.

Dannazione!

Ora, Max sfoggia una collana a forma di oca, che ricorda quegli orologi giganti che indossa Flavor Flav... solo dall'inferno.

Perché la bestia non molla la presa? Pensa forse di essere un pitbull?

Non riesco nemmeno a immaginare quanto spaventato debba essere Max, con l'oca appesa al collo.

Beh, ci siamo. Se non voglio che Max muoia soffocato, devo agire.

Vincendo la mia paralisi, afferro un sasso vicino. Solo che ho ancora troppa paura di avvicinarmi all'uccello, per arrivare alla distanza di un colpo alla testa.

Forse, potrei lanciare il sasso?

È come una di quelle situazioni con gli ostaggi. Ci sono probabilità di colpire tanto Max quanto l'oca.

Ridendo (senza dubbio istericamente), Max tira fuori dalla tasca un coltello a farfalla e sguaina la lama con un vistoso movimento del polso.

Un altro indizio della sua natura di spia? Perché mai un consulente aziendale dovrebbe portare con sé un coltello illegale e possedere le abilità per usarlo in modo così esperto?

"Sì!" esclamo. "Pugnalala al cervello attraverso l'occhio!"

Scuotendo la testa, Max opta per una soluzione molto meno violenta. Si taglia la cravatta.

Atterrando con il pezzo di cravatta nel becco, l'oca sembra confusa per un secondo. Credo che siamo stati fortunati e questa non sia così incline a smembrare le proprie vittime, come il resto della sua specie.

Fissandoci torvo, ma incapace di gridare senza perdere il souvenir duramente conquistato, l'oca prende il volo, con il pezzo di cravatta nel becco.

"Pensi che lo mangerà?" chiedo, quando mi torna la facoltà di parola.

Se è così, è meschino da parte mia sperare che si soffochi?

"Forse lo userà per costruire un nido." Max si gira e mi guarda, con espressione che diventa seria. "Stai bene?"

"Potrebbe servirmi uno Xanax."

"Che ne dici di andare allo zoo?" mi propone. "Trovo che guardare un panda rosso sia un'esperienza estremamente rilassante."

"Non sono mai stata in questo zoo" affermo con cautela. "Hanno uccelli?"

Si passa una mano tra i capelli lisci. "Pappagalli, credo. Forse un pavone. Sicuramente alcune varietà di pinguini. Possiamo evitare quelle esposizioni, però."

"D'accordo, andiamoci" concedo, principalmente nel tentativo di salvare la faccia. Dopotutto, sto rappresentando la comunità dell'*intelligence* americana.

Eppure, ci vuole tutta la mia forza di volontà, per non dirgli cosa penso degli uccelli che ha appena menzionato.

Cominciamo con i pappagalli. Sono spaventosi da morire! Mi ricordano i clown: malvagi pagliacci in stile Stephen King del mondo aviario.

I pinguini? C'è una buona ragione, se l'acerrimo nemico di Batman era il Pinguino. Sono apertamente malvagi. Qual è il film più famoso su di loro? *La marcia dei pinguini.* A chi altro piace marciare? Ai nazisti.

E non fatemi parlare dei pavoni, con il loro agghiacciante onore di essere tra i più grandi uccelli volanti. Per di più, sono anche sessisti, dato che soltanto i maschi possono essere chiamati legittimamente 'pavoni'. Le femmine sarebbero 'pavonesse', un termine alquanto ridicolo. Ma non finisce qui. Un pavone ha fino a cinque partner femminili, quindi non c'è da stupirsi che un gruppo di pavonesse sia definito un harem. Eh già. Gli antichi greci sapevano il fatto loro. Credevano che la carne di pavone non si decomponesse, dopo la morte; cioè, pensavano che questi uccelli fossero zombie. Infine (ma certamente non meno importante), le sofisticate code di questi volatili maschilisti contengono microscopiche strutture simili a cristalli, che riflettono lunghezze d'onda della luce che non si vedono nemmeno. Le code dei pavoni sparano forse raggi X che fanno venire il cancro alle persone innocenti? Nessuno lo sa. Il Grande Pavone non vuole che si sappia la verità.

Max mi tende la mano e prende la mia, procurandomi una scossa di energia piacevole, che arriva dritta al Sergente e al Capitano, nonché al mio clitoride (il cui nome in codice è ancora segreto).

Se l'idea era quella di distogliere la mia mente dagli

uccelli e reindirizzarla saldamente verso le sconcezze, missione compiuta. Ma non sono soltanto arrapata. Sono anche calma. Chi ha bisogno di uno Xanax e di panda rossi, quando può tenere la mano di una spia russa super-sexy?

"A chi tocca fare domande?" mi chiede.

"A me" rispondo. "Hai fratelli o sorelle?"

Più mi racconta di sé, più mi sarà facile penetrare la sua copertura. Quante possibilità ci sono che lui sia stato inserito in Canada con un gruppo di parenti?

Aspettate! *Penetrare. Inserire.* Chiaramente, la sua mano e quella spolverata di peli sulle nocche stanno sovraccaricando il mio cervello di ormoni.

Lui annuisce. "Ho una famiglia numerosa. Tre fratelli e una sorella."

Lo schernisco. "Quattro fratelli in tutto? La consideri una famiglia numerosa?"

Si stringe nelle spalle. "La dimensione media delle famiglie in Canada è di 2,9 persone."

Canada. Giusto.

"Io ho sette sorelle" annuncio.

Lui resta a bocca aperta, perciò gli racconto della mia cucciolata più le due gemelle.

"E siete tutte monozigote?" mi chiede con aria incredula.

"Sì. Le due gemelle, Holly e Gia, sono uguali tra loro, mentre io sono identica alle altre cinque della sestina."

"E le due gemelle vi assomigliano?" mi chiede, lanciandomi un'occhiata accalorata.

"Abbiamo molti tratti in comune, più di quanto

avvenga solitamente tra sorelle, direi. E tu? Assomigli ai tuoi fratelli?"

"Alcuni scherzano, dicendo che io e i miei fratelli siamo quattro gemelli, ma non è così. Per fortuna, mia sorella non ci assomiglia affatto."

Sogghigno. "Fammi indovinare, tua sorella è la più giovane."

Annuisce.

"I tuoi genitori volevano una femmina, giusto?"

"Esatto."

"I miei hanno cercato di avere un maschio e, invece, hanno avuto altre sei femmine" spiego. "Eravamo un caso di tecnologia riproduttiva assistita andata male."

"Non saprei." Il calore nei suoi occhi s'intensifica, mentre mi lancia uno sguardo penetrante. "Io penso che tu sia un caso di tecnologia riproduttiva assistita andato molto bene."

Le mie guance avvampano. "Nessuno si era mai complimentato con me come prodotto della tecnologia riproduttiva."

Sfodera una serie di denti bianchissimi. "Miro a compiacere. Com'è stato crescere con le tue sorelle?"

Glielo racconto e lui ricambia con storie che non sono poi così diverse. Durante tutta la conversazione, mi domando se sia davvero cresciuto con una famiglia numerosa, o se sia solo una copertura. Certamente azzecca molti dettagli, quindi (come minimo) chi ha scritto la sceneggiatura per la sua storia di copertura deve avere un gran numero di fratelli e sorelle.

Sono nel bel mezzo di una storiella sugli scherzi malvagi di Gia, quando una coppia si avvicina a noi, con una mappa in mano. Sono ricoperti da protezioni solari che persino Olive troverebbe eccessive: visiere alla Darth Vader, ombrellini parasole, cappelli molto grandi, maniche lunghe... qualsiasi cosa vi venga in mente, loro ce l'hanno addosso.

"*Sillyehamnida*." La donna indica la mappa. "Dove MET?"

Quello era "mi scusi" in coreano? Ho un'esperienza minima con quella lingua. "Gangnam Style" e qualche altra canzone K-Pop sono l'unica esposizione che ho avuto.

Sorridendo, Max si lancia in quello che, a me, sembra un coreano fluente (ammesso che sia quella la lingua). I turisti sembrano impressionati quanto me, mentre lui indica un punto sulla mappa (e, presumo, li recluta per essere le sue fonti nel loro paese).

Quando i turisti se ne vanno, lui mi prende di nuovo la mano e ricomincia a camminare, come se ciò che è successo fosse del tutto normale.

"Che lingua era quella?" gli chiedo.

"Coreano" conferma.

Bingo! Almeno, l'ho identificato correttamente.

Rallento. "Quindi, fatalità, parli coreano? Se fosse stato francese, sarei stata meno sorpresa, visto che vieni dal Canada."

Si stringe nelle spalle. "Volevo diventare un diplomatico, così ho imparato diverse lingue straniere in gioventù." Mi guarda. "Tu parli soltanto inglese?"

Questa è la mia occasione. Osservo attentamente la sua espressione, mentre passo alla sua lingua madre, dicendo: "No. Parlo anche russo."

"*Da*" replica lui. "*Neploho*."

Accidenti! Pensavo che avrebbe fatto finta di non saperlo, invece no. La sua pronuncia è solo un pizzico strana (a meno che non sia un trucco, per farmi credere di essere un canadese che parla una lingua imparata).

"Quali altre lingue conosci?" gli chiedo.

"Non mi piace vantarmi."

Gli stringo la mano. "Dai. Dimmelo."

Aggrotta la fronte.

Accidenti! Sono sembrata troppo insistente?

"Volevo chiederti..." Si schiarisce la gola. "Capisco che la tua professione sia riservata, ma... per caso, stai indagando su di me per lavoro?"

Questo è ciò che ottengo, per averlo bombardato di domande così insistentemente al primo appuntamento.

Che cosa diavolo gli dico? Sto cercando di essere onesta con lui. Nella minuscola possibilità che non sia una spia e che finiamo per sposarci e avere dei figli, non voglio che ci siano segreti a gravare su di noi.

Beh, se presto attenzione a come rispondo, non mentirò. Rendendo la mia espressione il più seria possibile, dichiaro: "Non sto indagando su di te per lavoro."

È la verità. Lo sto facendo più che altro per hobby e, magari, come un modo per cambiare professione in futuro.

Non riesco a capire se il suo sospiro di sollievo esagerato sia uno scherzo o meno.

"Siamo arrivati." Indica l'entrata dello zoo. "Come sei messa con le tempistiche?"

Controllo il cellulare. "Io sono a posto. Tu?"

Dà un'occhiata al proprio orologio. "Purtroppo, questa dovrà essere la nostra ultima tappa, oggi. Ma penso che riusciremo a vedere tutti gli animali."

Procediamo col fare esattamente questo: prima i leoni marini, poi i lemuri, poi i panda rossi (che sono effettivamente rilassanti, come pubblicizzato), gli orsi grizzly, le scimmie delle nevi e, infine, i leopardi delle nevi. In seguito, ci dirigiamo al negozio di souvenir, dove lui si sofferma accanto a un'esposizione di peluche dalle sembianze di leopardi delle nevi.

"Ti fanno sentire la nostalgia di casa?" gli domando, indicando i giocattoli.

"Perché?" chiede. "Non li abbiamo mica, in Canada."

Valeva la pena tentare. So perfettamente che i leopardi delle nevi si trovano nelle montagne dell'Asia centrale.

"E l'orso?" Indico un orsacchiotto di peluche.

Si stringe nelle spalle. "Abbiamo i grizzly in Canada, ma non ne ho mai incontrato uno, quindi neanche loro mi fanno venire nostalgia di casa."

Wow. È ammirevole l'aspetto serio che ha, mentre afferma di non aver mai incontrato un orso. Scommetto che sarebbe stato altrettanto serio, se avesse affermato di non averci mai ballato insieme.

"A proposito, ti sono piaciuti i panda rossi?" mi chiede, indicando un panda bianco e nero di peluche.

Storco il naso scherzosamente. "Sono passabili. Se ti piace quel genere di cose."

"Intendi l'adorabilità?"

Prendo il giocattolo e lo esamino da vicino. "Beh,

per cominciare, i panda rossi non hanno niente a che vedere con i normali panda. Sono strettamente imparentati con procioni, puzzole e donnole."

"Ogni creatura che hai appena elencato è incredibilmente carina" afferma.

"Se lo dici tu." Tiro fuori il cellulare e cerco l'immagine di una talpa senza pelo. La spingo verso di lui. "Questa sì che è adorabile. Non mi spiego come mai non abbiano un suo peluche, qui."

Lui guarda l'immagine con un sogghigno. "Amo gli animali, ma quella creatura è fortunata ad essere quasi cieca. Altrimenti, smetterebbero di riprodursi immediatamente."

"In realtà, hanno un processo di riproduzione unico, con regine che si accoppiano con molteplici maschi, e femmine sterili… un po' come le formiche e le api." Metto via il telefono. "I panda sono riluttanti a riprodursi. Significa forse che sono brutti?"

Ridacchia. "Sono panda normali, non panda rossi. E comunque, sono carini anche loro." Prende il giocattolo e me lo mostra. "Hanno problemi di riproduzione solo in cattività, probabilmente perché hanno bisogno di quel fantasioso rituale di accoppiamento che fanno in natura."

"Scommetto che i loro piccoli peni non aiutano" dico. "Hanno i peni più piccoli rispetto alle dimensioni del corpo di tutti gli animali del pianeta."

"Questo spiega tutto." Prende due panda di peluche e si avvicina alla cassa. "Ne compro uno per me e uno per te."

Oh! Sovraccarico di calore e coccolosità. Quando lui

mi porge il panda, me lo stringo al petto. "Non è una talpa senza pelo, ma lo accetto."

Dà un'occhiata al proprio orologio. "Devo andare."

"Capisco." Lancio un'occhiata in giro. Siamo al chiuso, quindi niente oche, piccioni, corvi o altri orrori. Soltanto io, lui e il commesso del negozio di souvenir.

Chiudo la distanza tra noi con un unico obiettivo: sedurre. Non so se lo trascinerò nel bagno del negozio e farò i miei porci comodi con lui lì, o se corromperò il commesso, affinché se ne vada.

So solo che qualsiasi resistenza alle mie astuzie sarà inutile.

La mia voce è vellutata al punto giusto, con un pizzico di civetteria. "Credo che sia meglio salutarci... come si deve."

Lui entra nel mio spazio personale e il suo profumo di acero e lavanda m'inebria. "Ci meritiamo un saluto come si deve." Mi scosta una ciocca della parrucca dietro l'orecchio, facendomi intravedere i peli sulle sue nocche.

Dannazione, è bravo!

Quando si china, io sono già in punta di piedi, con le labbra vogliose.

Mi attira a sé e rivendica sapientemente la mia bocca.

CAPITOLO
Undici

IL MONDO INTORNO A NOI SCOMPARE.

Le sue labbra sono morbide, la sua lingua è deliziosa.

Prima di rendermi conto di quello che sta succedendo, la mia mano libera finisce sul suo sedere (ma non gliela infilo dentro i pantaloni per cercare la sua noce... non ancora). In un duello di seduzione contro un avversario formidabile, una ragazza deve pur tenersi alcune carte da giocare.

In lontananza, qualcuno si schiarisce la gola.

Ignorando la distrazione, mi perdo di nuovo nel bacio. La lingua di Max sta facendo quella danza russa accovacciata nella mia bocca... e io sono sull'orlo di un orgasmo! Questo è il miglior bacio della mia vita, senza se e senza ma. Se scoppiassi dalla gioia, morirei da donna felice. Il lavoro sul campo è ancora più incredibile di quanto mi aspettassi.

Lo schiarimento di gola diventa più acuto.

Max si ritrae e si aggiusta ciò che rimane della cravatta.

Ansimando, lancio uno sguardo letale al commesso.

Gli occhi di Max sembrano famelici. "Mi terrò in contatto."

Nooo! Non ho finito di sedurlo. Questo ritarderà notevolmente le rivelazioni sotto le lenzuola, per non parlare della mia licenza di femme fatale.

Prima che io possa fare o dire alcunché, lui gira sui tacchi ed esce dal negozio.

Controllo il mio telefono.

Manca ancora un po' di tempo all'operazione 'Salvate il soldato Beaky'. Forse, posso ancora scoprire una cosa o due sul mio misterioso accompagnatore. Dopotutto, quale sarà mai questo suo impegno urgente?

Eh già. Forse, posso sgamarlo mentre parla con il suo supervisore.

Con il panda di peluche ben stretto in mano, mi fiondo fuori a cercare Max.

Fiù! Non è lontano.

Uso un albero vicino come copertura, mentre aspetto che lui frapponga una maggiore distanza tra di noi.

Quando mi sento sicura, corro verso l'albero successivo, poi quello dopo ancora. Non m'importa se la mia tecnica è ispirata ai cartoni animati. Finora, lui non mi ha notata e io non l'ho perso di vista.

Esce dal parco.

Merda!

Mi tolgo la parrucca, sperando che questo sia sufficiente a camuffarmi. Da qui in poi, dovrò stare più attenta. Se mi becca, potrei essere in grossi guai. Le spie hanno la politica di non lasciare in vita i testimoni (come si vede in ogni episodio di *The Americans*). Saprai cosa ti aspetta, se ti chiedono: "Hai parlato con qualcuno di quello che hai visto o sentito?" A quel punto, tanto vale dire addio alla tua vita e fornire loro un elenco di persone che odi abbastanza, da desiderare che vengano uccise subito dopo di te.

La buona notizia è che New York è una città affollata, il che rende facile pedinare qualcuno (un fatto che, di solito, è a svantaggio delle donne, ma che ora mi è d'aiuto). Tuttavia, la prossima volta, dovrò portare un cappotto reversibile e, magari, un cambio di parrucche, per rendere la faccenda più sicura. Se solo quei travestimenti con maschere di lattice della serie *Mission Impossible* esistessero per davvero... Ammesso che non sia effettivamente così?

Il mio cellulare riceve un messaggio.

Controllo.

È da parte di Gia e contiene i dettagli del suo spettacolo di magia di oggi.

No, aspettate! Non posso distrarmi.

Quando alzo freneticamente lo sguardo, Max è scomparso.

Uff! Come ho potuto essere così stupida? Suppongo che pedinare qualcuno richieda le stesse regole dell'andare a un matrimonio oppure al cinema: il cellulare deve essere spento.

Aspettate! Eccolo lì. Dall'altra parte della strada, seduto in un caffè.

Grazie al cielo, non l'ho perso... e grazie al cielo, sto

conducendo quest'operazione da sola. Se qualcuno scoprisse che ho quasi perso il mio obiettivo a causa di un SMS, dovrei seguire la tradizione delle spie ed eliminarlo.

Entro in un salone di bellezza, proprio dall'altra parte della strada rispetto all'ubicazione di Max. La vetrina anteriore è oscurata con vetri a specchio, il che dovrebbe rendere difficile vedermi all'interno.

"Come posso aiutarla?" mi chiede una signora.

Esamino le opzioni: manicure, ceretta alle sopracciglia, ceretta brasiliana, fish pedicure... Strano, avrei giurato che Olive mi avesse detto che quest'ultima era stata recentemente vietata a New York. Dal momento che le altre opzioni coinvolgono estetiste ficcanaso, opto comunque per il trattamento con i pesci, ripromettendomi di non dirlo mai alla mia sorella amante della fauna marina. Mentre la signora mi conduce verso il mio destino, chiedo un posto che si affacci sulla vetrina.

Quando i pesci speciali attaccano i miei piedi, sento il solletico (in un modo inquietante). Spero proprio che nessuno li lasci in libertà. Hanno una predilezione per la pelle umana, ormai, e sarebbe solo questione di tempo, prima che iniziassero a mangiare tutta la carne dalle ossa delle persone, come i piranha utilizzati dal cattivo de *La spia che mi amava*.

Max è ancora seduto lì da solo.

Strano.

Tiro fuori il cellulare e avvio l'applicazione della fotocamera. Questa meraviglia della tecnologia moderna ha una fotocamera che può zoomare fino a cento volte (cosa che persino James Bond invidierebbe!).

Con il telefono puntato su Max, riesco a vederlo chiaramente sullo schermo e ne sono lieta. Sta parlando con qualcuno senza girare la testa: una classica manovra da spia.

Dannazione! Ora, vorrei avere un dispositivo per ascoltare quello che sta dicendo, ma ahimè, non ce l'ho. Auspicabilmente, potrò trasformare il suo telefono in un dispositivo di ascolto, in futuro.

Ehi, almeno posso vedere con chi sta parlando.

È una donna che gli dà le spalle e indossa un elegante abito da ufficio.

Una donna fastidiosamente attraente, a cui conviene essere il suo supervisore o il suo bersaglio e non, diciamo, la sua fidanzata o moglie.

Le scatto una foto, per poter effettuare una ricerca più tardi e assicurarmi che il suo cognome non sia Stolyar.

Sono gelosa? No, è ridicolo. Il mio è un interesse puramente professionale. Inoltre, perché mai lui dovrebbe parlare alla moglie o alla fidanzata in quel modo? Stanno chiaramente cercando di non farsi notare. Al massimo, hanno una relazione clandestina e lei è la moglie di qualcun altro. Ma si spera che abbiano una relazione platonica tra agente e supervisore, o tra bersaglio e spia.

O potrei sbagliarmi completamente? E se entrambi indossassero un auricolare Bluetooth, che io non posso vedere, e stessero parlando al telefono con persone diverse?

Invece no.

Quando la conversazione è finita, entrambi si alzano nello stesso momento e prendono direzioni separate. Quanto è probabile che le loro telefonate siano finite in sincronia così? Inoltre, non ho visto Max mettersi un auricolare.

Tagliando corto il lavoro dei pesci mangia-umani, mi asciugo i piedi, lascio una generosa mancia e mi affretto a tornare a casa.

Lungo la strada, ricevo una notifica dal mio contatto all'FBI.

L'ex di Olive è stato trattenuto in custodia, quindi l'operazione 'Salvate il soldato Beaky' può cominciare.

CAPITOLO
Dodici

QUANDO ENTRO NEL MIO APPARTAMENTO, mia sorella è sdraiata sul divano accanto a Machete, intenta a giocare con il telefono... e quando vedo il gioco sul suo schermo, vorrei non aver guardato.

Il titolo è una tautologia da incubo: *Angry Birds*.

"Ciao, sorella." Olive blocca il telefono, risparmiandomi di assistere al massacro di maialini innocenti e alla feroce distruzione di proprietà, che sono il fulcro di quel terribile gioco. Generalmente, non mi schiero con le persone che sostengono che i videogiochi siano la causa di un aumento della violenza tra i giovani, ma se qualcuno dovesse vietare *questo* gioco su tali basi, sarei a favore.

"Ciao" la saluto.

Spinge via Machete e si alza in piedi.

Lui le lancia uno sguardo torvo.

Lei sbuffa. "Il tuo animale domestico mi ricorda quel meme di Grumpy Cat."

Lo sguardo torvo diventa letale.

Fottiti, Octopussy. Machete si mangia Grumpy Cat a colazione. Poi, aggredisce tutti i gatti che assomigliano a Hitler... analmente.

La situazione è degenerata troppo in fretta?

"Pronta a partire?" Lascio cadere la parrucca e il panda regalo sul tavolino.

"Un minuto." Olive impiega dieci minuti (che mi sembrano un'ora) per spalmarsi di crema solare. Poi, si mette una camicia a maniche lunghe e prende un ombrellino parasole. "Pronta."

———

"Ci farai ammazzare." Olive solleva gli occhiali da sole, per fissarmi con gli occhi ridotti a fessure. "Il limite di velocità è di cinquanta chilometri all'ora, non cinquantamila."

Le faccio l'occhiolino. "Abbiamo un lasso di tempo limitato, per quest'operazione, e tu ne hai usato una parte per la protezione solare."

Lei punta il dito contro il parabrezza. "Per l'amore di Cthulhu, guarda la strada!"

Obbedisco (giusto in tempo per evitare di schiantarmi contro un taxi giallo).

"Cthulhu?" chiedo, con gli occhi saldamente fissi sulla strada, ora.

"Un'entità cosmica romanzesca, tratta dai racconti di H. P. Lovecraft" mi spiega. "Si suppone che abbia la forma di un polpo."

"Non era anche un umanoide gigante... con ali di drago?"

Lei sbuffa. "Preferisco pensare all'*Antico* come a un polpo, prevalentemente."

Scuoto la testa. Mia sorella non ha solo una fissazione per i polpi; è una biologa marina e ama le creature acquatiche di tutti i tipi, ma non tanto quanto adora i suoi tentacolati preferiti. Ehi, almeno non è un'ornitologa (una professione oscura e macabra come la negromanzia)!

Diversamente da me, che ho scoperto la mia vocazione di spia più tardi nella vita, l'ossessione di Olive esiste fin da quando riesco a ricordare. Un rimarchevole giorno d'estate, fece ripetutamente pipì in una piscina riempita con la sostanza chimica che fa diventare blu l'urina, mentre gridava felicemente: "Sto sparando inchiostro!"

Per il resto del tragitto in macchina, giochiamo a *I spy with my little eye* (e vinco io, naturalmente).

"Accosta lì" mi dice Olive, indicando avanti.

Parcheggio.

"Al ritorno, andrò con la mia macchina, sia lodato Cthulhu" mormora Olive, mentre apre la porta.

"Hai una macchina?" le chiedo.

Indica un furgone bianco dall'altra parte della strada. "L'ho preso per Beaky."

Beaky aveva bisogno di un furgone? Quanto è grande questo polpo?

Prima che io possa formulare la domanda, entriamo nell'edificio. Mentre camminiamo verso l'ascensore, ricevo un messaggio dal mio amico dell'FBI:

Il tizio ha chiamato il suo avvocato, perciò abbiamo dovuto lasciarlo andare.

"Merda!" esclamo e spiego la situazione a Olive. "Potrebbe scoprirci. Forse, è più sicuro interrompere la missione, per ora, e riorganizzarci."

La sua espressione afflitta mi stringe il cuore.

"E se facesse del male a Beaky?"

Stringo i denti. "D'accordo. Tu aspettami qui."

"No" afferma. "Avrai bisogno del mio aiuto. Inoltre, Beaky può essere irrequieto con persone che non ha mai incontrato."

Roteo gli occhi. "Non darà per scontato che io sia te?"

Lei si erge più dritta. "Beaky è più intelligente di certi umani. Io verrò con te, punto."

Esalo un lungo sospiro. "Non ho tempo per farti ragionare."

"Bene."

Mi affretto a entrare nell'ascensore e lei mi segue.

Quando arriviamo al piano del suo ex, ci fiondiamo alla porta.

Olive infila la propria chiave nella serratura e si acciglia, mentre cerca di girarla.

Mi guardo intorno furtivamente. "Sbrigati!"

Lei smette di armeggiare con la chiave. "Credo che abbia cambiato la serratura."

"Spostati." Infilo la mano in tasca e tiro fuori il mio kit da scassinatrice. Gia ha imparato quest'abilità come parte del suo repertorio di maga e io me la sono fatta insegnare (insieme allo scassinamento delle casseforti, che si spera non sia necessario per questo colpo, dato che non sono altrettanto brava in quello, quanto lo sono con le serrature).

"Come mai ci stai mettendo tanto?" mi chiede Olive, proprio quando odo finalmente qualcosa cedere all'interno della serratura.

Spingo la porta e le lancio uno sguardo da: "mi prendi in giro?"

Olive non sembra farci caso. Fiondandosi dentro l'appartamento, attraversa di corsa il salotto così velocemente, che faccio fatica a starle dietro. Mentre la seguo, non posso fare a meno di notare una cornice rotta sul pavimento. La foto ritrae Olive e un ragazzo che dev'essere il suo ex, Brett.

Qualcuno ha avuto un attacco isterico, dopo che mia sorella se n'è andata? Ora sono doppiamente felice che se ne *sia* andata.

Quando la raggiungo in camera da letto, Olive è in piedi accanto a una specie di comò argentato, che ospita uno dei più grandi acquari che io abbia mai visto.

Un acquario vuoto.

"Ciao, tesoro" mormora Olive all'acqua.

Ci siamo. Alla fin fine, ha perso il senno. Se non fosse per l'FBI e per quella foto che ho appena visto, comincerei a dubitare persino dell'esistenza dell'ex fidanzato.

Improvvisamente, quella che sembra una roccia si trasforma in un cefalopode gigante.

Spaventata, indietreggio.

Pur non essendo esattamente terrificante quanto un uccello (niente lo è), Beaky è inquietante. Non c'è da stupirsi che la sua specie abbia ispirato l'aspetto di Cthulhu, il Kraken e orde di invasori alieni.

Credo che la regola sia che, se ha un becco, è ufficialmente da incubo.

"… e ti porteremo fuori di qui" conclude Olive, facendomi capire che mi sono persa il monologo che ha appena recitato al suo adorato.

Esamino l'acquario con aria scettica. "Sembra che pesi una tonnellata. Magari, se Brett ha un proprio animale domestico, rapiamo quello e poi facciamo uno scambio di prigionieri in seguito."

"Te l'avevo detto che avresti avuto bisogno di me." Indica il fondo dell'aggeggio-comò, al che mi rendo conto che ci sono delle ruote.

"Questo dovrebbe aiutare" ammetto. "Comunque, anche così, sembra pesante."

Lei si china e afferra un piccolo telecomando, che era attaccato con una calamita al fondo della vasca. "Questo aggeggio è motorizzato. L'unico motivo per cui dovremo spingere è per accelerare le cose."

Sblocca un chiavistello di sicurezza sulle ruote e attiva il motore, prima di farmi spingere, mentre lei tira l'aggeggio attraverso l'appartamento. Persino con il motore ad aiutare il nostro lavoro manuale, quell'affare si muove lentamente, il che mi fa temere che il suo ex possa coglierci in flagrante.

"E il resto delle tue cose?" le chiedo, mentre oltrepassiamo il salotto.

"Non m'interessa nient'altro che Beaky" risponde. "Avevo comunque intenzione di comprarmi un guardaroba nuovo. La maggior parte delle mie maglie non copre sufficientemente dai raggi UV."

Indico con un cenno del capo quella che dev'essere

la roba del suo ex. "Vuoi mettere rapidamente a soqquadro la casa, come fanno nei film di spionaggio? Al suo ritorno, Brett si cacherebbe sotto."

Lei scuote la testa. "Non se questo significa rivedere la sua stupida faccia."

Oh, giusto. Il nostro tempo è limitato.

"Qual è il cognome di Brett?" le chiedo, facendo del mio meglio per sembrare disinvolta.

Lei me lo dice e io lo archivio per il futuro. Quella cornice rotta non mi piace, quindi ho intenzione di prendere delle misure per proteggere mia sorella (misure di cui non è necessario metterla al corrente).

All'inizio, Beaky sembra godersi il viaggio, nel senso che fluttua ed esamina tutto. Quando si stufa di questo, decide di prendersela con me (o così presumo). Quello che fa, in realtà, è fissarmi con i suoi occhi a fessura da alieno: occhi che sembrano brillare di un intelletto ultraterreno.

Quando entriamo nell'ascensore di servizio, mi rendo conto di un problema. "Questo acquario non entrerà nella mia macchina."

Lei annuisce. "È a questo che serve il mio furgone."

Ha senso.

Quando raggiungiamo il furgone in questione, Olive si acciglia (e, quando capisco il perché, impreco sottovoce).

Qualcuno (e non è difficile indovinare chi) ha inciso la parola "troia" sulla portiera del passeggero.

Stringendo gli occhi, Olive esamina da vicino il coperchio dell'acquario, nel punto in cui si blocca in posizione. "Bastardo!" esclama, passandosi una mano tra i capelli. "Ha cercato di arrivare anche a Beaky, ma non è riuscito a capire come."

Sembra che l'organo più piccolo del suo ex non sia il pene: il suo cervello vince quel premio. L'attività secondaria di Olive è realizzare rompicapi per polpi, oltre ad assicurarsi che non scappino dalle proprie dimore (cosa che a loro piace fare, come si è visto in un documentario intitolato *Alla ricerca di Dory*).

"Dunque" affermo derisoriamente, "immagino che ora sappiamo che Brett non è più intelligente di un polpo."

"Neanche lontanamente." Olive tira fuori una rampa che è stata chiaramente progettata per questo acquario su ruote.

Mentre spingiamo Beaky su per la rampa, lui allarga minacciosamente i suoi otto tentacoli e diventa rosso di rabbia. Almeno, presumo che sia arrabbiato. Per quanto ne so, forse sta semplicemente esprimendo a Olive che le vuole bene.

Dopo che l'acquario mobile è salito sulla rampa, scatto una foto al polpo, proprio quando lui cambia di nuovo colore.

"Ok" dice Olive, quando Beaky è fissato in sicurezza. "Ci vediamo lì?"

Annuisco e mi dirigo verso la mia auto.

Proprio mentre mi allaccio la cintura, mi arriva un messaggio sul cellulare.

Il mio cuore comincia a palpitare.

È da parte di Max. Mi ha inviato un'immagine del più adorabile gattino addormentato che io abbia mai visto, insieme a:

QUESTO è l'aspetto che ha una creatura carina.

Sogghignando, rispondo:

No. Quello è l'aspetto che ha una creatura PIGRA. Non lasciare che si metta al volante. Se vuoi vedere qualcosa di carino, guarda qui.

Allego la foto di Beaky.

La risposta di Max è quasi istantanea:

Grazie. Non avevo bisogno di dormire stanotte, in ogni caso.

Gli rispondo con una faccina sorridente e lui mi scrive: *Facciamo presto altri piani.*

L'ebbrezza che provo è assurda. Neanche fossi una ragazzina delle medie che manda messaggini piccanti al suo primo ragazzo!

Mentre metto in moto la macchina, tutta quell'eccitazione mi induce a domandarmi se il veicolo esploderà. Quando questo non succede, prendo nota mentalmente di guardare meno film di spionaggio. In quelli, se qualcuno mette in moto un'auto, è il momento del boom.

Inoltre, devo riprendere il controllo delle mie emozioni. Solo perché Max mi ha mandato un messaggio carino non significa che lui non sia più un agente nemico. In generale, devo stare molto attenta a mantenere appropriati i miei sentimenti per lui. È il bersaglio delle mie astuzie da femme fatale, niente di più. Innamorarsi del proprio bersaglio succede spesso nella narrativa di spionaggio (specialmente da parte degli assassini), perciò devo stare all'erta. Anche se volessi un fidanzato (cosa che non voglio), di sicuro non sarebbe una spia russa.

Una spia potenzialmente sposata. Devo ancora indagare sulla donna con cui parlava.

Inoltre, sono sicura che lui mi desideri? E se è così, mi vorrebbe ancora, se mi vedesse senza la parrucca? Non ho esattamente il tempo di lasciarmi crescere i capelli rasati.

Per tenere la mente lontana dai pensieri infidi su Max, mi esercito nell'arte di pedinare qualcuno, usando il furgone di Olive come obiettivo.

"Hai notato che ti stavo seguendo?" le chiedo, avvicinandomi a lei, dopo che abbiamo parcheggiato.

"Mi stavi seguendo?" domanda Olive. "Pensavo che avresti inscenato di nuovo *Fast & Furious*."

Con una roteata di occhi, la aiuto a portare Beaky nel mio palazzo.

Quando entriamo in casa mia, Machete guarda l'acquario con avidità sfrenata.

Finalmente! Pesce. Machete banchetterà con il suo sangue e il suo cervello.

Come se stesse aspettando un nuovo spettatore, Beaky allarga i tentacoli, fino a sembrare grande quanto un mostro marino, e cambia colore un paio di volte, ipnotizzando il mio gatto con i suoi strani occhi.

Non sapevo che i gatti potessero impallidire, ma Machete ci va vicino (il che è strano, visto che non ha mai avuto paura di niente, nemmeno dei cetrioli giganti).

Machete non ha paura. Machete pensa che il pesce sia guasto. Posseduto dal male. Nuocerà allo stomaco di Machete.

Con un mezzo sibilo e un mezzo gemito, il mio gatto forte come una roccia corre via con la coda tra le gambe.

"Ora le ho viste proprio tutte" esclamo con un sorrisino.

"Dove vuoi metterlo?" mi domanda Olive.

"Nell'unico posto dove questo acquario può stare" rispondo. "In salotto."

Forse, ora Machete si accoccolerà accanto alla sorella giusta: quella che lo nutre.

"Andrai allo spettacolo di Gia?" mi chiede Olive, dopo che il motore dell'acquario di Beaky è disattivato e le ruote sono bloccate.

Oh, giusto. È tra poco. "Certo che ci andrò, ma prima dovremmo cenare."

Continuiamo a discutere sul ristorante. A me non piacciono quelli che servono pollame, mentre lei non è incline a quelli che servono frutti di mare. Ci accordiamo su una bisteccheria e ci prepariamo, o almeno io mi preparo. Quando ho finito, lei ha ancora lo stesso aspetto.

"Come ai vecchi tempi" afferma, guardando la mia parrucca.

Sapevo che le sarebbe piaciuta. Al liceo, mi tingevo i capelli in modo che si abbinassero al mio nome… e questa parrucca blu è esattamente come la mia chioma di allora.

"Pronta?" le chiedo.

"Un secondo" risponde e si riapplica la crema solare sul viso. "Ne vuoi un po'?"

"No, me la sono già messa" mento.

Dovrei ricordarle che sono le quattro del pomeriggio passate e, quindi, l'indice UV è quasi inesistente?

Nah! Non vale la pena di sorbirmi la lezione che potrebbe impartirmi.

Usciamo dal mio appartamento, ma poi lei si rifiuta di salire sulla mia macchina.

"Qual è il problema?" le chiedo.

"Lascia guidare me" mi esorta.

Metto il broncio. "Se la rompi, la ripaghi."

Lei scuote la testa. "Anche se non fossi al verde, cosa che sono, non potrei permettermi questa macchina."

"Allora, è deciso" dichiaro, aprendo la portiera.

"Sì" ribatte lei. "Prendiamo il mio furgone."

Inarco un sopracciglio. "Un furgone piuttosto che una Aston Martin?"

"No" replica. "Sopravvivere piuttosto che schiantarsi."

Sbatto la portiera e mi avvicino allo stupido furgone.

Il mio telefono riceve un messaggio e, quando vedo chi l'ha mandato, il mio umore si solleva incredibilmente (anche se una parte di me sa che non dovrebbe essere così).

Pranzo domani? mi chiede Max.

Reprimendo un sorriso da svitata, rispondo in modo affermativo e gli chiedo dove e quando.

Dove ti andrebbe bene? mi risponde. *E quando?*

Significa che la sua agenda è più flessibile... come quella di una spia?

Mmm, dovrei suggerire un posto vicino al mio luogo di lavoro? Ma no! Lavoro in un edificio che non è pubblicamente riconosciuto come sede della mia agenzia. Cioè, si tratta di un grattacielo senza finestre che tutti sospettano essere quello che è, ma nessuno lo sa con certezza e non voglio essere io la ragione per cui il segreto viene scoperto.

Facciamo all'una? gli rispondo. *Scegli tu un posto, in centro o lì vicino.*

Ci siamo. Questo dovrebbe oscurare un po' le cose.

Affare fatto, replica. *Incontriamoci a questo indirizzo.*

L'indirizzo che mi propone è quasi perfetto: solo una breve corsa in taxi dal mio ufficio.

Quando alzo lo sguardo dal telefono, sorprendo Olive a leggere spudoratamente dal mio schermo.

"Chi è Max?" Ammicca con le sopracciglia.

Sospiro. "Te lo spiego per strada."

———

Le sto ancora spiegando tutti i dettagli, quando ci accomodiamo nella bisteccheria, perciò faccio una breve pausa per ordinare.

"Penso che tu abbia guardato troppi film di spionaggio" afferma Olive, quando ho terminato. "E se fosse solo un ragazzo?"

Sorseggio la mia acqua. "Non è solo un ragazzo."

"Ma se lo fosse?" mi chiede.

Faccio spallucce. "In questo scenario molto improbabile, potrei uscire con lui."

Naturalmente, non oso nemmeno sperare che lui sia solo un ragazzo. Tutte le prove indicano il contrario.

Lei quasi saltella su e giù per l'eccitazione. "Lo sapevo. Questo ragazzo ti piace."

"No, invece" controbatto, desiderando di potermene convincere.

"Ti piace eccome!" Olive sta chiaramente regredendo agli anni della scuola media (atteggiamento che le mie sorelle tendono a far emergere l'una nell'altra). Se non agisco in fretta, rischio che si metta a canticchiare qualcosa del tipo: *"Blue and Max are sittin' in a tree. K. I. S. S. I. N. G."*

"Basta parlare di me" dichiaro. "Quali sono i tuoi progetti?"

Reagisce come se la mia domanda fosse un secchio di ghiaccio in faccia.

Mi sento immediatamente in colpa, quindi aggiungo rapidamente: "Tieni presente che puoi stare da me per tutto il tempo che ti serve."

So che il rifugio per animali marini in cui lavorava è recentemente fallito, perciò lei sta cercando di trovare un impiego simile nel suo settore.

"Ho fatto domanda per alcuni posti di lavoro fuori dallo stato" dichiara. "Adesso che sono single, posso andare ovunque, il che aiuta molto."

La guardo a bocca aperta. "Te ne andrai da New York?"

Il cameriere arriva con il nostro cibo; Olive aspetta a rispondermi, finché non abbiamo di nuovo privacy.

"Per quanto mi mancherete tu e tutti gli altri, per non parlare di questa città, qui non si trovano quasi mai i posti di lavoro di cui ho bisogno" afferma.

Taglio la mia bistecca. "Allora, dove hai fatto domanda?"

"In tutto il paese, ma ironia della sorte, l'annuncio di lavoro più promettente era a Palm Pilot."

Sogghigno. "A loro lo hai già detto?"

Lei scuote la testa. "Glielo dirò solo se otterrò il lavoro."

Palm Island (o Palm Pilot, come la chiamiamo scherzosamente noi) è la città della Florida dove vivono i nostri nonni in pensione. È anche il luogo in cui si recano quelle tra le mie sorelle che non possono permettersi una vera vacanza, quando vogliono prendersi una pausa.

Se Olive ottenesse questo impiego, sarebbe perfetto per lei.

Beh, quasi perfetto.

La Florida è soprannominata "*Sunshine State*" (Stato della luce solare) e, recentemente, Olive si preoccupa fin troppo della protezione dai raggi UV.

Non tiro fuori questo argomento (e non solo per evitare di guastarle l'umore). Ho un po' paura di scoprire il motivo di tutta questa faccenda della crema solare. Temo che, se Olive me lo spiegasse, finirei per unirmi a lei nell'oscurità. Evitare l'argomento è la mia strategia generale, quando le mie sorelle sviluppano strane manie (cosa che sembrano essere inclini a fare). Non si tratta mai di qualcosa di logico, come la mia diffidenza (perfettamente comprensibile) verso le macchine assassine che sono gli uccelli.

Ora che ci penso, Gia è diventata pallida come un vampiro dopo aver parlato con Olive? Aveva detto che era per il suo personaggio di scena, ma mi sorge il dubbio che...

"Terra chiama Blue" dice Olive con tono significativo.

Accidenti! "Scusa" dico; torniamo al nostro pasto,

solo per passare all'argomento che noi sorelle non possiamo evitare: spettegolare l'una dell'altra.

Dopo cena, ci avviamo verso lo spettacolo di Gia (e Olive si mette di nuovo al volante). Quando accostiamo presso un hotel gigantesco chiamato Palace, mi acciglio.

Come mai questo nome mi suona familiare? L'ho forse visto in qualche programma televisivo? Non è soltanto il nome a ricordare un palazzo: anche l'aspetto è tale, quindi capisco perché potrebbe finire in TV.

Apriamo le portiere del furgone; un parcheggiatore storce il naso dinnanzi alle chiavi di Olive.

Beh, mossa stupida. La sua generosa mancia si è appena ridotta.

Mentre ci dirigiamo verso le porte d'ingresso, mi viene in mente.

Il Palace è il luogo in cui il mio aggeggio GPS ha segnato l'ubicazione dell'Hot Poker Club.

È fantastico! Non solo posso supportare mia sorella, ma potrò anche curiosare dopo lo spettacolo e scoprire qualcosa di più sul club.

Solo che, quando entriamo nell'atrio dell'albergo, mi rendo conto che non avrò affatto la possibilità di curiosare.

Né di vedere lo spettacolo di Gia.

Né di fare un altro passo.

Non con gli orrori che ci circondano da ogni direzione.

Uccelli. Tantissimi uccelli.

CAPITOLO
Tredici

Il mio cuore batte così velocemente, da farmi male al petto.

L'atrio brulica di gabbie piene di pappagalli, che strillano come *banshee* assetate di sangue. Questo è l'unico ambito in cui i pappagalli sono ben peggiori dei clown assassini. Essendo più piccoli, se ne possono stipare di più in un dato spazio... e qualche sadico con tendenze suicide ha fatto proprio questo.

Per quanto la situazione sia grave, c'è di peggio.

Ci sono pavoni che vagano liberi.

Innumerevoli pavoni, con quelle orribili code aperte in modo provocatorio, senza alcuna preoccupazione di poter ferire qualcuno.

Con le ginocchia deboli, faccio un passo tremante all'indietro. Poi un altro e un altro ancora. Una volta varcate le porte, giro sui tacchi e me la svigno. A un certo punto, mi fermo e cerco di stabilizzare il mio respiro supersonico.

"Ma che diamine?" ansima Olive, quando mi raggiunge.

"Uccelli!" dico a denti stretti.

"Oh, giusto." Mi mette una mano sulla spalla. "Stai bene?"

Scuoto la testa. "Per favore, di' a Gia che mi dispiace. Non assisterò allo spettacolo."

"Dirlo a Gia?" Ritrae la mano di colpo. "Sai che cosa fa, quando si arrabbia?"

"Fa scherzi, lo so, ma che cosa posso fare?"

"Andare allo spettacolo?" azzarda Olive.

"Non questo. Andrò a un altro suo spettacolo."

"Penso che questo posto le abbia affidato un ingaggio a lungo termine. Potrebbe non esserci un altro spettacolo altrove."

Mi stringo nelle spalle. "Preferisco comunque l'ira di Gia agli uccelli."

Olive sembra pensierosa. "Che ne dici di darmi la tua parrucca? Posso mettermela e andare a parlare con Gia fingendomi te, dopo lo spettacolo."

"Grazie, ma no" rispondo. "Se si trattasse di chiunque altro, rischierei, ma Gia è astuta."

"Hai ragione" conferma Olive. "Meglio non rischiare. Posso lasciarti sola?"

"Sì. Vai pure."

Lei mi lascia con riluttanza, mentre io mi dirigo verso il marciapiede per chiamare un taxi.

"Ehi" dice una voce familiare alle mie spalle. "Credo che tu stia andando nella direzione sbagliata."

Mi giro e sorrido.

Conosco solo una persona che si veste come un pirata.

È Clarice, la maga coinquilina di Gia, nonché mia ex istruttrice di poker.

"Non andrò allo spettacolo" affermo. "Non stavolta."

Come fa spesso quando è nervosa, Clarice tira fuori un mazzo di carte e comincia a giocarci. "Com'è andata la tua partita di poker?"

Ah. So dove vuole andare a parare.

"La partita è stata fantastica" rispondo. "Ti avrei mandato un messaggio con la grande notizia. Ho raddoppiato la mia quota d'ingresso, il che significa che ti finanzierò al gioco. Sempre che tu voglia ancora andarci, dopo che ti avrò parlato delle precauzioni di sicurezza che prendono."

Le descrivo il sacco nero sulla testa e tutto il resto, ma questo non smorza minimamente il suo entusiasmo. Valuto se rivelarle che sta per entrare nell'edificio dove si svolgerà la partita, ma decido di non farlo, per la sua protezione. Sono di meno le persone che vengono uccise perché sanno troppo poco, rispetto a quelle che sanno troppo (almeno nei film di spionaggio).

"Non riesco a credere che andrò alla partita!" Clarice taglia il mazzo di carte con una mossa super-sofisticata, che deve aver richiesto un anno di pratica. "Non so come ringraziarti."

Le faccio l'occhiolino. "La metà della tua vincita sarà un ringraziamento sufficiente. Parliamo dei dettagli domani?"

Si mette in tasca le carte. "Certo. Ora è meglio che vada ad assistere allo spettacolo."

"Divertiti!"

Lei si affretta ad andare e io prendo un taxi.

Quando torno a casa, mi rendo conto di una cosa retroattivamente orribile.

Per portarmi all'Hot Poker Club, la squadra di sicurezza deve avermi condotta attraverso l'atrio con i pappagalli e i pavoni. Ero bendata, quindi non sapevo il pericolo che correvo in quel momento, ma sono fortunata ad essere sopravvissuta.

A meno che... non abbiano un'entrata segreta nell'hotel e mi abbiano fatta passare da lì.

Sì, dev'essere così. Dopotutto, gli altri clienti dell'albergo guarderebbero con sospetto qualcuno che viene trascinato nell'atrio con un sacco sopra la testa. Inoltre, avrei sentito quegli strilli da pappagallo anche con i paraorecchie.

Ma aspettate! Se c'è un'entrata segreta, potrei usarla per arrivare allo spettacolo di Gia?

Nah! Probabilmente, è sorvegliata. Inoltre, è già troppo tardi. Prima che riesca a tornare all'hotel, lo spettacolo sarà quasi finito.

D'accordo. Credo di aver concluso, per oggi.

Accendo la luce in salotto e vedo Machete scrutare Beaky da dietro l'angolo. Beaky lo fissa di rimando con i suoi occhi ultraterreni, poi fa quello che sembra un gesto sgarbato con i tentacoli.

Il gatto si allontana.

Machete non sta scappando. Machete voleva vedere se il

pesce è ancora guasto, e lo è. Machete si rifiuta di mangiarlo. O di guardarlo. O di stare nella stessa stanza con lui.

Con un sogghigno, verso il cibo per il mio gatto nella sua ciotola.

Sì, proprio così, piccola umana. Il magnanimo Machete ti permetterà di svegliarti ancora un giorno con la faccia integra.

Proprio mentre sto per andare a letto, ricevo un messaggio da Max. È una foto della creatura più carina di sempre, con una didascalia: *Questo è un tamarino imperatore barbuto.*

Il suo perfido piano è quello di farmi produrre ossitocina guardando queste creature, affinché io associ la sensazione di benessere a lui?

Perché potrebbe funzionare.

È un nome sofisticato, rispondo. *Soprattutto considerando che quella creatura sembra una scimmia hipster con dei baffi ironici. Se vuoi vedere qualcosa di carino, ecco qua.*

Eseguo una rapida ricerca online; poi, gli mando una foto di un lemure del Madagascar chiamato aye-aye.

Max risponde con una faccina che urla di paura e scrive: *Se Nosferatu fosse una scimmia e avesse mani da ragno, ecco che aspetto avrebbe.*

Seriamente, devo controllare la mia produzione di ossitocina. Forse dovrei prendere l'Atosiban, un farmaco che inibisce tale produzione. Di solito, viene usato per arrestare il travaglio prematuro, ma questo potrebbe essere un utilizzo off-label per le spie (un po' come il Tiopental sodico, un anestetico che alcuni nel mondo dello spionaggio usano come siero della verità).

Ma no. Sarebbe probabilmente eccessivo. La forza di volontà dovrà bastare.

Vado a letto, gli scrivo. *A domani.*

Lui risponde subito:

Ora ti sto immaginando a letto. Sogni d'oro.

Accidenti! Perché, ora, *io* mi sto immaginando *lui* a letto? O più precisamente, noi insieme?

Stupide scuole di seduzione russe! Hanno preparato Max fin troppo bene.

Con un sospiro, spengo il cellulare. Ho una decisione importante da prendere.

Masturbarsi o non masturbarsi: questo è il dilemma.

Se lo faccio, è possibile che penserò a Max nel mentre (il che sarebbe un male), ma se non lo faccio, sarò più carica sessualmente domani, quando lo vedrò. Anche questo è un male.

Scommetto che la decisione di Amleto non è stata così difficile!

No. Non devo assolutamente pensare a Max. Né masturbarmi. Se lo facessi, tenerlo fuori dalla mia mente sarebbe un'impresa per me impossibile, come resistere a una tecnica d'interrogatorio potenziata con l'uso di uccelli.

Così deciso, mi metto a letto e cerco di dormire, ma non ci riesco per un po'. Alla fine, però, Machete viene ad accoccolarsi vicino a me. Le sue fusa mi fanno addormentare.

CAPITOLO
Quattordici

La MATTINA SEGUENTE, entro nell'edificio dove lavoro.

Dire che non è accogliente sarebbe un eufemismo. Oltre ad essere privo di finestre, è tetro e freddo; ma ehi, è stato costruito per resistere ad un'esplosione nucleare, quindi posso tirarmi su di morale con questa consapevolezza in una bella giornata di sole.

Come per molte altre cose che riguardano il mio lavoro, non posso aggiungere altro sull'edificio, perché è riservato, ma potrebbe o non potrebbe essere apparso nell'episodio di *X-Files* intitolato *Simulazione*, così come nella terza stagione di *Mr. Robot*, dove si poneva come deposito della Evil Corp.

Eh già. Quest'ultima era sottile.

Quando arrivo alla mia scrivania, un collega (nome riservato) mi chiede: "Com'è andato il fine settimana?"

Il resto della conversazione non è riservato, ma è così noioso, che sarò gentile e lo cancellerò dal verbale.

Quando effettuo l'accesso al **software per messaggi classificati**, il mio capo (nome riservato) mi dà del lavoro da fare, i cui dettagli (come avrete indovinato) sono riservati.

Come spesso accade, finisco più velocemente di quanto il mio capo si aspettasse. Sono brava nel mio mestiere. È solo che preferisco il lavoro sul campo all'analisi dei numeri (o qualunque sia la mia ipotetica e altamente riservata professione).

Chiedo al mio capo di assegnarmi un altro progetto di cui occuparmi e, mentre aspetto, faccio una cosa che non dovrei: utilizzo le risorse di lavoro (che sono per la maggior parte riservate) per scopi personali.

Comincio con le cose più semplici.

Usando il **software classificato**, riesco a verificare che un certo Max Stolyar si è effettivamente laureato alla York University. Poi, effettuo ricerche su tutto quello che Max mi ha detto, come il fatto di essere nato in Canada e di avere quattro fratelli.

Proprio così. Tutto vero. D'altra parte, non mi aspettavo che fosse altrimenti. Non sarebbe una spia degna di tale nome, se queste informazioni di base non fossero verificate.

Non oso scavare più a fondo da sola. Invece, contatto un esperto sul Canada (nome riservato) che mi deve un favore. Scrivo "Favore personale" nel campo dell'oggetto, per chiarire che non si tratta di affari ufficiali dell'agenzia.

La risposta è rapida:

Ho tante cose da fare questa settimana. Scusami. Mi occuperò di questo appena mi libero.

Pessimo, ma non inaspettato. Per ora, c'è qualcos'altro che posso provare. Dato che conosco il numero di Max, uso **software classificato** per accedere al suo telefono.

Il tentativo fallisce.

Provo a usare invece **classificato**.

Stessa mancanza di risultati.

Sono delusa, ma non sorpresa. Questo è solo un altro indizio che lui faccia parte della comunità dell'*intelligence*. Ottenere l'accesso al nostro hardware non è facile come accedere a quello di un normale civile. Anche lui avrebbe fallito, se avesse cercato di accedere al mio telefono (speriamo!).

Ci sono, naturalmente, altri metodi che posso usare per forzare l'accesso, ma questo potrebbe tradirmi.

Meglio passare a qualcos'altro.

Guardandomi furtivamente intorno, tiro fuori una chiavetta USB dalla mia parrucca a gabbia di Faraday e trasferisco le foto che avevo salvato lì sul mio computer di lavoro.

Non appena ho finito, nascondo di nuovo la chiavetta nella parrucca. Introdurre dispositivi di registrazione di qualsiasi tipo è un'enorme violazione del protocollo, dato che è così che si verificano situazioni alla Snowden. Incrocio le dita, nella speranza che nessuno mi chieda qualcosa a questo proposito, al prossimo colloquio con la macchina della verità... Aspettate, *quelli* sono riservati?

Procedo con il collegare i volti di tutti gli uomini presenti alla partita dell'Hot Poker Club a cui ho partecipato con i rispettivi nomi e, poi, faccio altrettanto con la donna con cui Max aveva parlato.

Armata dei nomi, scopro di più su queste persone, a cominciare dalla donna.

Strano.

È una dirigente della JP Morgan. Che cosa c'entrano le banche d'investimento con la Russia?

Non ne ho idea. Forse lei è coinvolta nel finanziamento del terrorismo, o forse questo ha a che fare con qualche conflitto in cui si trova la Russia? Non hanno di nuovo irritato l'Ucraina, la settimana scorsa?

In alternativa, Max potrebbe aver orchestrato l'intera faccenda come uno stratagemma. Forse sapeva che l'avrei pedinato?

Nah! Mi sto comportando da paranoica.

Anche l'altra possibilità (che l'incontro con lei fosse di natura personale) è ancora sul tavolo... e detesto quanto m'infastidisca.

Per distrarmi, indago sugli uomini dell'Hot Poker Club. Dopotutto, uno di loro sembrava essere il bersaglio di Max.

Inizio con l'unico giocatore poco attraente e scopro che è il proprietario di una compagnia petrolifera.

La Russia potrebbe essere interessata a lui?

Improbabile. Ha già petrolio in abbondanza.

Il tizio successivo (quello che aveva costruito una scultura con le proprie fiches) si chiama Bogdan Velik e non ha un'occupazione elencata. Potrebbe essere un truffatore di poker professionista? Dovrò contattare il mio contatto all'FBI, per scoprire se lo sa.

Emerge che un altro tizio è il proprietario di un fondo speculativo. Max s'interesserebbe a lui? Forse, questo fondo commercia in azioni russe?

Poi, c'è il magnate immobiliare. Era lui il bersaglio di Max? Forse, la Russia vuole investire in qualche proprietà di prim'ordine a Manhattan? Ma perché farlo in segreto?

Mmm. Forse l'obiettivo di Max era il prossimo tizio. Si tratta dell'amministratore delegato di un'azienda biotecnologica. Non sembra che l'azienda produca qualcosa che possa essere usato come arma, ma non si sa mai che cosa la Russia potrebbe trovare interessante. Per quanto ne so, stanno cercando una bevanda più forte della vodka (o la cura definitiva per i postumi della sbornia).

La prossima persona che cerco è Mr. Pila Sciatta, il cui vero nome non mi curo di memorizzare, perché per me sarà sempre Mr. Pila Sciatta.

Interessante. Mr. Pila Sciatta è un ingegnere informatico. Non è esattamente un lavoro che paga abbastanza bene, per partecipare a quella partita. Potrebbe essere lui l'obiettivo di Max?

Controllo su **classificato** e vedo che la società di software di Mr. Pila Sciatta produce piattaforme di trading (cosa a cui la Russia non sarebbe interessata).

Invio tutti i nomi che ho scoperto al mio contatto dell'FBI (in parte per vedere se posso saperne di più, ma anche per conferire maggiore legittimità alle mie azioni, nel caso in cui io venga beccata). Una collaborazione tra agenzie suona bene; un'impiegata solitaria che ficca il naso per conto proprio, non altrettanto.

Per la prossima mossa non ho scusanti, quindi spero doppiamente di non essere sgamata a compierla.

Usando **classificato**, localizzo il cellulare di Brett e ci inserisco un'applicazione di localizzazione. Ora, riceverò un avviso, se lui dovesse avvicinarsi a meno di quindici metri da Olive (o più precisamente dal suo telefono).

Ultimo ma non meno importante, come vendetta per aver graffiato l'auto di Olive, faccio in modo che venga controllato dal fisco l'anno prossimo.

Accidenti! È già ora di pranzo.

Sto per uscire, quando ricevo un messaggio dal mio contatto dell'FBI.

Sono informazioni su Bogdan, il tipo che ha costruito la scultura con le fiches. L'FBI ritiene che sia l'organizzatore dell'Hot Poker Club. Inoltre, mi consigliano vivamente di non farlo arrabbiare. Secondo un informatore, questo tizio ha la reputazione di essere estremamente pericoloso.

È lui quello a cui Max voleva piazzare una cimice nel telefono?

No, ne dubito. Perché mai la persona che gestisce il club dovrebbe tenere il proprio cellulare in un armadietto? Lo terrebbe nel proprio ufficio o in un posto simile.

Il mio cuore salta un battito, quando ripenso a quella sera. Se questo Bogdan è *davvero* pericoloso, Max avrebbe potuto farsi male.

A proposito di Max, farò tardi per il nostro pranzo.

———

MISHA BELL

Correndo fuori dal mio palazzo, salgo su un taxi e spiattello l'indirizzo che Max mi ha mandato per messaggio.

Il tassista guida troppo lentamente, facendomi desiderare di aver preso la mia auto, oggi. La ragione per cui ho deciso di non farlo è che l'edificio dove lavoro si trova a pochi passi dal mio appartamento (e parcheggiare a Manhattan può essere un'autentica scocciatura).

Per ammazzare il tempo, videochiamo Gia.

"Ciao, sorellina" mi saluta.

"Ciao. Mi dispiace tanto."

Lei si schiarisce la gola. "Per che cosa ti dispiace, stavolta?"

È un trucco? Probabilmente sì. L'intera vita di Gia lo è.

"C'erano degli uccelli in quell'atrio." Faccio del mio meglio per sembrare il più dispiaciuta possibile.

"Ti sei persa lo spettacolo?"

Dannazione! Non lo sapeva?

Inoltre, perché sembra colpevole, anziché incazzata? Dev'essere un trucco.

"Mi dispiace" ripeto. "Non sono riuscita a entrare. Sarebbe come, per te, entrare in un ospedale. Se ti esibirai in un altro posto, ci sarò, lo giuro."

"In realtà, sono io che dovrei essere dispiaciuta" ammette Gia. "Quando entro in quell'atrio, penso sempre a quanto lo odieresti, ma quando ti ho invitata, me ne sono completamente dimenticata."

La guardo a bocca aperta. Sul serio, è un trucco?

"Eppure" aggiungo con cautela. "Avrei dovuto superarlo, per te."

Il sorriso di Gia è diabolico. "Apprezzo la tua onestà. Si dà il caso che, presto, terrò uno spettacolo in un locale diverso e mi farebbero comodo delle facce amiche tra il pubblico. Ci verrai, vero?"

Posso quasi sentire il suo "altrimenti…"

"Ci sarò" prometto solennemente.

"Bene" replica. "E dovremmo incontrarci, così potrai ripagare il favore che mi devi."

Me n'ero dimenticata. Non c'è da stupirsi che sia così indulgente. Le servo ancora viva.

"Quando vuoi" concedo.

"Ti farò sapere i dettagli. Sia per lo spettacolo sia per l'incontro."

"Giusto." Passo a una forma di alfabeto farfallino che ho sviluppato quando eravamo bambine (il mio primo risultato correlato alla crittografia). L'idea di base era parlare di segreti di fronte ai nostri genitori, ma servirà anche a tenere il tassista all'oscuro. "Mi chiedevo… come hai ottenuto quella sede? Il Palace, intendo."

"Perché?" domanda Gia.

"L'Hot Poker Club si trova nello stesso hotel."

È un silenzio scioccato?

"Impossibile" esclama.

"Possibilissimo."

"Beh, mi sono aggiudicata lo spettacolo perché quell'albergo appartiene al fratello del mio ragazzo."

"Il nome del fratello è Bogdan Velik?" domando.

"No" risponde. "Si chiama Kazimir Cezaroff, o Kaz in breve."

Giusto. Me l'aveva accennato, quando mi aveva parlato del suo nuovo fidanzato. Solo che non ricordavo il nome dell'hotel.

"Chi è questo Bogdan, allora?" le chiedo.

"Non saprei, ma chiederò."

"Grazie. Quando lo scopri, fammelo sapere."

Lei mi assicura che lo farà e io riattacco. Poi, chiamo Clarice e organizziamo tutto in modo che lei possa entrare a far parte dell'Hot Poker Club quando preferisce.

"Posso farlo presto?" mi chiede.

"La scelta è tua."

"Non voglio pestarti i piedi" ammette.

"Io non ci andrò più. Sono tutti tuoi."

Lei ridacchia. "Grazie."

La avverto di non inimicarsi Bogdan, mentre è lì, e riattacco, quando il taxi accosta lungo il marciapiede.

Fisso l'insegna del ristorante scelto da Max.

Сало.

Scritto in lettere latine come *salo*, è una parola russa per indicare un piatto che (da quanto ho capito) è puro grasso animale: ovvero, lardo. Presumibilmente, si accompagna bene con la vodka in una giornata fredda. Suppongo che, se uno volesse assicurasi di morire d'infarto prima che il fegato ceda, questo sarebbe il piatto perfetto.

Posso solo immaginare il processo di pensiero dell'inventore russo, mentre creava questa prelibatezza. Gli americani mangiano il bacon? Mezze seghe. Il bacon contiene *della* carne. Essendo russi, noi facciamo fuori qualsiasi carne. Loro friggono la propria? Noi mangiamo la nostra cruda, o al massimo la essicchiamo.

Significa che questo è un ristorante russo?

Quando entro, sento delle voci parlare in quello che sembra russo, mentre i volti dei camerieri hanno i tratti slavi di Max.

Ma che diamine? Max non ha la benché minima fiducia nelle mie capacità di vedere oltre la sua esile copertura? O si tratta di una strana psicologia inversa?

Forse, spera che m'innamori del cibo e che voglia disertare in favore della Russia?

"Ciao" dice una voce maschile profonda e familiare alle mie spalle.

CAPITOLO
Quindici

MI GIRO E, per poco, non sussulto.

È passato solo un giorno, ma avevo già dimenticato il pieno effetto della vicinanza di Max.

Non sono sicura a proposito del cibo russo, ma quei capelli e quelle labbra potrebbero riuscire a farmi cambiare fazione.

Lui si avvicina.

Il mio battito accelera.

Stiamo per baciarci di nuovo? Non mi sarebbe molto utile a mantenere la lucidità, ma…

Una cameriera si frappone tra noi, sbattendo le ciglia, con gli occhi incollati su Max. Con fare civettuolo, blatera qualcosa in russo, mentre io combatto l'impulso di atterrarla con un calcio di Krav Maga al fegato.

Almeno, credo che stia parlando russo. Suona un po' strano. Forse, non è fluente?

Max fa un passo indietro, prima di aggirarla per prendermi la mano. "Qualsiasi tavolo va bene" dice in inglese, mentre i formicolii risalgono lungo il mio braccio, dal punto in cui i nostri palmi si toccano.

La cameriera guarda di traverso le nostre mani giunte, poi ci rivolge un sorriso finto, mentre ci fa accomodare vicino alla finestra. Senza dire una parola, mi schiaffa un menù tra le mani; poi, ne porge uno a Max in maniera più gentile.

"La conosci?" gli chiedo, quando la cameriera se ne va.

"Non di nome, ma l'ho già vista. Conosco tutti qui. Vengo sempre in questo posto."

Un ristorante russo dove viene sempre.

È come se si stesse prendendo gioco di me con la sua 'russità'.

"Lavori qui vicino?" gli chiedo.

Lui scuote la testa. "È solo un posto che frequento, quando ho nostalgia di casa."

Ok, una cosa è non sforzarsi, un'altra cosa è questa risposta. Qual è il suo gioco? Forse, a questo punto, dovrei chiedergli apertamente se è una spia russa. È questo che vuole?

Stanca di sentirmi confusa, do un'occhiata al menù. C'è l'inglese da una parte e il russo dall'altra.

Borscht, salo (ovviamente) e *blini*: tutti punti fermi della cucina russa.

Ma aspettate! È davvero russo quello sul menù? Alcuni piatti hanno la "i" minuscola nel nome. Non è una lettera dell'alfabeto russo. Inoltre, le frittelle di patate sono un piatto russo?

"Vuoi che ti ordini qualcosa?" mi chiede Max, probabilmente fraintendendo la mia espressione.

"Che cucina è questa?" domando.

Mi mostra la sua fossetta. "Ucraina. L'hai mai provata?"

Ucraina?

La Russia e l'Ucraina non sono esattamente in buoni rapporti. È questa la sottile angolazione su cui lui sta giocando?

Decido di buttarmi e basta. "Come mai il cibo ucraino ti fa venire nostalgia di casa?"

Se mi racconta che il borscht ha sostituito la poutine come piatto tradizionale canadese, lo accuserò senza mezzi termini di essere una spia.

Lui posa il proprio menù. "Sono un canadese ucraino."

"Eh?" è la mia risposta geniale.

"I miei genitori sono immigrati in Canada dall'Ucraina. All'epoca, faceva parte dell'URSS."

"Oh." Sto andando alla grande con le risposte brillanti.

"Gli ucraini sono il settimo gruppo etnico più numeroso del Canada. Siamo più di un milione."

Come mai non l'avevo mai sentito dire? Dev'essere vero, però. Lui non farebbe una dichiarazione così facilmente verificabile, altrimenti.

Ritiro tutte le mie precedenti frecciatine alla sua copertura. Risulta essere diabolicamente intelligente. Con quest'unico colpo di scena, ha una spiegazione per i propri tratti somatici slavi, la propria capacità di pronunciare consonanti morbide e le proprie voglie di borscht.

"Ah" è la mia ultima perla di conversazione.

"Sì. Abbiamo molti parallelismi con gli italo-americani" afferma. "Lo sapevi che anche loro sono al settimo posto negli Stati Uniti?"

Scuoto la testa.

"È così. E come loro, noi manteniamo le tradizioni del nostro paese d'origine, soprattutto in fatto di cibo." Solleva il menù. "Ecco perché, quando hai detto che potevamo mangiare ovunque, ho scelto questo posto. Ti va bene?"

"Certo" rispondo, felice di aver finalmente recuperato il senno. "Mi piace provare cose nuove."

Mi rivolge un'occhiata accalorata. "Questo è un bene. Penso che dovresti fare un tentativo con l'ucraino."

Gulp! Perché sto immaginando di introdurre nella mia bocca qualcosa di diverso dal cibo? Qualcosa con il nobile nome di un gladiatore.

Mi schiarisco la gola, stranamente secca. "Per tornare alla tua offerta di prima, per favore, ordina qualcosa per me che pensi possa piacermi."

"Buona scelta, *sonechko*" mormora.

Giro il mio menù. "Che cosa significa *sonechko*?"

"È ucraino. Significa 'sole'."

Resisti. Al. Sovraccarico. Di. Estasi.

La cameriera ritorna.

Max le parla animatamente in quello che ora so essere ucraino. A volte, riesco a distinguere qualche parola, come *borscht*, *salo* e *holodet*.

Mentre loro discutono, rifletto sulla possibilità che lui sia una spia ucraina, anziché russa. L'agenzia di servizi segreti ucraini si chiama SBU e ha un passato burrascoso, in termini di rapporti con la Russia. Nato inizialmente come un ramo del KGB, l'SBU è stato profondamente infiltrato da spie russe, dopo che l'Ucraina è diventata indipendente. Ciò significa che, anche se lui *fosse* effettivamente una spia ucraina, potrebbe comunque essere un agente doppiogiochista russo. Oppure no. Qualche anno fa, hanno ripulito la propria agenzia e, ora, sostengono di avere protocolli molto più severi per prevenire le infiltrazioni, arrivando al punto di eseguire regolarmente test di lealtà, tramite interrogatori e test della macchina della verità.

In ogni caso, una spia straniera è una spia straniera.

Quando la cameriera se ne va, decido di sondarlo sottilmente in tema di spionaggio.

"Che tipo di film ti piace?" gli chiedo.

Prima che lui possa rispondere, la cameriera torna e ci mette davanti due ciotole di zuppa dal colore rosso scuro.

Borscht. Naturalmente.

"Non ho un genere specifico" risponde. "Ma in tutti i miei film preferiti ci sono degli animali. Nel caso non l'avessi capito, mi piacciono davvero molto."

Esiste una correlazione tra l'amare gli animali e l'essere un animale a letto?

Lo sto chiedendo per un'amica.

"Non l'hai nascosto troppo bene" affermo. "Qual è il tuo preferito? *Il libro della giungla*? *Il Re Leone*?"

Intinge un cucchiaio di legno nel proprio borscht. "Mi prenderai in giro, ma il mio film preferito s'intitola *Max*. Parla di un cane militare."

È forse un indizio? Una spia s'immedesimerebbe in un cane militare?

"Io, prenderti in giro? Non lo farei mai." Mi faccio aria con le mani. "Solo perché suona super-narcisistico non significa che sia divertente. Giusto?"

In sua difesa, se esistesse un film di spionaggio con una protagonista di nome Blue, sarebbe anche il mio preferito.

Lui sorride e si porta un cucchiaio di zuppa alla bocca. "E tu? Che tipo di film ti piace?"

Bingo! "Film di spionaggio" dichiaro, osservando la sua reazione.

Non batte ciglio. Invece, ingoia il borscht e chiude gli occhi per il piacere.

D'accordo. A questo gioco si può giocare in due.

Assaggio un cucchiaio di borscht... e lo sputo all'istante!

Il borscht dovrebbe contenere barbabietole, patate, cavoli e così via, ma l'ingrediente principale (e forse l'unico) in questo qui è l'aglio.

Abbastanza aglio, da uccidere tutti i vampiri della Transilvania e di Sunnydale messi insieme.

"Che cosa c'è che non va?" mi chiede Max.

"Troppo poco borscht nel mio aglio" gracchio.

Aggrotta la fronte. "Non c'è quasi per niente aglio nel mio."

È pazzo?

Assaggia la mia zuppa e il suo cipiglio diventa più profondo.

Chiamando la cameriera con un cenno, le parla severamente. Lei assume un'aria innocente, quando gli risponde, ma quando lancia un'occhiata a me, sono certa che sia stata lei a buttare tutto quell'aglio nel mio borscht.

Dopo che prende la mia ciotola e se ne va, propongo: "Magari, facciamoci assegnare un'altra cameriera. Penso che potresti piacerle troppo, per non aggiungere del veleno per topi nella mia prossima porzione, insieme a dello sputo."

Lui allunga il proprio borscht davanti a me. "Ho un'idea migliore."

Rivolge un cenno alla cameriera, mentre io assaggio la zuppa.

Wow! La delizia saporita mi fa quasi gemere ad alta voce.

Che cosa avranno fatto a queste barbabietole? Le hanno massaggiate e hanno dato loro della birra, come fanno i giapponesi con il manzo di Kobe?

La cameriera arriva e guarda lo scambio di piatti con preoccupazione.

"Prima che ci porti la prossima pietanza, volevo ricordarti che sono un buon amico del proprietario" le dice Max in inglese. "Inoltre, condivideremo ogni piatto d'ora in poi."

Lei impallidisce. Immagino che voglia mantenere questo lavoro.

Ora sono certa che l'aglio fosse opera sua e non di qualche gaffe in cucina. Stava cercando di sabotare il nostro bacio post-pranzo? Ho sentito parlare di donne che danno da mangiare aglio ai mariti per assicurarsi che non le tradiscano, ma farlo a una rivale femmina è un nuovo livello di subdolo.

Dannazione! Come farò a baciarlo, ora?

Decido che devo vendicarmi.

"Grazie." Sposto la zuppa di Max accanto a lui. "Perché non la dividiamo, come hai detto?"

Sorride e prende il cucchiaio.

Tiro fuori di nascosto il mio cellulare da sotto la tovaglia, lunga fino al pavimento.

Le applicazioni che sto per usare non sono classificate, perché le ho create per conto mio. Sono probabilmente illegali, però, quindi meno se ne parla, meglio è.

Per prima cosa, mi collego al Wi-Fi locale per gli ospiti e, da lì, alla rete privata del ristorante.

Le persone come me sono il motivo per cui l'uso del Wi-Fi pubblico non è sicuro.

Ci sono solo pochi dispositivi collegati a questa rete; ancora meno sono i telefoni. Passo al primo cellulare: no, è il nome di un ragazzo. Passo a un altro: femmina. Bene. E ha le app dei social media installate. Ancora meglio.

Lancio prima l'applicazione di Twitter.

Eh già! La foto del profilo è quella della cameriera. Sono dentro il suo telefono, come previsto.

Misteriosamente, il suo prossimo tweet è il seguente (poi tradotto da Google in ucraino):

Mi sono appena fatta la cacca addosso di nuovo!

Quest'informazione interessantissima diventa un aggiornamento anche sul suo profilo Facebook.

"È il tuo turno." Max sposta nuovamente la zuppa verso di me.

Nascondo il mio cellulare e mangio un'altra cucchiaiata.

Buonissima!

Gliela restituisco. "C'è una differenza tra la ricetta del borscht russa e quella ucraina?"

"Direi che c'è una piccola differenza in ogni ricetta di famiglia." Ingoia un'altra cucchiaiata con piacere. "Il motivo per cui mi piace questo posto è che la loro ricetta è molto simile a quella di mia madre. La sua è solo un tantino più densa."

Quali sono le possibilità che sua madre tenga la ricetta memorizzata in una forma digitale che posso rubare? Così, potrei preparare questo piatto per lui. La seduzione che passa per lo stomaco non è una cosa che ho visto fare dalle femme fatale dei film, ma perché non provarci?

La cameriera ritorna. Porta un altro borscht. Con aria confusa, lo posa al centro del tavolo.

Max lo prende per primo e lo assaggia con aria significativa.

"Grazie" dice, alzando lo sguardo.

Mentre lei comincia ad allontanarsi, tira fuori il cellulare e sgrana gli occhi.

Apro un'applicazione di traduzione sul mio telefono e scrivo: "Il karma può essere un vero stronzo, come te." Poi, faccio in modo che l'app lo legga ad alta voce in ucraino.

Lei si gira verso di me, con gli occhi ancora più spalancati.

"Ops" esclamo. "Questa app di traduzione è

chiaramente incompetente. Volevo che dicesse: 'Grazie per essere stata così accomodante'."

Con uno sbuffo, lei gira sui tacchi e se ne va come una furia.

"Di che cosa si trattava?" mi chiede Max.

Mi stringo nelle spalle. "Sembra che qualcuna abbia una cotta per te più grande di quanto pensassimo inizialmente."

Lui spinge il nuovo borscht verso di me. "Non m'interessa quello che pensa lei."

Ottima risposta. Gli è concesso di vivere.

"Di che cosa stavamo parlando prima?" domando, curiosa di sapere se eviterà l'argomento dei film di spionaggio, per ovvie ragioni.

"Hai detto che ti piacciono i film di spionaggio" risponde. "Ne hai uno preferito?"

Audace!

Gli parlo delle serie e dei film che amo, forse un po' troppo appassionatamente.

Arriva un cameriere maschio con due piatti in mano. "Dato che c'è una persona che parla inglese tra voi, mi è stato chiesto di subentrare al servizio del vostro tavolo."

Certo. È questo il motivo. Non perché quella cameriera se la sta facendo sotto dalla paura (di nuovo?) grazie alla sottoscritta.

Quando il tizio se ne va, controllo la nuova portata. Sembrano frittelle. Devono essere quelle di patate, che ho visto sul menù. Ne assaggio una.

Gnam!

"Qual è l'elemento più realistico che hai visto in un

film di spionaggio?" mi chiede Max. "Senza addentrarci in qualcosa di riservato, ovviamente."

Mastico la mia frittella con aria pensierosa, prima di rispondere: "Stazioni numeriche".

Osservo di nuovo la sua reazione, ma la sua faccia da poker rende impossibile ottenere qualsiasi indizio vantaggioso in questo modo.

"Stazioni numeriche" ripete.

"Sì. Sai che cosa sono?"

Quanto audace è?

"Non sono stazioni radio che trasmettono un mucchio di numeri?" chiede. "Per gli agenti dei servizi segreti che operano in terre straniere, giusto?"

Annuisco. Audacissimo! È esattamente ciò che sono (e il fatto che lui lo sappia significa che ne usa una... o forse non ne usa una, ma sta soltanto cercando di depistarmi). Con le spie, bisogna stare attenti alle trame dentro le trame.

Il cameriere torna con qualcosa di nuovo: una forma rotonda impanata, che sembra fritta.

"Che cosa sarebbe?" domando, quando lui se ne va.

"Non sono sicuro se il paragone migliore sarebbe con un hamburger o una polpetta" risponde Max. "È fatto con il pollo ed è in stile Kiev, il che significa che ha burro fuso nel mezzo."

Mi ritraggo dal tavolo. "Hai detto pollo?"

Guarda il cibo in questione e trasalisce. "Temo di sì. Non avevo capito che la tua antipatia per gli uccelli si estendesse alle preferenze culinarie. Ho pensato che, anzi, ti piacesse mangiarli per vendetta."

Scuoto la testa con veemenza. "Pensa alle tarantole.

Tarantole volanti, che possono cavarti gli occhi. Ne mangeresti una?"

"Non aggiungere altro." Chiama il cameriere e il piatto viene portato via.

"Oh, non intendevo che *tu* ci rinunciassi" preciso.

La sua fossetta fa capolino. "Non voglio che tu sia disgustata da me, più tardi."

Dannazione! È esplicito sulla sua intenzione di baciarmi. La migliore distrazione di sempre da un uccello cotto!

M'inumidisco le labbra. "Se qualcuno sarà disgustato, sarai tu. Ricordi tutto quell'aglio?"

Lui guarda le mie labbra con voracità. "Non m'importa."

Il conto, per favore!!!

Il cameriere torna e posa un piatto con del pane e un pezzo di lardo: il salo. Ci fornisce anche due bicchieri, che riempie con un liquido chiaro, simile a vodka.

"È *horilka*" mi spiega Max. "Ti va bene bere un drink alcolico a pranzo?"

Annuisco.

Affetta il salo, lo mette su un pezzo di pane e lo consegna al mio piatto. Poi, fa altrettanto per se stesso e solleva il bicchiere. "Attenzione: qui dentro c'è del peperoncino."

Levo il bicchiere. "Sono sicura di poterlo gestire."

"*Budmo!*" Tracanna la bevanda.

"Salute!" Bevo la mia.

Per la miseria! Se non mi avesse avvertita del peperoncino, avrei pensato che la perfida cameriera fosse di nuovo all'opera.

Perché prendere la vodka (una bevanda che già brucia di suo) e aggiungervi della capsaicina? Gli ucraini sono forse masochisti? Stanno cercando di ricreare la sensazione dell'herpes, ma su tutto il corpo?

Max addenta il proprio panino al salo; io lo imito.

È d'aiuto.

Un pochino.

Ora, credo di aver capito l'idea alla base dell'horilka. Se vuoi digerire un pezzo di lardo, devi prima bruciare le tue papille gustative.

Max copre la mia mano con la sua, più grande. "Che cosa ne pensi?"

Il suo tocco compete con il bruciore nel mio stomaco e il calore dell'alcol si diffonde in ogni mia cellula, stabilendosi nel mio intimo… e non sono sicura se questa sia l'influenza di Max o dell'horilka.

Quanto è forte questo drink? Ottanta gradi? Mi sento immediatamente sbronza.

"Comincia a piacermi l'ucraino." La mia voce è roca (e non solo per l'horilka).

Il cameriere torna con un altro piatto.

Max ritrae la mano. Ne sento la mancanza all'istante.

Il nuovo piatto contiene involtini di cavolo ripieni, detti *golubtsi*, e scopro di esserne una grande fan, specialmente quando ci aggiungo un cucchiaio di panna acida, come da istruzioni.

"Hai animali domestici?" gli chiedo, quando mi riprendo dall'ennesimo orgasmo gastronomico.

"Purtroppo no."

Quindi, gli piacciono gli animali, ma non ne ha in

casa? Immagino che sia difficile tenerli, con l'agenda fitta di una spia. Oppure, sta cercando di non avere troppi legami.

"E tu?" mi chiede Max.

"Ho un gatto." Prendo il cellulare e apro una foto di Machete.

Lui sogghigna. "Molto carino."

Sono lieta che Machete non sia qui ad artigliargli la faccia per un tale insulto. "Feroce, intendi dire."

"Naturalmente." Sorride.

Sogghigno. "Attualmente, ho anche un vero e proprio polpo a casa mia. Ricordi la foto?"

"Sul serio?"

"Eh già." Tiro fuori l'immagine ancora una volta e gliela mostro. "Si chiama Beaky."

Lui scuote la testa. "Ora voglio davvero venire a casa tua e vederlo. E anche il tuo gatto."

Certo. Venire a casa mia a vedere il mio gatto... non la mia *pussy*.

Mi schiarisco la gola. "Beaky è l'animale domestico di mia sorella. Lei sta da me, per il momento." Come a dire: se dovessero scapparci delle zozzerie, a casa tua sarebbe meglio.

Il suo sguardo è accaldato. Ha colto l'antifona. Scommetto che sta per...

Il cameriere ritorna.

Nooo! Max stava per inventarsi un pretesto per farmi andare a casa sua. Ne sono sicura!

Un piatto viene posato sul tavolo.

Lo fisso, sbattendo le palpebre. E sbatto le palpebre ancora un po'.

È gelatina, ma diversa da qualsiasi altra che abbia mai visto in vita mia (e pensavo di averle provate tutte, di ogni colore e sapore, con e senza frutta all'interno. Persino gli shottini di gelatina!).

In questa, c'è della carne. E carote e sedano (insomma, le cose che tutti associano alla gelatina!).

Il cameriere mette sul tavolo anche un contorno, composto da una pasta rosso-violacea. Chiaramente, qualcosa con le barbabietole. E perché no, a questo punto?

Max indica la gelatina di carne. "È *holodet*." Poi, indica la pasta. "E quello è *hren*, un rafano che ci sta benissimo in abbinato."

Tengo per me i miei dubbi. Spero che, se mangerò queste cose, lui riprenderà l'argomento di invitarmi a casa sua.

"Dovremmo spararci un altro shottino?" gli chiedo.

Ho bisogno di coraggio liquido, per mangiare questo *holodet*.

Lui guarda l'orologio. "Ho una riunione tra poco, ma un altro bicchiere non dovrebbe essere un problema." Fa un cenno al cameriere e dice qualcosa in ucraino a proposito di horilka.

Prima che me ne accorga, abbiamo altri due bicchieri in mano.

"Permettimi di servirti." Max mette la gelatina di carne nel mio piatto e, poi, ci aggiunge del rafano a parte.

Servirmi? So che sta parlando della cavalleria a tavola per cui i russi (e gli ucraini, deduco) sono famosi, ma non posso fare a meno di pensare alla versione sconcia.

"*Budmo*." Afferro il mio shottino e lo tracanno in un colpo solo.

"*Cin cin*." Lui si scola il proprio.

Anche se me lo aspettavo, mi sento comunque come se un drago mi avesse appena fatto la respirazione bocca a bocca.

Lui mangia un pezzo di holodet ricoperto di cren alla barbabietola; io lo imito.

Oh! Il condimento è forte come il wasabi e triplica la sensazione di bruciore.

Disperata, mangio un pezzo di gelatina alla carne senza condimenti.

Fiù! Credo di poter respirare di nuovo.

Il piatto non è poi così male come mi aspettavo. Mi ricorda una zuppa. Una zuppa fredda, molto densa, con una consistenza gelatinosa che ti si scioglie in bocca, quando la mangi. Inoltre, c'è molto aglio, quindi ehi, ora abbiamo entrambi l'alito simile.

Come mai nemmeno questo mi rende meno arrapata? Semmai, lo sto diventando sempre di più! Non masturbarmi ieri sera è stato un errore tattico: uno di quelli contro cui ogni manuale della femme fatale mette in guardia.

"Ti piace la cucina ucraina?" mi chiede Max.

Ci siamo. Scommetto che, se rispondo di sì, mi inviterà a cena a casa sua, offrendosi di "farmi provare altre cose ucraine."

"La adoro." Le parole mi escono roche, una mossa da autentica femme fatale.

"Ne sono sollevato" commenta. "Ero preoccupato che la faccenda del pollo avesse rovinato tutto."

Grrr.

Dov'è il mio invito?

Potrebbe essere il momento di prendere in mano la situazione e attivare la piena modalità femme fatale. O piuttosto, considerando l'idea che ho, di prendere la situazione 'tra i piedi'.

Spostandomi sull'orlo della sedia, mi sfilo le scarpe.

Il mio battito accelera.

Sono abbastanza audace per farlo?

Abbastanza sbronza?

Non importa. Ci provo. Con la tovaglia lunga, nessuno se ne accorgerà (e Max si metterà finalmente in riga).

Delicatamente, ma con decisione, avvicino furtivamente il piede sinistro al suo polpaccio e lo faccio risalire lungo la sua coscia, prima di posarglielo sull'inguine. Fare piedino timidamente è per le vergini, le suore e le agenti dell'IRA. Una femme fatale agente della CIA non perde tempo.

Mira direttamente al pene.

CAPITOLO
Sedici

Muovo il piede, finché non la sento.

Un'erezione.

Un'erezione considerevole!

Wow. O Maximus è grande quanto suggerisce il nome, o il mio piede non è bravo a misurare le dimensioni.

Gli occhi di Max si allargano.

Bingo!

Accarezzo Maximus su e giù.

Con gli occhi che si oscurano, Max si sporge in avanti e posa la mano sopra la mia.

Ci siamo.

Muovo le dita dei piedi.

Il suo respiro diventa udibilmente affannoso. Chinandosi in avanti, mi dice sommessamente: "Toccati."

Autoritario!

Lo adoro.

Scruto l'ambiente circostante. Nessuno sembra prestarci attenzione.

Scivolando un po' più in basso sulla sedia, infilo la mano destra nelle mutandine fradice e faccio un cenno a Max, per comunicargli che ho obbedito al suo comando.

I suoi occhi diventano bestiali.

Il mio piede sinistro balla il tip tap sul suo cazzo.

Le sue narici si dilatano e Maximus sembra sul punto di scoppiare fuori dai pantaloni.

Il mio clitoride è ipersensibile al tocco, le mie pieghe sono scivolose. Muovo le dita più velocemente, mentre un orgasmo comincia a svilupparsi nel mio intimo. Scivolando ancora più in basso, tolgo la mano da sotto la sua, per potermi aggrappare all'angolo del tavolo. Poi, avvicino l'altro piede e afferro Maximus da entrambi i lati, in stile scimmia.

Max trattiene il respiro e si sporge di nuovo in avanti. La sua voce è un ringhio basso e profondo. "Verrai per me, sonechko?"

Annuisco… e intendo sul serio.

Ci sono vicina.

Vicinissima.

Accelerando, stringo il bordo del tavolo, finché le mie nocche diventano bianche.

Lui grugnisce con approvazione.

Significa che anche lui è vicino?

Scivolo un po' più in basso, in modo da poter afferrare Maximus da…

Un forte odore di aglio mi colpisce le narici, quando

un cameriere passa vicino al nostro tavolo, con un piatto in mano.

Quando vedo cosa c'è sopra, mi si gela il sangue.

È un piccolo uccello che qualcuno ha crocifisso per qualche insondabile ragione. Almeno, questo è ciò che sembra.

La vista inquietante interrompe la mia concentrazione... e scivolo col sedere oltre il bordo della sedia.

Tutto accade contemporaneamente.

Cerco di tirare fuori la mano dalle mutandine, ma senza fortuna.

Agito il braccio libero, ma non faccio in tempo ad afferrare il tavolo.

Strillando, mi schianto con forza, atterrando sul sedere, mentre uno dei miei piedi schiaccia le palle di Max e l'altro gli sferra un calcio sul pene.

Diciassette

La faccia di Max assume una tonalità di verde che eguaglia quasi i suoi occhi, mentre un grugnito di dolore gli sfugge dalla gola.

Oddio! Gli ho spezzato il pene?

Mi fischiano le orecchie e il mio coccige si sente come se avesse ricevuto un'iniezione di horilka.

Prima che qualcuno possa arrestarmi per masturbazione in pubblico, tiro finalmente fuori la mano dalle mutandine. Afferrando il bordo del tavolo con la mano pulita, appoggio l'altra sul pavimento e mi tiro su per metà, solo per rischiare di cadere di nuovo... perché il palmo sul pavimento scivola (per un buon motivo).

È a questo punto che delle mani forti mi sollevano.

Il cameriere?

No. È Max.

Come fa a muoversi, dopo quello che gli ho appena fatto?

Nel Krav Maga, impariamo come devastare un

aggressore nel modo più brutale possibile: la mossa fondamentale per questo scopo è il calcio all'inguine, che è essenzialmente ciò che gli ho inflitto.

Eppure, lui mi sta aiutando ad alzarmi.

Dev'essere un altro indizio sulle sue origini di spia. In *Casino Royale*, le palle di James Bond vengono brutalmente torturate. Quella scena ha forse dato a qualcuno l'idea di addestrare gli agenti a resistere a ciò?

Speriamo di no. Speriamo di non aver danneggiato le palle né il cazzo di Max. Ho ancora grandi progetti che li coinvolgono.

"Stai bene?" mormora, adagiandomi sulla sedia.

"Io?" Balzo in piedi. "Tu stai bene?"

Abbassa lo sguardo. La sua voce è un po' rauca, anche se il suo viso è meno verde. "Starò bene."

"È tutto a posto qui?" domanda il cameriere.

Mi giro. Ha ancora in mano l'atrocità crocifissa sul piatto.

"Che cos'è quello?" chiedo con orrore.

"Il nome si tradurrebbe con *tabacco di pollo*" spiega il cameriere. "Pressiamo il pollo come un panino e lo friggiamo con aglio e spezie."

Io potrei avrei bisogno di fumare, dopo averlo visto, questo è certo.

"Possiamo avere il conto, per favore?" chiedo, distogliendo lo sguardo.

"Niente dessert?" domanda il cameriere.

Scuotendo la testa, infilo i piedi nelle scarpe.

"La prossima volta." Max getta delle banconote sul tavolo e mi aiuta a uscire dal locale.

Dannazione! Non sta affatto bene. Cammina come

se avessi dato piacere alla sua noce con un po' troppo entusiasmo. Se avessi una licenza da femme fatale, sarebbe ufficialmente invalidata, dopo questo cosiddetto tentativo di seduzione.

"Seriamente, stai bene?" mi chiede Max.

"Seriamente, *tu* stai bene?"

"Sì." Sposta il peso da un piede all'altro. "Penso che ora dovrei andare al mio appuntamento. Magari prenderò del ghiaccio lungo la strada."

"Mi dispiace." Resisto all'impulso di aggiungere che sono disposta a baciarlo lì per fargli passare la bua.

"Non c'è niente di cui dispiacerti." Mi dà un bacio sulla fronte. "È meglio che vada."

E, in un attimo, se n'è andato.

CAPITOLO
Diciotto

Un dannatissimo bacio sulla fronte? Dopo che i miei piedi hanno fatto un'orgia BDSM con il suo cazzo e le sue palle?

A meno che... forse sta evitando un bacio appassionato, perché lo ecciterebbe enormemente (come solo un bacio con me potrebbe fare) e, quindi, gli farebbe male alle parti intime danneggiate?

Sarà meglio che sia così. Non voglio pensare di aver rovinato tutto. O di aver *blu*ttato tutto all'aria, come direbbero le mie sorelle per prendermi in giro.

Beh, che si sia stancato di me o meno, ho ancora dello spionaggio da compiere. Qualunque sia il suo appuntamento, devo seguirlo e vedere se riesco a scoprire qualcosa di nuovo.

Formulo questo pensiero, proprio mentre lui sta salendo su un taxi.

Affrettandomi, ne chiamo uno anch'io e ho un colpo di fortuna. Un taxi si ferma subito. Ottimo. È la mia occasione di fare una cosa che ho sempre visto nei film.

Tiro fuori una banconota da cento dollari e la lancio all'autista. "Segua quel taxi."

Il tassista mi guarda come se fossi pazza (e, guidando a New York City, questi tipi hanno un'alta tolleranza per la pazzia). Per fortuna, l'avidità ha la meglio e lui obbedisce.

La buona notizia è che stiamo viaggiando in centro, verso il mio edificio di lavoro, quindi la mia pausa pranzo non durerà due ore.

Mentre il taxi si fa largo tra il traffico, capovolgo la mia giacca e la indosso al rovescio. È rossa fuori e gialla dentro. Poi, come l'ultima volta, mi tolgo la parrucca e modifico il trucco.

Ci siamo. Una persona completamente diversa.

Quando il taxi di Max si ferma, chiedo al mio di guidare un po' lungo l'isolato, per assicurarmi di non essere vista. Poi, lascio una mancia generosa e scendo.

L'andatura di Max sembra più normale, mentre cammina lungo il quartiere. Bene. Meno gli fanno male le palle, meno possibilità ci sono che mi eviti.

Usando altri pedoni come copertura, lo seguo per metà di un lungo isolato.

Svolta l'angolo accanto a una vetrina blu dall'aspetto nuovo.

Strano. Perché farsi lasciare dal taxi così lontano dal luogo dell'appuntamento? È così tanto paranoico, o questa potrebbe essere una trappola per me?

M'immagino di girare l'angolo e trovarmelo davanti, pronto a un confronto.

No. Non ci cascherò. Appiccicando il petto al muro, sbircio dietro l'angolo con un occhio solo.

Ah ah!

Max è seduto in una caffetteria.

Aspettate! Che cos'è questa schifezza appiccicosa sul mio seno? Inoltre, sento odore di vernice?

Mi stacco dal muro e guardo giù.

Proprio così. Sono coperta di blu (tra tutti i maledettissimi colori ironici!).

Sospiro. Le mie abilità furtive, oggi, eguagliano quelle del proverbiale toro in un negozio di porcellane.

Pazienza. Devo scoprire cosa sta facendo Max.

Tirando fuori il telefono, lo metto in modalità fotocamera e lo tengo proteso all'infuori, in modo da poter vedere dietro l'angolo, pur rimanendo nascosta. Questa è la manovra che avrei dovuto fare sin dall'inizio.

Bingo! Beccato.

Max sta facendo la stessa identica cosa che faceva con la donna della JP Morgan. Solo che, stavolta, è un uomo quello con cui sta parlando schiena contro schiena.

Si tratta di un piacevole cambiamento. Spero che ciò significhi che la donna dell'altra volta era una questione di lavoro (e non che Max è bisex e questo è il modo in cui parla con tutti i suoi amanti).

Di che cosa staranno discutendo? Peccato che non sono riuscita a trasformare il telefono di Max in un dispositivo di ascolto.

Quando finiscono la conversazione, Max si dirige verso di me.

Merda! Ricoperta di vernice dello stesso colore del mio nome, sono estremamente appariscente. Prima che lui possa anche solo lanciarmi un'occhiata, corro via tra la folla di pedoni.

Quando sono sufficientemente distante, riprendo fiato e salgo in taxi.

Devo andare a casa. Non posso presentarmi in ufficio così. I miei colleghi già fanno giochi di parole e battutine sul mio nome (e, a differenza delle mie sorelle con le loro perle semi-intelligenti, i miei colleghi sono pessimi in questo). Non sono sicura se si tratti di tutti gli impiegati o soltanto dei professionisti della sicurezza informatica, ma le ho sentite tutte (e, per la maggior parte, erano estremamente imbarazzanti).

Non vorrei darti *blu*tte notizie. Il cioccolato ti fa venire i *blu*foli. Non *blu*ttarti giù di morale. Ti *blu*ciano gli occhi? Non dare risposte *blu*sche. Non fare la s*blu*ffona.

Le combinazioni e le permutazioni sono infinite, ma non si fermano qui. Ho sentito addirittura battute sulle tonalità di turchese e azzurro.

La battuta peggiore è stata probabilmente: "Che cos'è blu e non molto forte? Il blu chiaro." La battuta migliore che qualcuno nel mio ufficio si sia mai inventato è: "Il viola è meglio del rosso e del blu messi insieme."

Ma ehi, per lo meno, ogni volta che vado al bar con loro, ottengo birre illimitate... a patto che siano Blue Moon. Le uscite al bar sarebbero particolarmente piacevoli, se loro la smettessero di cercare di ordinarmi delle *blu*schette, o di mettere quella canzone al juke-box: *"Blue (Da Ba Dee)"* degli Eiffel 65. Inoltre, per il mio compleanno dell'anno scorso, tutti hanno contribuito a prendermi i biglietti per andare a vedere il concerto dei Blue Man Group.

Almeno non fanno mai battutine sul mio cognome, probabilmente per via della formazione aziendale sulle molestie sessuali.

Il mio telefono squilla, distraendomi dai miei pensieri. È Gia, che m'informa che Bogdan è un buon amico del fratello del suo ragazzo. Conferma che abbia una cattiva reputazione e mi suggerisce di non mettermi contro di lui.

"Perché il fratello del tuo ragazzo gli permette di usare l'hotel per le partite di poker?" le chiedo.

"Giova agli affari. Molti clienti abituali dell'Hot Poker Club alloggiano nelle suite dell'attico."

Il taxi si ferma vicino al mio palazzo, quindi ringrazio Gia e riattacco.

Quando entro nel mio appartamento, Olive non c'è, il che è un bene. Altrimenti, se mi vedesse ricoperta di vernice blu, probabilmente farebbe qualche battutina con doppi sensi sul mio nome.

Quando entro in salotto, Beaky mi guarda e (anche se potrebbe essere una coincidenza) diventa blu.

Nella mia camera da letto, Machete è sdraiato sul mio cuscino. Quando apro la scricchiolante porta dell'armadio, apre un occhio, riuscendo a infondere in quel piccolo gesto il tipo di brontolio che si potrebbe fare dopo anni di dieta a basso contenuto di carboidrati.

Come osi, misera umana? Sveglia di nuovo Machete e lui ti scuoierà.

Mi cambio d'abito e, poi, carico la foto del tizio che

ho visto con Max sulla chiavetta USB della mia parrucca.

Dopotutto, sono diventata blu per questo.

———

Quando torno al lavoro, un incarico mi aspetta nella mia casella di posta elettronica. Dopo aver terminato, tiro fuori di nascosto la chiavetta dalla parrucca e controllo chi sia il tizio.

Mmm. Lavora alla Bank of America, sempre nella divisione di investimenti bancari. Si può presumere che questo sia collegato all'incontro di Max con la donna.

Ma che cosa potrebbe volere una spia russa o ucraina da dei banchieri d'investimento? Che Max sia un agente provocatore? Starà cercando di architettare un'altra crisi finanziaria? Questo genere di cose potrebbe danneggiare questo paese più di certe minacce fisiche.

Ho bisogno di maggiori informazioni per procedere. Se mai avrò la possibilità di andare a casa di Max, forse ci troverò un indizio.

Sì, questo è quanto. Lo spionaggio è il motivo per cui voglio andare a casa di Max. Non la lussuria.

Un nuovo incarico arriva nella mia casella di posta, perciò ci lavoro per il resto della giornata, prima di tornare a casa, dove trovo Olive intenta a far cadere un nuovo rompicapo nella vasca di Beaky.

"Ciao" la saluto.

"Ciao." Sigilla l'acquario. "Com'è andata la tua giornata?"

"Bene." Scruto la vasca. "Puoi fare dei rompicapi per gatti? Magari a Machete potrebbe servirne uno."

Sentendosi nominare, il mio gatto mi lancia uno sguardo furtivo da dietro l'angolo.

Hai visto il film Saw? *Quello è il tipo di rompicapo che Machete costruirà per te, se lo fai incazzare.*

"Non ho mai provato a realizzare giocattoli per i felini, ma penso che siano facili da intrattenere" afferma Olive. "Basta mettere uno di quei video di YouTube per gatti."

Sogghigno e vado verso il comò per prendere il mio vecchio iPad. "Ecco che cosa succede, quando ci provo."

Lei esamina l'iPad mutilato a bocca aperta. "Posso capire come abbia fatto a distruggere la cover e persino i graffi nel metallo sul retro hanno un senso. Ma come ha fatto a lasciare segni di artigli sul vetro?"

Mi stringo nelle spalle. "Credo che quelle siano crepe. O, comunque, ci spero."

Il mio campanello suona.

Controllo l'applicazione. Sì, è Fabio, venuto qui per addestrarmi su come soddisfare un uomo.

Quando lo faccio entrare, sposta lo sguardo da me a Olive con leggera disapprovazione. "Chi è chi? E chi seguirà la lezione?"

Mi tolgo la parrucca. "Io sono Blue."

Lui stringe gli occhi su Olive. "E tu?"

"Olive" risponde lei, roteando gli occhi.

"Vieni in camera mia" intimo rapidamente a Fabio.

Non sono sicura che Olive debba sapere cosa stiamo per fare.

Fabio guarda la parete di monitor. "Gia e la sua amica pirata si uniranno a noi oggi?"

"No" rispondo.

Mette il broncio. "Avevo preparato delle barzellette."

Grandioso. Le barzellette di Fabio, di solito, sono più vecchie dei miei nonni.

"Ti va di sentirle?" mi chiede.

Scuoto la testa.

"E a te?" domanda a Olive.

Lei annuisce.

Traditrice.

"Un vampiro (cioè Gia) entra in un bar e ordina dell'acqua calda" esordisce. "Il barista esegue, poi dice: 'Pensavo che bevessi sangue'." Fabio sogghigna. "Il vampiro tira fuori un assorbente usato e risponde: 'Sto preparando il tè'."

Due pesi e due misure? La sola e unica volta che io ho pronunciato la parola *tampone* davanti a lui, per poco non dava in escandescenza.

"Volete sentire l'altra barzelletta?" mi chiede Fabio.

Io rispondo di no, ma Olive mi tradisce di nuovo.

"Un pirata entra in un bar con il timone di una nave che gli fuoriesce dai pantaloni. Il barista guarda il timone e chiede: 'Non ti dà fastidio?' Il pirata dà un colpetto al timone e risponde: 'Arrrr, lo so. Mi sta facendo girare le palle'."

"Amico" commento. "Questa doveva riguardare Clarice?"

Lui annuisce.

"Ti rendi conto che lei non ha le palle?"

"Potrebbe averle" replica Fabio, sulla difensiva. "Se fosse un trans."

Annuisco. "Non l'ho mai vista nuda, quindi suppongo che tutto sia possibile."

Olive sorride come una svitata. "A proposito di vedere la gente nuda, Fabio non ha forse visto la tua patatina, prima di dire addio per sempre alle donne?"

Fabio simula il rumore di un conato di vomito. "Blue non ha le palle. Lei è una rompipalle."

Questo argomento mi ricorda Bill. Chiunque l'abbia plasmato non si è curato di dargli dei testicoli in silicone. Cosa più importante, il suo pene è ancora danneggiato, perciò spero che Fabio abbia un piano per rimediare.

A proposito, spero che le parti intime di Max stiano bene.

"Pronto?" chiedo a Fabio.

Con una smorfia, cammina baldanzosamente verso la mia camera da letto.

"A più tardi" dico a Olive, mentre lo seguo.

Quando entro nella stanza, Fabio sta già tirando fuori Bill dall'armadio (il che mi fa pensare alla battuta di *Pulp Fiction*: "Fa' uscire lo storpio"). Prima che io possa chiedere, Fabio tira fuori dalla tasca un rotolo di nastro adesivo e ci avvolge il pene in silicone di Bill.

Dio! Spero davvero che Max non abbia dovuto fare riparazioni del genere.

"Molto meglio." Fabio rimira il proprio capolavoro come uno scultore. Poi, tira fuori un preservativo e me lo porge. "Tanto vale che mi mostri la tua abilità con questo."

"Anche questo richiede abilità?"

Dovrei aprirlo con i denti o qualcosa del genere? Ma ciò comporta il rischio di rompere il lattice.

Lui mi fissa a bocca aperta. "Ovvio che richiede abilità. Il modo migliore è mettertelo in bocca e rotolarglielo addosso in quel modo, ma ci vuole un po' di pratica."

"Che ne dici di studiarlo in una lezione a parte?" Uso le mani per aprire la confezione e metto a Bill il preservativo. "La faccenda del pompino è più importante, non credi?"

Fabio annuisce. "Ti sei esercitata?"

"Sì" mento. Sono stata una cattiva studentessa.

"Un mio collega mi ha dato un'idea che dovrebbe aiutarti" afferma. "Impara a suonare uno strumento a fiato. Un flauto sarebbe perfetto, ma anche un oboe andrebbe bene, oppure un fagotto. Forse anche un clarinetto."

"E un sassofono?" chiedo sarcasticamente.

"Potrebbe funzionare."

"Come?"

"Ti insegnerebbe a controllare i muscoli della gola, il che può essere d'aiuto per combattere il riflesso faringeo."

"Capito." Controllo se Machete è nei paraggi. La via sembra libera. "Cominciamo?"

"Sei ben idratata oggi?" mi chiede Fabio.

Aggrotto la fronte. "Sì. Penso di sì."

"Una corretta idratazione è estremamente importante. Contribuisce alla produzione di saliva.

Quando si tratta di pompini, avrai bisogno di bava. Molta, moltissima bava."

Ridacchio. "Aiuterebbe, se immaginassi una bistecca succulenta?"

Mi guarda severamente. "Assolutamente no. Quella direzione conduce a mordere la carne dell'uomo: la cosa peggiore che si possa fare durante un pompino."

"Rilassati, stavo scherzando."

"I pompini non sono uno scherzo." Sposta Bill più in alto sul letto. "Sono le fondamenta di una relazione."

Non era la comunicazione il fondamento di una relazione? O l'attrazione?

"D'accordo" replico. "Che ne dici se prendo da bere, per sicurezza?"

Annuisce. "Inoltre, porta due stuzzicadenti e due avocado."

"Non ho avocado."

"E litchi?"

"Il frutto o l'insetto? In entrambi i casi, non ne ho."

Fabio scuote la testa. "Rambutan? Albicocche? Fichi?"

"No-no."

Sospira. "Hai bisogno di frutta nella tua dieta. E di verdura. È fondamentale per il sesso anale, che è un argomento di lezione per un altro giorno, ma tanto vale dirtelo subito."

"Ci sono fibre nella mia dieta." Metto le mani sui fianchi. "Ho ciliegie, uva e kiwi in frigorifero. Anche pomodori, cipolle e..."

"D'accordo" m'interrompe bruscamente. "Porta due kiwi."

Penso di sapere perché ne abbia bisogno, quindi non faccio domande. Mi fiondo in cucina, bevo un po' d'acqua, lavo i kiwi (nel caso io abbia ragione), trovo gli stuzzicadenti per i panini e torno indietro di corsa.

È come sospettavo. Fabio prende gli stuzzicadenti, li conficca sotto il pene di Bill e ci attacca sotto i kiwi, conferendo al manichino quelli che sembrano sorprendentemente dei testicoli.

"La corretta manipolazione delle palle è fondamentale per i pompini" afferma Fabio, assumendo un tono professionale. "Ma è un'arte che sarà unica per ogni singolo paio di testicoli. Prendi ad esempio il fatto di tirarli: alcuni lo adorano, altri lo detestano. O di schiaffeggiarli: ad alcuni ragazzi viene super-duro con un piccolo schiaffo sulle palle, mentre ad altri si affloscia completamente e potrebbero tirarti un pugno sul naso."

È possibile che a Max sia piaciuto quello che il mio piede gli ha fatto?

No, ne dubito. È più probabile che sia arrabbiato e che mi voglia evitare, quindi questo insegnamento è per qualcun altro.

Non devo pensarci.

Indico i kiwi di Bill. "Qual è una mossa sicura? Qualcosa da fare, prima di addentrarsi in una conversazione del tipo: 'che cosa vuoi che faccia alle tue palle?'"

"Con le succhiate e le leccate delicate non si può sbagliare" dichiara Fabio. "Ma dovresti iniziare ogni relazione con la conversazione: 'che cosa vuoi che faccia alle tue palle?'. Io lo faccio."

Non per la prima volta, mi sorgono dei dubbi sull'utilità dei consigli di Fabio. "C'è un ritmo specifico che piace ai ragazzi? Veloce, lento?"

"Dipende dal ragazzo" risponde. "Guardalo masturbarsi davanti a te e lo saprai."

Già. Facilissimo! Sono sicura che ogni femme fatale chieda a un ragazzo di masturbarsi davanti a lei, prima di sedurlo.

"Devo fare un pompino a Bill, adesso?" domando.

"No. Qualche altro consiglio." Fabio indica sotto i kiwi. "Quello è il perineo. Dovresti assicurarti di dargli una leccata, di tanto in tanto."

"Ricevuto."

"Inoltre, leccagli il buco del culo, ma quando sei più vicina al massaggio della prostata."

"Non devo farlo contemporaneamente?"

Inclina la testa. "Impara a camminare, prima di correre."

"Niente dita nel culo, quando si è distratti." Rivolgo a Fabio il saluto militare. "Sissignore."

"Bene." Fabio dà nuovamente un colpetto scherzoso all'erezione di Bill. Adesso che è fasciato, l'oscillazione è molto più lenta.

"Amico" dico, storcendo il naso. "Quello va a finire nella mia bocca."

"Scusa" replica con aria imbarazzata. "Dovremmo cambiare il preservativo?"

"Ti eri lavato le mani?"

Annuisce.

"Allora no. Non sono paranoica sui germi ai livelli di Gia. Basta che non lo tocchi più."

"Affare fatto." Si allontana dal letto, come se la distanza fosse l'unico modo per combattere la tentazione di toccare un cazzo. "Abbiamo parlato di angolazioni?"

Scuoto la testa. Gia mi ha detto che le angolazioni sono importanti per la magia, ma Fabio sta parlando di eseguire un altro tipo di trucco.

"A seconda del modo in cui un pene si curva, ti conviene approcciarlo da posizioni diverse" afferma. "Se si curva verso il basso, puoi stare in ginocchio. Se si inclina verso l'alto, il sessantanove sarebbe meglio."

"Perché?"

Indica il collo. "La gola fa una curva verso il basso; quindi, per raggiungerla, funziona meglio un pene incurvato verso il basso o dritto. Se il pene punta verso l'alto, ti finirà nelle cavità nasali."

"Oh. Giusto."

"Ti conviene evitare in particolar modo lo sperma nel setto nasale." Fa una faccia schifata. "A meno che a lui non piaccia l'idea e tu voglia accontentarlo, nel qual caso ti compatisco. Personalmente, penso che preferirei prenderlo negli occhi."

"Non credo di volerlo né negli occhi *né* nel naso" specifico.

"I limiti vanno bene, ma alcune cose vorrai farle, anche se non ti piaceranno."

"Tipo cosa?"

Tira fuori un barattolo e ne fa uscire una cosa verde e viscida. "Questo è slime. Dovrebbe darti un'idea di com'è lo sperma."

Arrossisco. "Ho già visto dello sperma."

Mi lancia un pezzetto della sostanza verde, ma non riesco a afferrarlo, perciò si appiccica al muro.

"Sei sicura di averlo visto al di fuori dei porno?" Me ne lancia un altro po'.

Stavolta lo afferro al volo. "Certo." Stringo la sostanza appiccicosa. "Questo sembra il moccio di Hulk, piuttosto che sperma."

"È la cosa non tossica più simile che sono riuscito a trovare." Mette via il barattolo di 'sperma'. "Sai come interagirci correttamente?"

Dilato il sostituto verde appiccicoso. "C'è un modo corretto?"

"Sì. Per esempio, non sputarlo con un'espressione schifata in faccia. È la cosa peggiore che si possa fare."

"Ma non mi dire!"

"Sembra ovvio, ma molte persone commettono questo errore" afferma. "E non c'è niente che spenga maggiormente l'eccitazione. Ingoiare è la cosa migliore, ma se non fa per te, puoi chiedergli di venirti sul culo. Ma seriamente, se vuoi usarmi come referenza, impara ad ingoiare."

Certo, lo indicherò sicuramente tra le referenze sul mio curriculum! M'immagino già la telefonata tra lui e Max.

"… e fa persino bene" prosegue Fabio, mentre mi sintonizzo di nuovo. "Lo sperma contiene proteine, ma non è molto calorico. Se ne ricavano zuccheri, sia fruttosio sia glucosio, nonché citrato, zinco, calcio, acido lattico, magnesio, potassio… e la lista continua."

"Gnam!" Tengo la poltiglia verde tra due dita. "E se ce l'hai tra le mani?"

"Con un ragazzo etero, non ti conviene fare lo *Spiderman* senza prima verificare che gli piaccia. Magari, chiedi anche prima di fare lo *snowballing*."

Lo snowballing (letteralmente 'palla di neve') è la pratica sessuale in cui si condivide lo sperma da bocca a bocca, ma non ho mai sentito parlare dello Spiderman.

"È quando ne hai un po' sulle mani e glielo schizzi in faccia." Fabio mi dà una dimostrazione, procurando un'altra macchia verde alla parete di camera mia.

"Non lo farò" affermo. "Non preoccuparti."

"D'accordo." Fa un passo avanti, poi torna indietro, combattendo palesemente l'impulso di toccare di nuovo quel pene. "L'ultima e più importante regola di un pompino è di non mollare, quando le cose si fanno *dure*."

Roteo gli occhi in modo significativo.

Lui ridacchia. "Questo è lo spirito del pompino. Ora, sei pronta a farlo."

Tira fuori il cellulare e fa partire una canzone. Dopo due secondi, riconosco "Candy Shop" dei 50 Cent.

Fabio sogghigna. "Per creare l'atmosfera."

Con la trepidazione che solitamente provo, quando faccio pratica di combattimento nel mio dojo di Krav Maga, m'inginocchio accanto a Bill e lo prendo in bocca.

CAPITOLO
Diciannove

IL PRESERVATIVO È al gusto di fragola. I kiwi sembrano sorprendentemente simili alle palle vere, quando li tocco, solo stranamente separati, senza scroto. Forse avremmo dovuto metterli prima dentro un palloncino?

La musica si ferma.

Io continuo.

"Basta!" Fabio sembra irritato.

Mi ritraggo.

Incrocia le braccia sul petto. "Che cos'era quello?"

"Un pompino?"

Lui scuote la testa. "Dov'è il sentimento? Dov'è l'emozione? Non hai sentito una parola di quello che ho detto?"

Do un colpetto al pene di Bill. "È difficile sviluppare sentimenti ed emozioni, quando stai dando piacere a un manichino senza testa."

"Allora, pensa a qualcun altro" mi dice. "Hai un'immaginazione, vero?"

Questa è una buona idea.

Tornando al cazzo finto, chiudo gli occhi e immagino che sia Max quello a cui sto dando piacere.

Una parte di me sa che, probabilmente, lui non mi richiamerà mai più, ma questo non basta ad arrestare la fantasia e, in un attimo, la mia mano è molto più delicata, mentre accarezzo i suoi kiwi. Succhio la punta, immaginandolo gemere con gratitudine, e massaggio l'asta con la mano alla velocità che penso gli piacerebbe.

Devo tendere la mano verso la sua noce? No. Fabio ha detto che quella è una mossa avanzata.

Succhio il kiwi sinistro, poi il destro. Entrando nello spirito giusto, lecco il perineo sotto i kiwi, poi torno al mio lecca-lecca alla fragola. Prendendolo fino in fondo alla gola, alternano il ritmo tra veloce e lento.

La voce di Fabio mi raggiunge come da lontano. Mi sta dicendo di nuovo di fermarmi.

Dannazione! Sono così senza speranza?

Quando mi ritraggo, Fabio mi sta guardando come un padre orgoglioso.

Mima il gesto di asciugarsi una lacrima e dice con voce (derisoriamente) rotta: "L'allieva è diventata il maestro."

"Sono stata brava?" Sto scoppiando di orgoglio.

"Meglio di alcuni uomini che conosco." Si avvicina e dà un colpetto al pene, facendo volare un po' di saliva sul mio letto. Gia lo ammazzerebbe per questo.

"Un complimento discutibile, ma lo accetto."

Lui dà un altro colpetto al cazzo. "Lo intendevo come il più grande…"

Fabio non finisce la frase, perché in quel momento Machete salta fuori da sotto il letto.

Deve aver dormito lì per tutta la durata della nostra lezione, ma ora è sveglio.

Letalmente sveglio.

Estrae gli artigli e fa a pezzi il preservativo sul pene di Bill in un batter d'occhio. Con altre due zampate, riduce a brandelli il nastro adesivo di Fabio. Non riesco nemmeno a vedere il prossimo colpo di zampa, ma i kiwi sono diventati macedonia.

"Sta cercando di fargli un intervento chirurgico di riassegnazione sessuale?" sussurra Fabio, inorridito.

Il gatto volta le spalle a Bill e si gira verso Fabio, con intenzioni innominabili negli occhi felini.

Machete non è un chirurgo. Machete è un macellaio. E ora, farà a pezzi uno stronzetto.

"Gatto cattivo!" esclamo, afferrando Machete in una presa speciale, che mi consente di fargli il bagno senza rischiare di perdere gli arti. Ho dovuto consultare il mio contatto del SEAL Team Six per impararla (come mai abbiano un'abilità speciale nell'afferrare i gatti rimane un mistero). Eppure, anche con questa presa, oso fare il bagno a Machete solo una volta all'anno e solo se è molto, mooolto sporco. Non ho istinti suicidi!

Machete deve pensare che abbia intenzione di lavarlo, perché sibila, brontola e ringhia, artigliando l'aria con le zampe, ognuna come un colpo mortale alla Freddy Krueger.

La faccia di Fabio diventa cinerea.

La porta della mia stanza si apre e Olive entra, con gli occhi grandi come kiwi non tagliati.

"Non è come sembra!" affermo, ansimando.

Lei esamina la poltiglia verde sul muro, il manichino

senza testa con le parti intime martoriate, Fabio pietrificato e me con un gatto omicida in braccio.

"Di qualunque cosa si tratti, sembra mooolto perversa" dice. "Stiamo parlando di livelli di perversione da orgia tra cosplay di mantidi religiose e serial killer."

"Smettila di parlare e aiutami!" esclamo.

"Come?"

"Prendi il puntatore laser dentro quel cassetto." Indico con il piede. "Sbrigati."

Lei fa come dico e, non appena Machete vede il puntino rosso sul muro, diventa docile come una bambola di pezza.

"Esci dalla stanza" suggerisco a Fabio.

Non c'è bisogno di ripeterglielo. Scappa così velocemente, che quasi inciampa, uscendo.

Olive continua a giocare con il laser, mentre io poso lentamente a terra Machete.

Il gatto segue ogni movimento del puntatore. Come sempre, il mondo non esiste più per lui.

Fiù!

Quel puntino rosso è l'unica kryptonite di Machete. È così che lo porto in bagno, quando affronto l'orribile processo conosciuto come lavare un gatto. È anche il metodo che uso per farlo entrare in un trasportino, quando andiamo dal veterinario.

Bada bene alle tue parole, umana insignificante. Machete non ha paura di bagnarsi. Preferisce non farlo. Protegge l'acqua dalla propria ira.

Mi avvicino e prendo un altro puntatore laser (questa è una versione completamente automatizzata, che ho recentemente acquistato online). Lo imposto in modalità "stancare" e, poi, aspetto che Machete sposti l'attenzione dal puntino rosso di Olive a quello più grosso del dispositivo.

In quel momento, le dico che la via è libera e usciamo in punta di piedi dalla mia stanza.

"Sembra che tu ne abbia, di giocattoli per il tuo gatto" afferma.

"Niente rompicapi, però" replico.

In cucina troviamo Fabio, intento a farsi aria con le mani.

"La prossima volta, faremo lezione a casa mia" afferma.

"Sta bene" replico. "Scusa per lo spavento."

"Mi devi una cena" ribatte. "Con dell'alcol."

"Certo" replico. "Olive, ti va di unirti a noi?"

"Dove?" domanda lei.

Fabio sogghigna. "All'Olive Garden?"

Lei fa una smorfia. "Ah ah ah, che divertente."

"C'è anche quel locale mediterraneo qui vicino." Il sorrisino di Fabio diventa diabolico. "Hanno un bancone pieno di olive."

"Piantala" gli dico severamente. "Andremo al Loopy Doopy Rooftop Bar."

"Per me va bene" dice Fabio. "Una volta lì, offrirò a Olive un Blue Moon… come ramoscello d'ulivo."

———

Quando io e mia sorella torniamo a casa dal bar, siamo entrambe brille. Fabio è molto più grande e grosso di noi, che abbiamo commesso l'antichissimo errore di tenere il passo con il suo numero di drink.

"Buonanotte" auguro a Olive.

"Dormi bene" mi risponde, biascicando un po' le parole.

Vado nella mia stanza, dove trovo Machete addormentato sul pavimento.

Uhm. Il puntatore laser sta ancora danzando intorno alle pareti. Immagino che l'opzione "stancare" sia pensata per un gattino energico e sia eccessiva per questa grossa bestia.

Machete non sta dormendo. È in modalità furtiva, alla ricerca di una vittima da fare a pezzi.

Nascondo il povero Bill nell'armadio e, quando sto per togliermi la parrucca, mi arriva un messaggio sul cellulare.

È di Max.

Sei sveglia?

Il mio battito cardiaco sale alle stelle. Avevo quasi accettato la possibilità che volesse evitarmi, perciò questa è una sorpresa entusiasmante.

Sorridendo, gli scrivo: *No. Sto solo russando così forte, che il mio cellulare manda spontaneamente messaggi alla gente.*

Il messaggio successivo di Max smorza il mio entusiasmo:

Hai un minuto per parlare?

Finisce qui? Mi dirà che abbiamo chiuso? In effetti, sembra troppo un gentiluomo, per smettere semplicemente di farsi sentire.

E sia. Tanto vale che parliamo. Speriamo che sarà come strappare un cerotto... da un clitoride eccitato.

Per telefono o in video? gli chiedo.

Video.

Quindi, le fa le videochiamate. O forse sta facendo un'eccezione per me. Questo non sarebbe coerente con una rottura... o sì?

Quale app? Gli scrivo in risposta.

Suggerisce Signal, l'app che Snowden ritiene essere la più sicura e protetta. Che sia una coincidenza? Snowden vive in Russia, ora, quindi lui e Max potrebbero aver bevuto vodka insieme.

Certo, rispondo.

Appoggiando il portatile sul letto, preparo tutto. Quando il volto di Max appare sullo schermo, faccio un respiro profondo.

O la va o la spacca.

CAPITOLO
Venti

MAX HA un aspetto pericolosamente sexy, con una maglietta blu aderente. Avrà scelto quel colore perché, inconsciamente, mi vuole addosso a sé? Incrociamo le dita!

"Ciao" mi saluta (e la sua voce profonda è una carezza per le mie orecchie).

Cerco di comportarmi con disinvoltura. "Ciao."

"C'è una cosa che non ho avuto occasione di dirti a pranzo."

Inarco un sopracciglio. "E che cosa sarebbe?"

"Lascio la città per una settimana."

Sbatto le palpebre verso la fotocamera. Lasciare la città è una buona scusa, se si vuole rompere con qualcuno delicatamente, ma bisognerebbe rendere il trasferimento permanente, non farlo durare una sola settimana. A che gioco starà giocando?

"Dove andrai?" gli chiedo.

"A casa."

Quindi… in Russia? Forse in Ucraina. "Pensi ancora al Canada come a casa tua?"

Si gratta la barba sul mento. "Bella domanda. Penso che la mia casa sia il mio appartamento a New York. Però, dato che alloggerò dai miei genitori, che vivono ancora nell'abitazione in cui sono cresciuto, non è sbagliato definire casa anche quella."

Suppongo di sì. Sarebbe come se io definissi la fattoria casa mia. A proposito della fattoria, probabilmente a lui piacerebbe vedere tutti gli animali che ci sono lì. Solo che ci sono anche i miei genitori. Se lui li incontrasse, scapperebbe via, forse fino in Russia.

"Come mai proprio questa settimana?" gli chiedo.

"Due dei miei fratelli compiono gli anni" risponde. "Ed è l'anniversario dei miei genitori."

Scommetto che, in realtà, si tratta di qualche incarico importante o di un incontro con i suoi supervisori.

Mi passo le dita tra i capelli della parrucca. "Quanto ti mancherò?"

Mi rivolge un sorrisino diabolico. "Come a un panda manca il suo germoglio di bambù preferito. E *io* quanto ti mancherò?"

Ricambio il sorrisino. "Come a un procione manca il suo cassonetto preferito."

Lui ridacchia. "Molto lusinghiero."

"I procioni sono parenti del panda rosso" affermo. "E vengono definiti i panda della spazzatura."

"Capisco." Mi lancia un'occhiata accalorata. "Ci mancheremo a vicenda come panda."

Auspicabilmente di più, considerando quanto siano

riluttanti a riprodursi. Dubito che qualsiasi panda sia tanto arrapato quanto lo sarò io per lui.

"Come stai?" Lancio un'occhiata significativa al suo inguine.

Lui mi liquida sventolando la mano. "Benone. Se fossi in te, non mi preoccuperei."

"È *dura* non preoccuparsi."

Lui ride. "Tutto a posto, davvero."

Questa è la mia occasione. Modalità femme fatale in attivazione. "Devo esserne sicura" dico seducentemente.

Gli si mozza il fiato. "Che cosa intendi?"

"Voglio sapere se la tua attrezzatura funziona."

Non posso credere di averlo appena detto!

Le sue narici si dilatano. "Oh, *sonechko*, funziona tutto molto bene... per te."

Le parole mi escono in un sussurro. "Fammi vedere."

Wow! Coraggio liquido o meno, non sono mai stata più fiera di me stessa.

Il suo sguardo è puro calore. "Certo. Ti faccio vedere, ma devo assicurarmi che anche tu non ti sia fatta male. È stata una brutta caduta."

Deglutisco udibilmente. "Che cosa vuoi vedere?"

"Tutto quanto."

Accidenti! Fa molto, molto caldo qui dentro.

Datti una calmata, Blue. Una femme fatale sarebbe già nuda. O si spoglierebbe in modo seducente.

In tal caso, mi metto all'opera.

Comincio con il top.

Gli occhi di Max vagano famelici sulla mia pelle

esposta, prima che lui si levi di dosso la maglietta, rivelando pettorali e addominali sodi e squisitamente cesellati, oltre a braccia notevolmente muscolose.

Questo è il miglior gioco di sempre!

Mi sfilo i pantaloni. Lui si toglie i suoi.

Wow!

Il Sergente e il Capitano mi s'inturgidiscono nel reggiseno, impazienti di essere liberati. Accontentandoli, me lo tolgo. Poi, con maggior esitazione, faccio scivolare giù le mutandine.

Mi sento il viso bruciare, il che mi fa venire voglia di ringhiare per la frustrazione. Una vera femme fatale non arrossirebbe come una fanciulla, a meno che quello non fosse il ruolo che ha deciso di interpretare. Dovrò esercitarmi ad arrossire a comando solo perché, attualmente, i vasi sanguigni del mio viso sono traditori degli Stati Uniti d'America.

Fissandomi come se volesse divorarmi attraverso la fotocamera, Max si tira giù i boxer, esponendo un Maximus in erezione.

Mi dimentico completamente del mio rossore traditore.

Per quanto pomposo sia il nome, non rende giustizia a Maximus. Nemmeno tastarlo con i piedi mi aveva preparata adeguatamente alla sua gloriosa realtà.

Come il suo omonimo, questo pene potrebbe affrontare leoni e guerrieri feroci in un'arena gladiatoria, abbattere il malvagio imperatore di Roma e gridare: "Non vi siete divertite?" a un enorme raduno di vagine eccitate.

"Come puoi vedere, è tutto intatto." Max si tocca i

testicoli pesanti con la mano. Nessun semplice kiwi potrebbe simulare quei cucciolotti.

Ingoio una sovrabbondanza di bava. "Credo di aver bisogno di una dimostrazione adeguata."

Fabio ha detto che un buon pompino potrebbe trarre beneficio dal far masturbare il partner davanti a sé, quindi ecco la mia occasione di ricognizione.

Eh già. Questo è il mio obiettivo qui. Non la lussuria. Assolutamente.

"Tu non sei venuta per me" ribatte Max con voce roca. "Fallo ora."

Equo.

Voglio farlo. Ne ho bisogno.

Mi lecco le dita della mano destra.

Lui geme e il suo membro si contrae.

Pizzico il Sergente e poi il Capitano.

Max afferra Maximus in un pugno stretto.

Faccio scendere le dita lungo il ventre, fino a raggiungere il mio sesso.

Allargando gli occhi, Max fa una lenta carezza a Maximus.

Mi pizzico il clitoride dolorante. Poi, lo massaggio, mentre l'orgasmo che mi era stato negato prima si sviluppa con la velocità di un ghepardo.

Lui si accarezza di nuovo, aumentando il ritmo.

Mi viene l'acquolina in bocca (oltre che in altri posti). Darei tutte le mie vincite a poker per essere in quella stanza con lui, in questo momento, e averlo da qualche parte dentro di me. Ovunque.

"Infilati dentro un dito." Le sue parole sono un comando severo, il che mi piace.

Mi lecco l'indice sinistro e lo spingo delicatamente nel mio calore.

"Cazzo!" grugnisce.

"Sì" dico senza fiato. "È esattamente quello che mi staresti infilando dentro, se questo non fosse il dannatissimo ciberspazio."

I suoi occhi si oscurano e lui accelera i movimenti.

Sono più vicina.

Il suo ritmo è frenetico, ora. Disperato.

Un gemito mi sfugge dalla labbra.

Desiderosa di essere riempita, lascio che il mio dito medio si unisca all'indice.

Lui ha appena ringhiato?

Qualunque cosa fosse quel verso, è talmente sexy, che mi spinge oltre il limite… e mi vengo sulle dita.

Con un grugnito, viene anche lui. Il suo seme schizza fuori e una goccia atterra sulla fotocamera del telefono, creando uno strano effetto bukkake.

Molla la presa sul pene. "È stato… wow."

"Sono d'accordo" confermo, sforzandomi di riprendere fiato. Il mio cuore è così veloce, come il suddetto ghepardo che insegue una gazzella. A proposito di inseguimenti… "Che ne dici d'incontrarci adesso e farlo per davvero?"

Lui pulisce con un fazzoletto lo sperma che mi blocca la visuale. Il suo viso è una maschera di rammarico. "Il mio volo parte tra due ore. Devo correre all'aeroporto. Facciamo la prossima volta?"

La delusione m'inonda. "La considero una promessa."

Una promessa al mio clitoride.

Mi rimira. "Aspetterò con ansia il nostro incontro per ogni secondo che starò via."

Una timidezza ben poco degna di una femme fatale s'impadronisce di me, mentre gli effetti dell'orgasmo svaniscono. Uscendo dalla visuale della fotocamera, mi vesto rapidamente. Quando torno a guardare, anche lui è vestito.

Nessuno dei due ha riattaccato, per qualche motivo.

Perché ho la sensazione che lui mi lascerà, in fin dei conti?

"Devo andare" dice, ma ancora non riattacca.

"Capisco." Mi rifiuto anch'io di riagganciare.

"Mi terrò in contatto" dice (ma ancora non riattacca).

Sarà meglio che si tenga in contatto, altrimenti…

"Buon viaggio" gli auguro, senza riagganciare.

Mi sto comportando come se fosse il mio primo fidanzatino?

"Buonanotte, sonechko." Mi manda un bacio in aria.

Combattendo l'impulso di ridacchiare come una liceale arrapata, mimo il gesto di afferrare il bacio e attaccarmelo al sedere.

Lui ride e, alla fin fine, riattacca.

Fisso lo schermo oramai privo di Max. Le mie emozioni sono in subbuglio e non sono sicura del perché. Forse perché è stato intenso, soprattutto per essere la seduzione senza sentimenti che mi ero riproposta.

Detesto ammetterlo, ma penso che sentirò la sua mancanza, nella settimana in cui starà via (ammesso che *sia* effettivamente una settimana). Non sono ancora convinta che questo non sia uno strano gioco.

Che cosa diavolo sto pensando?

Solo perché io e Max abbiamo appena avuto un orgasmo l'uno di fronte all'altra, non significa che lui non sia più un agente nemico. Devo stare attenta a tenere sotto controllo i miei sentimenti per lui. Quello che è appena successo è stata una ricognizione/esercitazione da femme fatale, non intimità. L'ultima cosa che voglio è fare come quegli assassini che mandano a monte un bel contratto di omicidio.

La cosa fondamentale che devo ricordare è che, nonostante le apparenze, è possibile che Max stia cercando di fare a me quello che io sto cercando di fare a lui. Forse sta tentando di sedurmi con qualche obiettivo a lungo termine in mente. Diavolo, questa "settimana distanti" potrebbe essere uno stratagemma che gli hanno insegnato alla scuola di spionaggio, ispirato alla versione russa del proverbio "la lontananza rafforza i sentimenti."

Come faccio a capire se per lui sono un incarico o meno? La sua attrazione per me sembra genuina. Le erezioni non mentono. O forse sì, quando c'è di mezzo una spia?

Inoltre (e questo è piuttosto superficiale), mi sto ancora domandando che cosa penserebbe, se mi vedesse senza parrucca. E se non fosse più attratto da me...? O se fosse incapace di fingere di esserlo?

Mmm. Magari, mi "taglierò i capelli" nella settimana

in cui lui starà via. Il mio ultimo taglio rasato risale a un paio di mesi fa. Ho superato la fase di crescita lanuginosa, ma non sono arrivata a quella del caschetto corto. Comunque, con qualche prodotto, posso fare in modo che Max non vomiti, quando mi vedrà. Speriamo.

Il mio telefono suona.

È un messaggio di Max. Contiene la foto di una creatura adorabile, con una didascalia:

Questo è un cincillà, nel caso in cui tu voglia ancora sapere che aspetto ha qualcosa di carino.

Sogghignando, faccio una rapida ricerca online, dopodiché rispondo con l'immagine del muso di un pipistrello ferro di cavallo.

QUESTO è carino. I cincillà sono in realtà parenti stretti della talpa senza pelo, la nobile creatura che non approvavi. Lo sapevi che le talpe senza pelo non si ammalano mai di cancro?

La sua risposta impiega qualche secondo per arrivare.

Forse il cancro si rifiuta di uccidere quelle orribili bestioline? Inoltre, ti rendi conto che questo pipistrello assomiglia a quello in cui si trasforma Nosferatu... dopo che ha finito di assomigliare alla creatura aye-aye che mi hai inviato prima?

Ridacchio. In effetti, ha ragione.

Fai buon viaggio, gli scrivo.

Grazie. Ci sentiamo domani.

Domani? Credo sia meglio che vada a dormire, così l'indomani arriverà molto prima.

Quando sono quasi addormentata, Machete si accoccola ai miei piedi.

Dai calci a Machete durante la notte, e Machete curerà la tua sindrome delle gambe senza riposo nel modo più diretto possibile: con l'amputazione.

CAPITOLO

Ventuno

QUANDO MI SVEGLIO, controllo se Max mi ha lasciato dei messaggi.

Non ancora.

Forse, mai più?

Cercando di non pensarci, mi preparo e do da mangiare a quella bestia del mio gatto.

Machete è felice che la sua ciotola sia piena. Machete ritiene che l'alternativa (la carne umana) non sia una leccornia altrettanto sontuosa.

Mentre esco per andare al lavoro, sorprendo Olive a guardare qualcosa di inquietante alla TV in salotto.

Uccelli.

Uccelli in CGI, ma pur sempre tali.

Inoltre, Beaky li sta guardando con lei? Sembra proprio di sì.

Quando la affronto a proposito di quelle immagini orribili, lei mette in pausa il film. "Sto guardando *Rio*. Parla di un'ara blu che si chiama Blu."

Abominio!

"Nuova regola per gli ospiti" dico severamente. "Niente film sugli uccelli. Almeno, non quando io sono in casa."

"Affare fatto" replica Olive. "Guarderò qualcosa sui polpi, in alternativa."

Reprimo un sorriso. La parola inglese per "polpi" (*octopuses*) suona molto simile a Octopussy, il mio soprannome per lei.

"Qual è il nome collettivo per i polpi?" le chiedo, mentre m'infilo le scarpe.

"Sono creature solitarie, perciò non ne hanno effettivamente uno" risponde. "Ho sentito usare il termine 'banco', ma si applica più che altro ai pesci in generale. Alcuni usano il termine 'covata', ma io lo detesto."

Rabbrividisco e mi dirigo verso la porta. "Una covata fa pensare ai polli. Sei saggia a detestarlo."

———

Al lavoro, uso il programma **classificato** per controllare se Max è davvero volato in Canada.

Proprio così. È vero.

Il mio capo mi assegna un grosso progetto su cui lavorare, il che mi aiuta a non pensare ossessivamente a Max. Così, a fine giornata, ho pensato a lui soltanto duemilacinquantasette volte. Ma chi le sta contando? Per fortuna, stasera c'è il mio allenamento di Krav Maga. Magari posso smaltire parte della mia frustrazione sessuale sul tappetino.

Faccio del mio meglio, ma senza fortuna. Altre centinaia di pensieri su Max si susseguono.

Mentre cammino verso casa, fantastico (non per la prima volta) su quello che farei a uno scippatore, se cercasse di derubarmi.

Un messaggio di Max mi distrae dalla mia violenta fantasticheria. Il mio battito accelera, ma lui mi ha appena inviato la foto di un porcospino con la seguente didascalia:

La tua immagine carina del giorno.

Mi si scalda il cuore (e non perché questo dimostri che lui non mi sta evitando).

Gli rispondo: *Ti rendi conto che è un altro parente stretto della talpa senza pelo, vero?*

Quale immagine dovrei inviargli? Prendo in considerazione l'ornitorinco, ma poi lo escludo. Anche se quelle creature sono mammiferi, con i loro becchi ad anatra e le loro sospette pratiche riproduttive di deposizione delle uova, potrebbero provocare incubi sugli uccelli (cosa che non auguro nemmeno ai nemici del nostro paese).

Ah. Ho trovato! Individuo una foto della rana gigante del Titicaca e gliela mando.

La paragonerà a uno scroto? 'Rana scroto' è effettivamente il nome alternativo di questa specie. Oppure deriderà la parola Titicaca (che suona vagamente come un feticismo sulle deiezioni)?

È stata questa l'ispirazione per Jabba the Hutt? mi domanda invece Max.

Sogghigno. *No, per gli Ewok.*

Lui risponde con una faccina sorridente e: *Videochiamata tra un'ora?*

Diavolo, sì!

Rispondo con un OK civettuolo e una faccina ammiccante.

———

Entrata nel mio appartamento, mangio una cena veloce con Olive, prima di correre in bagno ad escogitare una strategia per l'appuntamento imminente.

Dovrebbe essere oggi il giorno in cui "mi taglio i capelli"?

Mi tolgo la parrucca e mi esamino allo specchio.

Forse.

Prendo il rasoio elettrico e mi faccio un taglio 'undercut'. Proprio quando sto terminando, Machete entra in bagno e si dirige verso la lettiera.

Non pensare nemmeno di radere Machete, o ti farà lo scalpo, patetica umana.

Guardo la mia nuova pettinatura allo specchio.

Molto meglio. La parte superiore sembra più lunga, in qualche modo.

Mi faccio la doccia e mi scompiglio i capelli con qualche prodotto.

Sì, ci proverò. Se questo è un motivo di rottura per Max, così sia. Comunque, come avvertimento, gli mando un messaggio:

Mi sono tagliata i capelli. Non svenire, quando mi vedi.

Eccitante, risponde. *Puoi rispondere alla chiamata adesso?*

Gli chiedo qualche minuto. Devo truccarmi abbondantemente e riordinare le zone della mia stanza nella visuale della fotocamera.

Bisogna creare una bella cornice per quest'acconciatura.

―――――

Quando lui appare sullo schermo, è seduto su un letto e, alle sue spalle, ci sono poster di animali: un elefante, una zebra e un alce.

Si renderà conto che soltanto uno di questi appartiene effettivamente al Canada?

"Che te ne pare?" indico i miei capelli.

"Fantastico!" commenta (e, se sta recitando, è degno di un Oscar). "Kristen Stewart non aveva quel taglio, a un certo punto?"

Mi stringo nelle spalle. Non ho idea se ce l'avesse o meno, ma lo prenderò come un complimento. Lei ha interpretato spie in diversi film ed era anche una delle Charlie's Angels, in quell'adattamento.

Lui aggrotta la fronte. "Solo per conferma… non è correlato a questioni di salute, vero?"

"Oh, no! Niente del genere."

"Bene." Il sollievo sul suo volto merita un altro Oscar, se è falso. "Forse dovrei rasarmi la testa, per essere in sintonia con te?"

Guardo le sue ciocche deliziose con aria impanicata. "Non. Osare!"

Un sorriso sexy gli appare sulle labbra, facendo

spuntare la fossetta nella guancia. "Dovrei lasciarmeli crescere, allora?"

Inclino la testa. "Sarei curiosa di vederlo."

Cosa ancora più importante, mi piace il fatto che lui stia facendo dei progetti così a lungo termine con me.

Si appoggia all'indietro, bloccando la visuale della zebra. "Com'è andata la tua giornata?"

"Per lo più, è riservato. La tua?"

"Ho pranzato con i miei genitori" risponde. "E cenato con mia sorella."

"Che bello. Anch'io ho cenato con mia sorella. Com'è tornare in Canada?" Stringo gli occhi teatralmente. "Hai incontrato qualche vecchia fidanzata?"

Si sporge verso la fotocamera. "No. E tu?"

Sogghigno. "Io e la mia fidanzata non siamo in buoni rapporti, dopo un certo incidente di sforbiciata. È una lunga storia."

È appena arrossito?

Naturalmente. Eccitato dalla sola idea di me con un'altra donna. Uomini!

La *Femme Fatale Association of America* (se esistesse un'associazione del genere) darebbe alla mia risposta un voto A+.

"Non ho veramente una fidanzata" preciso, per sicurezza, mentre mi passo la mano sulla peluria dietro la testa.

"Questo è un sollievo. Stavo per chiederti di fare coppia fissa." Mi lancia un'occhiata accalorata. "E io non condivido, né con gli uomini né con le donne."

Quindiii, non vuole che indaghi su altre spie? Il nostro sarà un gioco esclusivo di spia contro spia.

Accidenti! Mi sta guardando con aspettativa. Devo rispondere e in fretta, altrimenti il mio silenzio parlerà chiaro.

"Mi piace molto l'idea." Ehm... Sono sembrata troppo impaziente? "Nemmeno io sono una grande fan della condivisione. Basta chiedere alle mie cinque sorelle identiche."

Sì, persino con questo salvataggio, la Femme Fatale Association of America darebbe alla mia risposta una F-.

Lui mi lancia un sorriso tale, da incenerire le mutandine. "Allora è deciso."

È troppo presto per spogliarsi per consumare questo accordo?

No. Sono troppo agitata, al momento. Dovrei chiacchierare ancora un po', per ritrovare il mio equilibrio.

Oh, ho trovato. "Parlami delle tue relazioni passate" lo esorto. "Date le circostanze, tanto vale scoprire quale bagaglio ti porti dietro in questa relazione."

Potrebbe essere tutto un mucchio di bugie che fanno parte della sua copertura, ma non si sa mai cosa possa rivelarsi utile.

"Non c'è un gran bagaglio, a meno che questo non sia un bagaglio di per sé" afferma, senza battere ciglio. "Ho avuto qualche ragazza al college. Dopodiché, non molte, perché ho viaggiato parecchio. La mia relazione più lunga è durata sei mesi. Lei si chiamava Kathy." Unisce i polpastrelli tra loro. "E tu, invece?"

Wow. Ciò che ha appena descritto corrisponde perfettamente alla vita di una spia, solo che Kathy era probabilmente Katya.

"Nemmeno io ho molto di cui vantarmi" rispondo. "In totale, sono stata con circa tre ragazzi e mezzo. La mia relazione più lunga è stata con Jay, ma era destinata a fallire sin dall'inizio. Il nostro nome di coppia era 'Blue Jay' (ghiandaia azzurra)."

Max solleva le sopracciglia. "Tre e mezzo? Sembra quella sitcom televisiva, anche se credo che lì fossero due uomini e mezzo."

Mi ritraggo. "Non ho frequentato un minorenne."

Lui ridacchia. "Lo immaginavo."

"Lo definisco mezzo, perché un ragazzo è arrivato solo a metà strada verso la terra promessa, la sola e unica volta in cui abbiamo fatto sesso. Probabilmente troppe informazioni, per te."

I muscoli della sua mascella si contraggono. "Come ho detto, non mi piace condividere. Una storia del genere mi fa venire voglia di rintracciare il mezzo e azzerarlo."

Gulp! Max ha probabilmente la licenza di rintracciare il mio sventurato ex e farlo fuori. Ma non lo farebbe. Vero? Per sicurezza, farei meglio a distogliere la sua mente da quell'idea. In più, ora sono abbastanza calma per una sveltina cibernetica.

Proprio così. Modalità femme fatale ufficialmente attivata. Rendo la mia voce più roca. "Sei in un luogo privato?"

Si guarda intorno. "Sì. Questa è la mia camera d'infanzia."

Gli rivolgo il mio miglior sorriso civettuolo. "Vai a chiudere la porta."

Lui scompare per un secondo, mentre anch'io mi assicuro che la mia porta sia chiusa.

"Hai mai avuto una ragazza nuda su Signal in quella stanza?" gli chiedo, quando ritorna.

Le sue narici si dilatano. "Non ho mai avuto il piacere, no."

"Bene, allora." Con il cuore che batte forte, mi sbottono la parte superiore della camicetta. "Se farai il bravo, potresti provare quel piacere stasera."

Senza bisogno di chiederglielo, è senza maglietta in un batter d'occhio.

Delizioso! Quei pettorali, quegli addominali, quella pelle liscia e dorata... "Togliti il resto" gli ordino in un sussurro.

Obbedisce.

Accidenti! Maximus è pronto per la battaglia. E pure i miei ormoni.

"Tocca a te" mormora Max, con gli occhi verdi più scuri di una foresta russa piena di orsi.

Facendo appello a tutta la femme fatale che c'è in me, mi spoglio, stavolta (fortunatamente) senza arrossire. Il Sergente e il Capitano fanno rapporto per il servizio, diventando duri come diamanti.

Accavallo le gambe, celando il mio sesso alla sua vista... per ora.

Mi divora con occhi assetati, come un uomo che ha appena attraversato un deserto. "Radiosa." La sua voce si fa più profonda. "Un vero *sonechko*."

Gli rivolgo un sorriso raggiante. "Anche tu sei

piuttosto luminoso. Oggi voglio un primo piano." Indico Maximus.

Il sorrisino sulle labbra di Max manda una scossa al mio clitoride. "Prima le signore?"

Perfido. Ma d'altronde, è così che ci si guadagna l'appartenenza alla Femme Fatale Association of America.

Scavallo le gambe, combattendo un rossore che minaccia di commettere un altro tradimento. "D'accordo, ma non toccarti finché questa signora non avrà finito. Intesi?"

Con gli occhi incollati allo schermo, Max grugnisce qualcosa di incomprensibile (una risposta affermativa, presumo). Metto il telefono tra le gambe, abbastanza vicino alla mia fica dolorante, da appannare lo schermo.

"Toccati." Il suo comando è gutturale, disperato.

È un bene che non possa vedere la mia faccia. Ho perso la battaglia contro il rossore. La mia iscrizione alla Femme Fatale Association of America è revocata.

Tuttavia, raggiungo il clitoride con una mano e uso l'altra per infilare un dito nella mia apertura. So che è una cosa che gli piace.

Max emette un verso che mi fa pensare a un orso ferito. È questo il verso di tutti i russi superdotati?

L'orgasmo si accumula più rapidamente dell'ultima volta. Più forte, persino. Ansimando, guardo lo schermo.

Max sta facendo il bravo e non si sta masturbando, come gli avevo chiesto, mentre Maximus è irrorato di così tanto sangue, che sembra sul punto di trasformarsi in un lupo mannaro.

Come mai è così sexy?

Deve avere qualcosa a che fare con la bramosia negli occhi di Max.

Prende il telefono e se lo porta davanti al viso. La sua mascella è tesa, la sua voce ruvida come carta vetrata. "Vieni per me."

Se l'idea era di farmi sentire come se stessi venendo sulla sua faccia, missione compiuta. Con quell'immagine saldamente in mente, vengo davvero, e vinco il premio per il Gemito dell'Anno della Femme Fatale Association of America.

Mentre mi riprendo, noto delle perline di sudore sulla fronte di Max, che mi inducono a domandarmi se sono stata troppo crudele a chiedergli di aspettare finché non ho finito.

Probabile. Ma è stato sexy.

"È il tuo turno" gli dico.

Appoggia il telefono vicino a Maximus.

Sorrido diabolicamente. "Spostalo un po' più indietro. Una parte non si vede."

Lui obbedisce e, ora, posso vedere Maximus in tutta la sua gloria, oltre alle palle di Max (ancora prive di un soprannome, anche se il mio stesso nome le descriverebbe bene, in questo momento).

"Comincia" gli concedo magnanimamente.

Afferrandosi il cazzo pulsante con il pugno, Max muove la mano su e giù con precisione spietata.

Dovrei prendere appunti per la ricognizione con l'obiettivo dei pompini, ma sono troppo eccitata, quindi mi tocco di nuovo.

"Due pesi e due misure?" La sua domanda sembra sofferente.

Rendo la mia voce più roca che posso. "Vuoi che mi fermi?"

"Cazzo, no!" ringhia Max.

Lo immaginavo.

Eguagliando la sua velocità, mi porto vicina all'orgasmo e poi rallento, aspettando di varcare quel confine mentre lo guardo.

"Dimmi quando" ansimo, mentre la pressione si accumula comunque dentro di me.

Ne segue una risposta indecifrabile, mentre la mano di Max si muove così velocemente, da rendere la visuale sfocata. Proprio quando penso che esploderò, se mi trattengo oltre, lui grugnisce qualcosa di simile a "Ora!" e spara le sue cartucce.

Le dita dei piedi mi si arricciano quasi dolorosamente e ogni mia terminazione nervosa urla di gioia, mentre l'orgasmo esplode dentro di me.

Sto ancora tremando per la potenza della sensazione, quando qualcuno bussa alla porta di Max. "Tutto bene lì dentro?"

Uhm. Suppongo che il tempismo avrebbe potuto essere peggiore.

Max sposta la fotocamera più lontano, così posso vedere la sua espressione beata. "Riprendiamo domani?"

Con un sorriso malizioso, gli faccio un cenno di saluto e riattacco.

Assonnata ed esausta, mi infilo sotto le coperte. Se il

sesso virtuale è stato così intenso, non posso nemmeno immaginare come sarà quello vero con Max.

Lo voglio.

Di brutto.

Anche per ragioni non professionali.

Chiudo gli occhi.

Machete decide di requisire metà del mio cuscino e, quando lo abbraccio, fa le fusa.

Non far rimpiangere a Machete di averti lasciata vivere, patetica umana.

Sto per addormentarmi (forse è il mio cervello beato che sta andando nel paese dei desideri), ma mentre il sonno mi reclama, non posso fare a meno di chiedermi...

E se Max *non* fosse una spia russa?

CAPITOLO
Ventidue

Nei tre giorni successivi, cado nella più meravigliosa routine di sempre. Vado al lavoro, torno a casa e faccio videochiamate con Max in cui parliamo di tutto e di niente, prima di dedicarci a sessioni di sesso virtuale, che diventano ogni volta più orgasmiche e inventive.

Quando torno a casa il quarto giorno, trovo lì Gia, intenta a interrogare Olive sulla capacità di mimetizzazione di Beaky.

Uhm. Starà progettando di includere un polpo nel suo spettacolo? Saprebbe gestire un acquario, con la sua fobia dei germi? Sarebbe solo questione di tempo, prima che inizi a domandarsi dove Beaky faccia i suoi bisogni, e la risposta le manderebbe in pappa il cervello.

"Sono venuta a riscuotere il mio favore" m'informa Gia, lanciando un'occhiata a Olive. "Potrebbe servirci un po' di privacy per questo."

Accidenti! Quando Gia mi ha messa in contatto con Clarice, ho promesso di scriverle in cambio un software combina-guai. Oh, pazienza. Un accordo è un accordo.

Accompagno Gia nella mia stanza, dove tiro fuori il mio computer.

"Dunque" esordisco. "Vuoi ancora incasinare il correttore automatico della gente?"

Lei annuisce con entusiasmo. "Ho già pensato ad alcune modifiche. Quando digiteranno *bene*, la tua app lo cambierà con *pene*. Ogni accenno alla *testa* diventerà *tetta*. *Chiamami* si trasformerà in *chiavami*. *Anno* diventerà *ano*. *Fuga* diventerà…"

"Non c'è bisogno di definire tutto adesso" le dico. "Non ho mai codificato cose del genere nei miei software."

Gia sogghigna. "Potrò decidere da sola le modifiche?"

Annuisco. "Anche i bersagli, entro certi limiti."

Si sfrega le mani, come la vampira malvagia a cui assomiglia. "Comincerò con Holly."

Holly, la sua gemella, è anche la sua migliore amica, il che dimostra che con amiche/sorelle come Gia, chi ha bisogno di nemici?

Non per la prima volta, mi domando come mai io e Holly non siamo più vicine. Abbiamo molte cose in comune, non ultima la nostra formazione nel settore informatico. So che non le piace la confusione di tutte noi sorelle messe insieme, ma scommetto che ci troveremmo bene in due. Dovrò contattarla, uno di questi giorni.

"… e poi voglio ricevere la trascrizione della conversazione via email" sta dicendo Gia, quando mi risintonizzo.

"No" rispondo. "Non è quello che mi avevi chiesto. Posso farti avere la frase prima dell'autocorrezione e dopo. Non spierai le conversazioni di tutti in ogni momento."

Lei mette il broncio. "E se ti restituissi il portafoglio?"

Mi frugo nella tasca. Stronzetta! Il mio portafoglio è scomparso.

Quando me l'avrà rubato? Come?

La spia che c'è in me è folle d'invidia, ma so che se chiedessi a Gia d'insegnarmi questo trucco, lei pretenderebbe in cambio il mio primogenito (e Max potrebbe risentirsi, se stipulassi un tale accordo senza consultarlo).

Stringo gli occhi. "Se non riavrò il mio portafoglio, l'app non si farà." Gia non sembra castigata, perciò rincaro con: "Potrei anche aggiungere degli zeri extra a tutte le tue bollette."

"Tieni." Mi ridà il portafoglio. "Inoltre, rispetto quanto tu finga di tenere alla privacy... Signorina NSA."

Controllo che i miei soldi ci siano ancora e, poi, mi metto il portafoglio in tasca. "Giusto per chiarire il progetto dell'applicazione: Alice scrive un messaggio di testo a Bob. Prima che il messaggio..."

"Chi è Alice?" domanda Gia. "E chi è Bob?"

Il mio sospiro è teatrale. "Sono personaggi di fantasia che usiamo nelle discussioni sui protocolli crittografici. I nomi Olive e mamma andrebbero meglio per te?"

"Facciamo che siano Oyl e Ottomamma, e avrai la mia attenzione."

Delineo ciò che ho intenzione di fare, usando Oyl e Ottomamma come mittente e ricevente del testo, rispettivamente. Alla fine, Gia è soddisfatta; è allora che la caccio via.

"Presto terrò uno spettacolo al di fuori del Palace" m'informa, mentre esce. "Ci sarai… vero?"

"Ci sarò" confermo seriamente. "Fammi solo sapere l'ora e il luogo."

"Il luogo è un ristorante russo chiamato The Hut, senza alcuna relazione con Jabba. I proprietari sono i genitori del ragazzo di Holly. Mi hanno assunta come parte dell'intrattenimento per il compleanno dell'altro loro figlio."

Mmm. Un ristorante russo. "Posso portare un accompagnatore?"

"Certo" mi risponde. "Chi?"

La aggiorno il più rapidamente possibile, concludendo con: "Quindi, capisci, sarebbe istruttivo vedere come Max reagisce al cibo e ai russi. Forse, si farebbe scoprire? Inoltre, forse il ragazzo di Holly riuscirebbe a capire se Max è russo? Ho sentito dire che i russi riescono quasi sempre a identificare qualcuno del loro gruppo etnico."

"Non vale forse per qualsiasi gruppo etnico?" domanda Gia. "L'inverso del vecchio detto 'quelli della tale etnia si assomigliano tutti tra loro'."

Mi stringo nelle spalle.

"Tu speri che non sia russo, vero?" s'intromette Olive, dopo averci raggiunte in corridoio.

"Sì" rispondo con un sospiro. "Ma sono anche realista. Ci sono buone ragioni per pensare che lo sia."

"Allora fa' pure, portalo" concede Gia. "Parlerò con Holly, per vedere se può organizzare un incontro in cui il suo ragazzo abbia l'occasione di parlare con il tuo."

"Quand'è lo spettacolo?"

Quando me lo dice, trasalisco. Max arriverà in aereo quella stessa mattina, e io avevo grandi progetti, dove l'unica magia sarebbe stata la gloria di Maximus nella mia vagina (nome in codice riservato).

Ripensandoci, se riesco a dimostrare che Max non è una spia, potrei andare a letto con lui in qualità di fidanzata, il che suona infinitamente più allettante che farlo in qualità di spia femme fatale.

Uff! Suppongo che sia il momento di mettere le carte in tavola.

La verità è che non sono mai stata sicura di riuscire ad andare a letto con qualcuno per incarico. Ho sperato e dato per scontato che l'avrei fatto, ma questo è stato in parte dovuto al fatto di immaginare Max come obiettivo. Persino in quel caso, nonostante tutto il riscaldamento preliminare virtuale, non sono sicura che riuscirei a farlo, se sapessi che lui è il nemico. In quanto all'idea di sedurre qualcuno che non sia Max, il solo pensiero mi fa venire la nausea tanto quanto trovarmi faccia a faccia con un pinguino.

Gia tamburella con il piede. "Allora, ci sarai? Se tutto va bene, questa potrebbe essere la mia apertura ufficiale al The Hut. Se ti fai vedere e applaudi, guadagnerai molti punti."

"Scusa, mi ero distratta un attimo. Ci sarò

sicuramente e applaudirò persino se la magia dovesse essere pessima." Sogghignando, aggiungo: "Non ho afferrato tutto quello che hai detto sulla tua 'apertura', ma sono sicura che fossero informazioni eccessive."

Con un lento scuotimento della testa, Gia se ne va.

Non appena lei è uscita, Olive scoppia a ridere, mentre Beaky cambia colore un paio di volte (al che, Olive sorride).

Mmm. Mi domando se lei immagini di parlare con lui come faccio io con il mio gatto. Da bambine, tutte noi sei lo facevamo con i nostri animali preferiti alla fattoria, quindi è probabile. Prima che possa chiederglielo, il mio telefono squilla.

È Max.

Scusandomi, mi precipito nella mia stanza e rispondo. "Ti manco già?"

Lui sorride. "Tu che cosa pensi?"

"Penso che dovresti spogliarti" rispondo.

Il suo sorriso si trasforma in un'espressione famelica. "Sarà meglio fare in fretta. Volevo dirtelo... tutta la famiglia è riunita qui per festeggiare l'anniversario e il compleanno appena trascorso."

Quindi, niente solita chiacchierata? Oh, pazienza, la vista di lui nudo dovrebbe farmi sentire meglio.

Ci spogliamo e facciamo sesso virtuale, procurandoci orgasmi a vicenda. Uno per lui e due per me. Chi ha detto che la vita dev'essere giusta?

"Per favore, porta i miei auguri al festeggiato e alla coppia felice" gli dico, quando ho di nuovo i vestiti addosso.

Sembra che lui preferisse che rimanessi nuda. "Ti va di dirglielo personalmente?"

Sbatto le palpebre e ripeto a pappagallo: "Dirglielo personalmente?"

Sta sicuramente bluffando. È impossibile che la sua vera famiglia sia lì in Canada. Vivono in Russia. Mi sono immaginata che il luogo in cui si trova sia un rifugio sicuro, dove lui e il suo supervisore lavorano, con la stanza decorata con poster di animali come parte della copertura.

"Ne sarebbero entusiasti" prosegue. "Ho parlato loro di te e sono curiosi d'incontrarti."

"Incontrare *me*?" Questa domanda non è molto più intelligente della precedente.

"Sì." Prende il telefono e la mia visuale si capovolge. "Vieni."

Conoscerò la sua famiglia? I suoi genitori?

Mentre lui cammina verso la sua destinazione, intravedo la casa dove Max (si presume) dovrebbe essere cresciuto.

Deve trattarsi di un trucco, giusto? Come quella scena in *The Americans*, quando uno degli alias del marito-spia (attenzione allo spoiler!) ha sposato una segretaria che lavorava nel controspionaggio dell'FBI. In quella serie, anche lui aveva una "famiglia", ma questa consisteva nel suo supervisore, che si fingeva sua madre, e nella moglie spia, che si faceva passare per la sorella.

Nota a margine: se uno degli alias di Max andasse a letto con *qualsiasi* donna, come faceva la spia maschile in quella serie, io non sarei tanto indifferente quanto il personaggio di Keri Russell. No-no. Farei una carneficina. E, ehi, forse questo potrebbe portarmi a una diversa carriera nella CIA, quella di una spia assassina à la Jason Bourne. In tale scenario, accoglierei persino quella dolce amnesia.

Max smette di camminare e dice qualcosa in quello che dev'essere ucraino. Poi, tiene la fotocamera in modo tale, che io possa vedere bene una grande tavola da pranzo imbandita di cibo, in quantità sufficiente a sfamare Kiev per due anni.

Mentre scruto le persone sedute lì, resto a bocca aperta.

"Famiglia, lei è Blue." Max inizia a indicare le persone intorno al tavolo. "Blue, questi sono mamma, papà e i miei fratelli: Seman, Matviy, Andriy e Zlata."

Chiudendo finalmente la bocca, sbatto stupidamente le palpebre in direzione del clan Stolyar.

Se si prendesse Max e si usasse la CGI per trasformarlo in una volpe argentata, si otterrebbe il padre. I tre fratelli sono quasi identici a Max, quanto le mie sorelle lo sono a me. Persino la madre e la sorella gli assomigliano parecchio. Hanno gli stessi bellissimi occhi dalle ciglia folte e i capelli da pubblicità di shampoo.

"È un piacere conoscervi tutti" balbetto.

I miei pensieri stanno galoppando. Questa non è una famiglia finta. Non senza CGI o magia (e non del tipo che fa Gia). Ma il governo russo farebbe volare così tanti cittadini fino in Canada solo per ingannarmi? Oppure Max si è introdotto di nascosto in Russia dal

Canada, in qualche modo? A meno che non vivano tutti in Canada, solo per mantenere la copertura di Max?

Tutte queste opzioni sembrano un'esagerazione, il che porta alla domanda che è come un raggio di speranza per il mio cuore.

Forse, Max non è realmente una spia russa?

CAPITOLO
Ventitré

"PIACERE DI CONOSCERTI, BLUE" dicono tutti all'unisono, mentre io metto da parte le mie elucubrazioni indisciplinate, per concentrarmi sulla situazione in questione.

"Max ci ha parlato molto di te" dice Andriy.

Nessun accento. Un altro indizio che non si trovano in Russia, o che lui ha studiato inglese nello stesso posto di Max.

"Quello che non aveva menzionato è quanto sei attraente" aggiunge l'altro fratello (Seman, credo).

"Probabilmente, era preoccupato che tu l'avresti adocchiata... e aveva ragione" afferma Matviy, il terzo fratello.

"E poi ti domandi perché non ci presenta mai le donne con cui esce" interviene la sorella, Zlata.

La sua voce è bella quanto il resto di lei e, di nuovo, anche qui nessuna traccia di accento.

"No, è perché non esce con nessuna." Seman fa l'occhiolino a Max. "O non usciva."

Max gira la fotocamera verso di sé. C'è un sorriso sulle sue labbra. "È valsa la pena aspettare."

"Ragazzi" interviene la madre. "Lasciate parlare l'ospite."

Ok. Qui c'è decisamente un accento dell'Europa dell'Est, ma questo è in linea con la versione di Max di essere ucraino di seconda generazione.

"Prima che lei racconti la sua storia, che ne dite di un brindisi?" propone il padre, con accento più marcato di quello della moglie.

Seman prende una bottiglia di *horilka*. "Il vecchio ha ragione, una volta tanto."

Il padre leva il bicchiere. "*Za zustrich*."

Tutti tracannano i propri shottini. Sono contenta di non essere lì di persona, perché non sono in vena del bruciore dell'horilka.

"Non dovremmo tenere Blue al telefono a guardarci mangiare e bere" dice Max, quando i bicchierini sono di nuovo sul tavolo.

"Hai ragione" conferma la madre, guardando la fotocamera. "Blue, spero che tu venga di persona l'anno prossimo. Questo è il tuo invito ufficiale."

Wow. "Grazie" rispondo. "Ma non devo riattaccare. Non mi dispiace guardarvi mangiare e bere, onestamente."

In effetti, apprezzo questa possibilità di imparare qualcosa di più su Max, ma non lo aggiungo.

"Sciocchezze" commenta il padre. "Se non puoi condividere il nostro pasto, mi sentirò inospitale."

Seman dà una gomitata al padre. "Forse perché le vostre regole di ospitalità sono precedenti alla tecnologia?"

Sospiro. "Non voglio che qualcuno si senta inospitale. Volevo solo fare gli auguri a tutti voi per l'anniversario e i compleanni."

La madre guarda il padre e gli dice qualcosa a raffica in ucraino. Tutto ciò che distinguo è la parola *krasa*, che ho visto in una favola russa in riferimento a una bella fanciulla.

"Ha detto che non sei soltanto bella, ma anche educata" sussurra Max nell'altoparlante del telefono.

Sorrido e parlo ad alta voce, perché mi sentano tutti. "Vi lascio tornare al vostro banchetto."

"Ci vediamo l'anno prossimo" mi dice la madre, mentre gli altri le fanno eco.

"Ti chiamo domani." Max mi manda un bacio in aria.

Dato che la sua famiglia sta guardando, dopo averlo afferrato al volo, mi tocco la guancia invece del sedere. Facendo gli auguri ancora una volta, riattacco.

Wow!

Mi sento un po' in fibrillazione, tipo dopo il ballo di fine anno. Tra me e Max potrebbe proprio funzionare, per davvero. Questo è possibile solo se lui non sta lavorando per la Russia. E, magari, è così. È possibile che abbia detto la verità fin dall'inizio? Che sia davvero solo un ucraino di seconda generazione, e non stia facendo la spia per interessi stranieri?

Ci sono dei problemi con questa teoria, per quanto io desideri che sia vera. E la losca bravata che stava per fare dopo la partita di poker? E i banchieri d'investimento?

Dannazione! Questo incontro in famiglia era un teatrino accuratamente pianificato? Se è così, ha quasi funzionato.

Tuttavia, ora sono speranzosa. Non credo di essere così importante, perché lui organizzi una messinscena del genere. Non sa che l'ho visto parlare con i banchieri, né che ho assistito al suo tentativo di hackerare il telefono di qualcuno. Perché dovrebbe sforzarsi così tanto di convincermi che non è una spia, se non ha motivo di pensare che io sospetti di lui?

Non mi sovvengono risposte, ma il viaggio al ristorante russo si avvicina. Vediamo che cosa rivelerà.

CAPITOLO
Ventiquattro

IL GIORNO SEGUENTE, dopo aver terminato il mio primo incarico al lavoro, indago sui fratelli di Max. Suppongo che, se la sua copertura è approssimativa, non li troverò, ma se la sua copertura è buona (o se Max è stato onesto con me), loro *esisteranno* effettivamente.

Proprio così. I fratelli e la sorella hanno una presenza online molto solida, più dello stesso Max, il che è un dettaglio strano, se questa è una farsa.

Non posso che esserne sollevata. Una copertura approssimativa avrebbe significato dire addio allo scenario in cui Max non è una spia.

Nella mia casella di posta arriva un altro progetto, a cui lavoro per tutto l'orario di pranzo. Riesco a finire tutto in anticipo, quindi lascio l'edificio e mi dirigo a casa di Fabio per il mio allenamento.

———

"Abbiamo un codice rosso tra le mani" commenta Fabio, quando gli racconto del mio imminente appuntamento con Max.

"Che cosa intendi?" gli chiedo.

Mi guarda da capo a piedi, corrugando il labbro superiore dinnanzi ai miei semplici pantaloni grigi e alla camicia bianca, appropriati per il lavoro. "Intendo che, forse, trarresti maggior beneficio da consigli sull'igiene che su qualsiasi tecnica sessuale."

"Che cosa dovrebbe significare?"

Alza gli occhi al cielo. "Gay o etero, gli uomini sono creature visive, perciò devi assicurarti che ci piaccia quello che vediamo."

Gli pizzico il bicipite. "Era una domanda retorica. Perché stai criticando il mio aspetto?"

Allontana il braccio come se io avessi un pungiglione, poi prende uno specchio alto e me lo piazza davanti. "Guarda e basta."

Mi tolgo la parrucca. "Questo è il mio nuovo taglio di capelli. Lui ha detto che gli è piaciuto. Il resto è il mio abbigliamento da lavoro. Ovviamente, mi vestirò bene per l'appuntamento."

Fabio esala un sospiro esageratamente sollevato. "Metterai anche delle scarpe diverse, vero?"

Resisto all'impulso di pizzicarlo di nuovo. "Sì. Indosso le scarpe da ginnastica in ufficio solo per stare comoda."

Si gratta la cima della testa. "D'accordo. Possiamo andare a casa tua, così mi fai vedere che cos'hai intenzione di indossare?"

"Posso fare di meglio." Tiro fuori il cellulare e gli

mostro una foto di me con il vestito che ho intenzione di mettermi, poi un'altra con le scarpe.

Lui storce il naso. "Hai già indossato questa roba?"

"Soltanto quella volta" rispondo.

"D'accordo. Com'è la situazione peli laggiù?" Mi guarda l'inguine.

Sul serio? "Ho fatto la ceretta giusto prima della nostra prima lezione." Era solo nell'eventualità in cui Max mi vedesse nuda durante la partita di poker, ma non lo aggiungo.

"Brasiliana?"

Annuisco.

Lui corruccia le labbra. "Com'è il tuo ano?"

Posso usare una mossa di Krav Maga su di lui, ora? Non un calcio alle palle (gli servono per lavorare), ma magari un colpo nella zona dei capezzoli? "Ti ho appena detto che mi sono fatta fare la ceretta brasiliana."

Un'altra smorfia. "E lo sbiancamento?"

Lo guardo sbattendo le palpebre. "Non ho abbastanza ricrescita di capelli da decolorare."

"Non i capelli, sciocchina, la pelle intorno al buchino posteriore. Dovrebbe essere bella rosea."

"Di che colore è adesso?" domando di botto.

"Come diavolo faccio a saperlo? E prima che tu me lo chieda, no, non voglio vederla."

Sul serio, soltanto un pugno in uno qualsiasi dei punti delicati del suo corpo. "Non avevo intenzione di mostrartela!"

"Certo, certo." Fa un sorrisino. "Ma *tu* andrai in bagno a controllare."

"Stupidi produttori di creme!" mormoro. "Cercano di far vergognare le donne, per vendere il loro olio di serpente. Dovremmo sentirci orgogliose dei nostri genitali così come sono. Non sono nemmeno sicura che mostrerò a Max il mio buchino, ma se lo farò, lui dovrebbe essere talmente eccitato dal fatto che glielo faccio vedere, da non curarsi di che colore sia."

Il sorriso di Fabio diventa diabolico. "Predica, sorella. Ma *andrai* in bagno a controllare, vero?"

Con un grugnito irritato, mi dirigo verso il suo bagno.

Non posso credere che lo sto facendo. D'altra parte, dare un'occhiatina non può nuocere.

Ma come?

Provo a piegarmi come un pretzel per avere una visuale, ma non ci riesco. Cerco di trovare una buona angolazione per guardarlo nello specchio. Un altro fallimento. D'accordo. Tiro fuori il cellulare, mi piego a novanta, allargo le gambe e mi faccio un selfie anale (o analfie, come lo chiamerò d'ora in poi).

Se qualcuno al lavoro mi hackera il telefono e vede il mio analfie, gli farò il culo.

Sospirando, do un'occhiata.

Dannazione! Il mio ano è marrone. Che abbia fatto un viaggio alle Hawaii e si sia abbronzato, mentre io non guardavo? O è sempre stato così? Perché il mio stupido intuito mi dice che dovrebbe essere color pelle, come il resto del sedere, o almeno rosa, come l'interno della vagina? È così per gli altri orifizi: i buchi delle orecchie sono color pelle e le labbra sono rosa (le mie, almeno).

L'appuntamento con Max è abbastanza importante per sottopormi a un trattamento? Una grande parte di me risponde di no, ma un'altra parte, quella in contatto con la mia femme fatale interiore, ribatte con un sonoro sì. Infatti, il manuale della Femme Fatale Association of America avrebbe tre opzioni per questa situazione: a) sbiancare l'area incriminata; b) indossare un plug anale ingioiellato per coprirla; o c) abbronzarsi nude, con un plug anale, finché la pelle di tutto il resto del corpo non corrisponderà a quella dell'ano. Dato che l'opzione b) mi renderebbe scomodo camminare e c) potrebbe causarmi il cancro alla pelle, suppongo che opterò per a).

Pare proprio che lo farò. Maledetto Fabio e maledetto il complesso industriale delle creme per la pelle!

Quando torno nel suo salotto, Fabio mi lancia un'occhiata compiaciuta. "Dunque?"

"Come faccio a sbiancare quella stupida cosa?"

Tira fuori il cellulare. "Rivolgiti al mio uomo di fiducia. Non ti conviene farlo da sola. Ho sentito storie dell'orrore."

Sospiro. "Un uomo? Nel senso di maschio?"

"Gay. Ho verificato" ammicca con le sopracciglia, "se capisci cosa intendo. Probabilmente, preferirebbe guardare un frutto in decomposizione piuttosto che il tuo buco del culo."

"Ottimo, sono lusingata."

Compone un numero sul cellulare. "Ciao, Ismaele, posso portare da te un'amica?"

Ismaele? Stiamo parlando di un nome biblico o

tratto da *Moby Dick*? Conoscendo Fabio, scommetto che è la seconda. Probabilmente, un soprannome che allude a un pene.

Anche se il telefono non è in modalità vivavoce, riesco a sentire i profondi sì, chi e perché di Ismaele.

"Blue. La mia amica d'infanzia" risponde Fabio.

"L'ano?" domanda Ismaele.

"Sì, deve schiarirlo" replica Fabio con un ghigno.

"Sono proprio qui" dico abbastanza forte, perché Ismaele possa sentire. "E sarò io a lasciare la mancia."

"D'accordo, lo definiremo 'cambiare la suoneria là sotto'" mi dice Fabio. "Meglio?"

Tiro un sospiro. "Devo farlo proprio ora?"

"Sì" rispondono entrambi all'unisono.

"Ti servirà un po' di tempo per riprenderti, prima di prendere un cazzo lì dentro" afferma Ismaele.

"Si tratta del primo appuntamento" preciso. "Non ci fionderemo nel sesso anale."

Fabio mi lancia uno sguardo di commiserazione. "Blue, sei ancora nel mio periodo di addestramento e io ci tengo alla mia reputazione." Raddrizza le spalle. "Nessun mio allievo andrà ad un appuntamento con il culo non sbiancato, punto."

CAPITOLO

Venticinque

Il SALONE di sbiancamento anale si trova nel West Village e sembra estremamente di alto livello.

"Bello e pulito" sussurro a Fabio.

"Sì" ammette. "È di buon auspicio per il tuo ano."

Prima che io possa rispondere, un gigante muscoloso viene verso di noi. Dev'essere un bodybuilder professionista: i suoi bicipiti hanno i tricipiti.

Non mi sembra gay, ma lo dice la ragazza che non aveva idea che Fabio fosse dell'altra sponda. Se l'avessi saputo, non gli avrei mostrato le mie parti intime.

"Ismaele!" Fabio abbraccia il ragazzo, o almeno ci prova. Le sue braccia avvolgono circa un pettorale.

Uhm. Forse, il colosso si chiama Ismaele perché è abbastanza grosso, da catturare una balena a mani nude... per il pene.

"Sei tu la cliente?" Ismaele mi guarda dall'alto, come io guarderei un piccolo insetto.

Scuoto la testa su e giù, ammutolita. Quest'uomo è

così enorme, che attiva la parte rettile del mio cervello, quella incaricata d'impedirmi di farmi schiacciare.

La comunità dell'*intelligence* è consapevole dello strano effetto che una persona sovradimensionata può avere su qualcuno? La CIA dovrebbe forse somministrare ai propri interrogatori un cocktail di steroidi e ormoni della crescita?

Sempre guardandomi, Ismaele indica con un cenno la porta vicina. "Vieni."

"Buona fortuna" mormora Fabio.

Gli lancio uno sguardo carico d'odio e seguo il gigante.

Ismaele mi fa entrare in una stanzina pulita e agita la mano carnosa in direzione di un tavolo (che, accanto a lui, sembra un comodino). "Abbassati le mutandine e mettiti a quattro zampe."

Se lui non fosse gay e io non fossi fedele a Max, gli chiederei di offrirmi prima la cena, ma per come stanno le cose, obbedisco alle istruzioni, mentre maledico Fabio sottovoce.

"Allarga le chiappe" tuona Ismaele.

"Aspetta, che cosa farai?"

"Userò il laser" replica bruscamente.

Oh. Pensavo che avrebbe usato una crema. Immagino che il Grande Laser sia coinvolto in questa truffa.

"Sono pronto quando lo sei tu" ringhia Ismaele.

Arrossendo come un'aragosta particolarmente timida, allargo le natiche e rabbrividisco.

Sono pronta a far battere il laser dove non batte il sole.

CAPITOLO
Ventisei

IL DOLORE È COSÌ ACUTO, che non posso fare a meno di strillare.

Questo è quello che proverebbe una super-criminale, se Superman decidesse di spararle i propri laser oculari nel culo. Non mi sorprenderebbe, se mi uscisse del fumo dal posteriore!

"Mi dispiace" dice Ismaele. "Certe persone sono più sensibili al laser di altre."

Non posso fare a meno di intuire che intenda persone di un certo sesso, ma forse sono solo ipersensibile.

"Va tutto bene?" grida Fabio da fuori.

I miei muscoli dello sfintere torturati si contraggono, mentre grido: "Bene! Non aprire quella porta o ti ammazzo."

"Non ho bisogno di essere traumatizzato, comunque" ribatte Fabio ad alta voce.

"Vuoi che ti applichi una crema anestetizzante?" mi domanda Ismaele.

Uff! Che cos'è peggio: lasciare che Ismaele continui ad andarci giù pesante col mio culo, o l'indignazione extra di farmi applicare la crema da lui? Ripensandoci, chi ha detto che debba farlo lui?

"Posso mettermi la crema da sola?" gli chiedo.

"Se preferisci. Dammi la mano."

Obbedisco e lui m'infila un guanto sulla mano, spiegandomi: "Così non ti si intorpidiranno le dita."

"Ah. Giusto. Guarda da un'altra parte."

"Fatto" dice.

Sentendomi il viso arrossarsi ulteriormente, mi applico la crema. La sensazione di freddo è un piacevole cambiamento rispetto al bruciore precedente.

Ismaele sospira con impazienza. "Tieni presente che, se lo fai per più di cinque secondi, ci stai giocando."

Grandioso. Un comico gigante che sbianca ani.

Tiro via la mano di scatto e mi metto a quattro zampe. Dopodiché, aspettiamo (e tra tutte le posizioni di attesa, questa è quella che mi piace di meno). Finalmente, comincio a sentirmi il sedere intorpidito, una strana sensazione di per sé. Mi ricorda di quando vado dal dentista, a parte il fatto che lì tengo addosso i pantaloni, per fortuna.

"Pronta?" tuona.

"Certo."

L'orribile sensazione ritorna, leggermente attenuata, e io strillo di nuovo dal dolore.

"Fa ancora male?"

Il bastardo sembra sorpreso.

Stringo i denti. "Continua e basta."

Lui esegue. Ripeto a me stessa che questo è un

allenamento, per lo scenario in cui un nemico mi catturasse e cercasse di indurmi a tradire il mio paese. Coraggiosamente, non cedo. Potrei non essere in grado di sopportare la tortura degli uccelli, ma posso gestire tecniche d'interrogatorio avanzate che coinvolgano torture anali (o per lo meno, un raggio laser su per il culo).

Dannazione! Ho parlato troppo presto.

Se avessi qualche segreto succoso da poter spifferare, lo farei proprio adesso. Invece, dico a Ismaele di fermarsi.

Il bruciore se ne va. "Non credo sia una buona idea lasciarlo così. Sono a metà."

"Quindi?" ringhio.

"Avrai una mezza luna sull'ano" m'informa. "O una faccina sorridente, se lo guardi dall'angolazione giusta."

Esalo un profondo sospiro. L'ultima cosa che voglio è che Max mi domandi di una faccia sorridente sul culo. "D'accordo. Finiamo questa faccenda."

"Aspetta. Questo potrebbe aiutare." I suoi passi pesanti si allontanano e poi ritornano.

Improvvisamente, il mio buco del culo si gela.

"Ma che diavolo è?"

Lui si schiarisce la gola. "Il dolore del laser è causato dal calore, quindi sto cercando di raffreddare la zona con il ghiaccio."

Gli lancio uno sguardo truce da sopra la spalla. "Non dovresti chiedermelo, prima di infilarmi dei cubetti di ghiaccio nel culo?"

Con aria imbarazzata, lui toglie il ghiaccio. "Stavo cercando di essere d'aiuto."

"Finisci questa dannata tortura e basta." Mi giro e stringo di nuovo i denti.

Lui riprende e, dopo il ghiaccio, è effettivamente più tollerabile. Sentendomi scorbutica, non glielo dico.

"Fatto tutto" annuncia Ismaele, dopo quella che mi sembra un'ora.

Scendo dal tavolo, mi tiro su i pantaloni e penso alle cose cattive che posso fare a Fabio.

Ismaele mi dice quanto gli devo e io pago, aggiungendo una grossa mancia alla fine, come ringraziamento per il ghiaccio.

"Com'è andata?" mi chiede Fabio, quando usciamo.

"Ti converrebbe evitarmi per le prossime settimane."

Qualcosa nella mia espressione dev'essere molto convincente. Fabio impallidisce ed esce dal locale, borbottando qualcosa sul fatto che deve andare.

"I risultati ti piaceranno" mi dice Ismaele. "Vedrai, tornerai per i ritocchi."

"Ritocchi?" La domanda mi esce come uno strillo. "Quella roba non è permanente?" In preda alla rabbia, il mio cervello dimentica quanto l'estetista sia robusto, perciò avanzo contro di lui con aria aggressiva.

Lui scuote la testa e, prudentemente, fa un passo indietro, ragionando apparentemente sul fatto che uno Yorkie con la rabbia potrebbe ferire un mastino. "Mentre cammini, crei attrito, che crea pigmentazione. I risultati potrebbero durare circa sei mesi, ma non di più."

Odio tutti. "Non esiste che io lo faccia di nuovo."

"Legittimo." Mi porge una crema. "Questa è per le cure successive. Chiama il tuo medico se ti viene la febbre, se hai perdite anali, sanguinamenti, vesciche o piaghe aperte."

Voglio vomitare. "La tua presenza digitale online deve pregare che io non abbia bisogno di andare da un dottore."

Dopo aver sbattuto forte la porta del salone alle mie spalle, prendo un taxi per tornare a casa (con il culo che mi fa male per tutto il tragitto).

———

Mi sento infelice per il resto della giornata, al punto che Olive mi accusa di essere scontrosa durante la cena.

Quando mi dirigo verso la mia stanza, ricevo il solito messaggio del dopocena da parte di Max. Come sempre, è l'immagine di una creatura adorabile: in questo caso, una volpe fennec.

L'ondata di gioia mi fa dimenticare il dolore (letterale) nel culo.

Una volpe che assomiglia a un coniglietto? gli rispondo. *Senza dubbio, inganna quelle soffici creature, inducendole a credere di essere una di loro, e poi uccide l'intera famiglia a sangue freddo.*

Beh, la faccenda si è oscurata in fretta.

Individuo una foto di una talpa dal muso stellato e la mando a Max, con la seguente didascalia: *Questo è l'aspetto di una creatura davvero carina.*

Lui risponde subito:

Di nuovo una talpa? E stavolta con i tentacoli nel naso? Non avrei mai pensato di scriverlo, ma quelli sono i tentacoli più disgustosi di tutti.

Sogghigno. *Videochiamata?*

Mi comunica che ha bisogno di venti minuti, perciò uso questo tempo per rinfrescarmi il trucco e indossare la maglietta da casa più bella che ho.

Quando ci sentiamo al telefono, mi racconta la sua giornata, ma io non ricambio. L'operazione Laser al Culo è un'informazione riservata e, a meno che lui non fosse qui e io avessi un disperato desiderio di sesso anale, non c'è bisogno di metterlo al corrente. Invece, gli racconto dell'uscita al ristorante russo, per vedere se vorrà evitarlo.

"Mi piacerebbe venire con te" dice (e vorrei poterlo baciare attraverso internet).

O non è consapevole del fatto che gli altri russi sappiano riconoscere i propri simili, o è particolarmente coraggioso / spavaldo.

"Non sarai troppo stanco?" gli chiedo. "È il giorno in cui torni in aereo."

"No, non c'è problema. Troverò anche il tempo di venire a prenderti."

"Sei sicuro? Il ristorante è a Brooklyn, che è di strada dall'aeroporto. Passare a prendermi sarebbe una notevole deviazione."

Mi rivolge un sorriso con le fossette. "Insisto. Al nostro primo appuntamento, verrò a prenderti, anche se questo significherà andare a Brooklyn tre volte. Forse quattro."

"D'accordo, ma vieni su, quando arrivi. Come ricompensa, ti farò vedere il mio gatto e il polpo di mia sorella."

Il suo sorriso si allarga. "La tua pussy?"

Il calore mi ricopre il viso (e altre zone). "Vedere *quella* potrebbe richiedere di aspettare fino a dopo l'evento."

La sua voce diventa un ringhio. "Non vedo l'ora."

Ci siamo. Modalità femme fatale in attivazione. Mi lecco le labbra in modo seducente, proprio come piace a lui.

Sembra istantaneamente famelico. "Spogliati."

Obbedisco e lui fa altrettanto.

Il mio posteriore sarà d'intralcio alla masturbazione?

No. Il sesso virtuale che segue è il migliore fino ad ora. Se non altro, una volta che il mio cervello è immerso nelle endorfine post-orgasmiche, il dolore al culo non è che un lontano ricordo.

CAPITOLO
Ventisette

LA NOSTRA ROUTINE di lavoro seguito dal sesso virtuale
continua gloriosamente, mentre il mio ano guarisce,
fino al giorno in cui Max dovrebbe tornare.

Quel giorno, lavorare mi è difficile. Anziché
concentrarmi su **classificato**, penso a Maximus
dentro tutti i miei orifizi, persino nel posteriore (pur
sapendo che dovrei concedergli più tempo per guarire).

A proposito di quel buchino, quando torno a casa
dal lavoro, scatto un analfie per controllarlo.

Bello roseo. Non sono sicura che il dolore ne valesse
la pena, ma ehi, ormai è fatta e, in questo modo, mi
sento un po' più femme fatale. Max farà meglio ad
apprezzarlo (ammesso che io glielo faccia vedere, cosa
che rientra nei miei programmi).

A proposito di Max, mi scrive un messaggio,
quando atterra.

Accidenti! Devo prepararmi per il ristorante.

Mi ci vuole più di un'ora per acconciarmi, truccarmi
e vestirmi alla perfezione. Il tocco finale è un po' di

nastro biadesivo tra i seni e sul corpetto del vestito. Non voglio che il Sergente e il Capitano facciano un'apparizione prematura, stasera.

Quando sono soddisfatta del mio aspetto, mi scatto un selfie e lo invio a Fabio.

Che schianto! mi risponde.

Starà ancora cercando di rabbonirmi, dopo l'operazione Laser al Culo?

Per sicurezza, sfilo in salotto e domando a Olive che cosa ne pensa.

"Wow, sorella" esclama. "La spia non sa cosa lo aspetta."

Persino Machete deve apprezzare, o almeno è così che interpreto il suo sfregamento contro la mia gamba.

Non sentirti troppo lusingata, debole umana. Machete ti ha marchiata, in modo che i gatti fuori dal suo castello sappiano che mangiarti la faccia è una prerogativa di Machete.

"Ehi" dico a Olive. "Hai bisogno di andare a fare la spesa o qualcosa del genere?"

Lei sorride consapevolmente. "Max salirà?"

Annuisco.

"Prendo la crema solare" dice e ne consuma un intero tubetto sul viso e sulle braccia, nonostante l'ora tarda.

Ehi, qualsiasi cosa, pur di avere un po' di privacy.

Dieci minuti dopo la partenza di Olive, Max mi manda un messaggio per comunicarmi che è fuori.

Sali, gli rispondo.

Mentre aspetto, le farfalle si affogano a vicenda nel mio stomaco. Non lo vedo da una settimana. È vero, ci siamo visti sui nostri schermi, ma non è la stessa cosa. E se...?

Il campanello suona.

Quando apro la porta, sento il suo profumo di acero e lavanda e, poi, Max è di fronte a me in tutta la sua deliziosa gloria.

"Ciao." La sua voce è intrisa di sesso; i suoi occhi verdi, screziati di miele, mi scrutano dalla testa ai piedi, oscurandosi.

Nel frattempo, io lo rimiro a mia volta. Indossa un abito blu marino perfettamente confezionato su misura, che enfatizza l'impressionante ampiezza delle sue spalle e la snellezza della sua vita. Mi fa venire voglia di strapparglielo di dosso, insieme alla camicia bianca inamidata e a qualsiasi boxer o slip stia cercando di contenere il crescente rigonfiamento nei suoi pantaloni. A meno che non sia senza mutande?

Oh, diamine! Il solo pensiero mi fa sentire come se stessi per prendere fuoco. Quanto violentemente mi ucciderebbe Gia, se saltassi il suo spettacolo per scopare Max di brutto?

"Ciao" ansimo.

Le sue narici si dilatano e, senza ulteriori preamboli, mi afferra per le braccia, mi tira a sé e preme le labbra sulle mie.

CAPITOLO
Ventotto

IL BACIO È BOLLENTE. Più bollente di tutto il nostro sesso virtuale messo insieme. Mentre la sua lingua mi accarezza sensualmente le labbra e s'insinua nella mia bocca, mi sento come se ogni mia papilla gustativa si fosse trasformata in un clitoride. Ansimando, mi sollevo in punta di piedi e premo contro il suo corpo duro, avvolgendogli le braccia intorno al collo forte, mentre ricambio il bacio con fervore crescente.

Dopo un paio di minuti da capogiro, lui si stacca con riluttanza. La sua voce è roca per la frustrazione, la sua mascella tesa. "Dobbiamo partire tra poco."

Sbatto le palpebre con aria stordita. Sono abbastanza sicura che il calore rovente tra di noi abbia fritto almeno una parte dei miei neuroni. "Sì. Io… noi… dovremmo."

Lui fa un passo indietro e mi lancia un'altra occhiata famelica. "Sei splendida."

Mi lecco le labbra palpitanti. "Grazie. E tu dovresti sempre indossare un completo, o meglio ancora: niente."

Un sorrisino sexy gli incurva la bocca. "Annotato. Ora, dove sono gli animali che mi avevi promesso?"

Animali. Giusto. Cercando di non pensare alla mia libido sovrastimolata, gli prendo la mano e lo conduco in salotto, dove indico l'acquario gigante. "Quello è Beaky."

Max esamina il polpo con un misto di stupore e disagio. "Wow. È proprio come nella foto che mi hai mandato. C'è sicuramente qualcosa da film horror, in lui."

A Beaky non deve piacere la sua affermazione. Oppure è una coincidenza che cambi colore proprio in questo momento.

"Vieni, troviamo il gatto." Lo prendo di nuovo per mano e cerco di non sciogliermi in una pozza di desiderio, quando le sue dita forti si stringono delicatamente intorno alle mie.

Mentre cerchiamo Machete, mi rendo conto che è meglio che io non abbia ancora violentato Max. E se quel dannato gatto attaccasse Maximus, come ha fatto con il dildo e i kiwi di Bill?

"Eccolo là" dice Max, indicando un angolo della cucina. Un caloroso sorriso gli illumina il viso, mentre si avvicina al gatto. "È bellissimo."

Le cose accadono troppo in fretta, perché io possa reagire.

Max si china in avanti e allunga la mano: una manovra da kamikaze.

Machete si fionda verso quella mano.

Rabbrividisco, aspettandomi che gli artigli affilati graffino la carne di Max.

Invece, in un nanosecondo, Max sta tenendo il gatto contro il proprio petto e la perfida creatura sta effettivamente facendo le fusa.

Ma che diamine?

Max è un uomo che sussurra ai gatti?

Deve trattarsi di un'abilità che insegnano alla scuola di spionaggio russa. Cominciano con come sedurre un umano, ma dalla lezione sessantanove, è tutto incentrato su come sedurre un gatto.

In fin dei conti, una spia deve saper padroneggiare qualsiasi tipo di pussy.

Stringo gli occhi verso Machete. "Traditore."

Al gatto non potrebbe fregare di meno ciò che dico.

Machete approva questo umano. La sua faccia simmetrica fa venire voglia a Machete di raggomitolarcisi sopra e schiacciare un lungo pisolino.

Non esiste. L'unica pussy su quella faccia sarà la mia.

"Ti ritroverai l'abito pieno di peli" affermo, recuperando il senno.

"Giusto." Max posa delicatamente a terra Machete.

Il gatto lancia a me (o forse al mondo) uno sguardo letale.

I peli di Machete sono una decorazione. Un distintivo d'onore, che i moscerini impudenti non si meritano.

Usciamo dal mio appartamento (con tutte le dita e gli arti intatti) e Max mi fa salire su un taxi. Mentre combattiamo contro il solito traffico, mi racconta del suo volo di ritorno, che (a quanto pare) includeva una vecchia signora chiacchierona, seduta accanto a lui in aereo.

Mentre lo ascolto descrivere le spiritosaggini della signora, non posso fare a meno di pensare che ci stesse provando con lui. Quale donna etero non lo farebbe? Io so che sarei pronta per Maximus anche a cent'anni!

Infine, il taxi svolta su Brighton Beach e passa davanti a vetrine con le insegne scritte in russo. Le persone che entrano nei negozi non sembrerebbero fuori luogo per le strade di Mosca di circa vent'anni fa.

Osservo l'espressione di Max alla ricerca di qualsiasi segno di nostalgia.

No. O lui non è una spia, o sta impostando i propri lineamenti a comando, o non è un tipo sentimentale.

Il nostro taxi si ferma.

Il mio cuore sprofonda, mentre osservo il ristorante che è la nostra destinazione. Indico gli oggetti orribili di fronte a noi. "Ho le allucinazioni?"

Max segue il mio sguardo e si acciglia. "Se stai parlando delle zampe di pollo giganti che fungono da colonne per il ristorante, le vedo anch'io."

Certo che sto parlando delle gigantesche zampe di uccello. Se lui mi dicesse che appartengono a qualche pollo demoniaco, ci crederei (non che questo renda l'orribile vista migliore).

Mi stringo la testa tra le mani. "Perché? Perché qualcuno dovrebbe fare una cosa del genere? È una versione russa di Halloween?"

Persino in quel caso, una cosa così terrificante

sarebbe l'equivalente dell'usare veri cadaveri per spaventare i bambini che fanno "dolcetto o scherzetto".

Max fa una smorfia e mi dà una pacca sulla spalla. "Sono abbastanza sicuro che quelle zampe alludano alle fiabe con Baba Yaga. Se la versione russa è simile a quella ucraina, Baba Yaga è una strega cattiva che mangia i bambini e vive in una capanna nel bosco, che poggia su gigantesche zampe di gallina."

"Immagino che abbia senso. Niente trasmette pura malvagità quanto qualcosa con parti del corpo di uccello. Avrebbero potuto dare a questo ristorante anche le gambe di Freddy Krueger, già che c'erano."

"Riuscirai ad entrare?" mi chiede, guardandomi con preoccupazione.

Reprimo un brivido. "Credo di sì. Non sono reali. Pensi che questo signifchi che servono molto pollo?"

Prende il cellulare e scorre sullo schermo per qualche secondo. "Non più del normale. Il che ha senso. Se ho ragione sul tema, la carne di bambini sarebbe una preoccupazione maggiore, ma per fortuna, nemmeno quella è sul menù."

"E va bene, andiamo." Afferro la sua mano più forte che posso e mi lascio condurre verso le orribili zampe.

L'ingresso dell'inferno dev'essere così. Quando arriviamo accanto alle zampe, chiudo gli occhi e lascio che Max mi guidi come un cane per ciechi.

Perché mai Gia deve esibirsi in locali che hanno impedimenti legati agli uccelli? Avrà qualcosa a che fare con il Massacro della Cinciallegra Zombie? C'era anche lei. Forse questo è il suo modo di elaborare quel trauma?

Sento una porta aprirsi e richiudersi, seguita dal ronzio di voci e dal flebile rumore di posate sulle porcellane. Profumini deliziosi e saporiti penetrano le mie narici. Con cautela, apro gli occhi e lascio la presa mortale sulla mano di Max.

"Stai bene?" mi chiede con un lieve sorriso.

Annuisco, scrutando l'ambiente circostante con interesse.

Siamo all'interno del ristorante. Il posto è ricco di marmo e cristallo e, al centro del grande spazio, c'è un palco. Dev'essere lì che Gia si esibirà nel suo spettacolo. Per adesso, però, il palco è occupato da un tizio barbuto e grassottello, con un abbigliamento che sembra il risultato di un'esplosione alla fabbrica di glitter. Oh, e sta cantando (o più che altro massacrando) "Wrecking Ball" con un forte accento russo.

"Prego che non si spogli e che non lecchi gli attrezzi elettrici, come Miley Cyrus nel video" sussurro a Max.

Lui sogghigna. "Abbiamo un tavolo assegnato?"

Ottima domanda. Scrivo un messaggio a Gia per chiederglielo.

Mentre aspetto una risposta, noto quanto siano ben vestiti tutti gli avventori. Mi vengono in mente quelle scene d'infiltrazione alle serate di gala, che si vedono in tutti i film e le serie di spionaggio.

Forse, io e Max dovremmo fare squadra e rubare la ricetta del borscht dalla cucina?

Anziché rispondermi via SMS, Gia corre verso di noi.

Wow! Di solito, è persino più pallida di Olive, ma

oggi il suo trucco farebbe sembrare abbronzata la geisha di Dracula, al confronto.

"Grazie per essere venuti" ci dice. "Lo spettacolo inizierà tra poco. Per ora, perché non vi unite a noi?" Indica un grande tavolo con la migliore vista sul palco.

"Certo" replico. "Andiamo."

Gia guarda Max. "Non ci presenti, prima?"

Ah. Giusto. "Max, questa è Gia, mia sorella e l'intrattenitrice di stasera. È una maga, quindi fai attenzione ai tuoi effetti personali."

Ops. Perché l'ho avvertito di quest'ultima parte? Potrei scoprire qualcosa su di lui, se Gia gli rubasse il portafoglio.

"Piacere di conoscerti" dice Max, coprendosi la tasca interna della giacca in modo significativo.

Gia sogghigna. "Grazie per avermi mostrato dove tieni qualcosa che vale la pena rubare."

"Non si flirta con il mio ragazzo" sussurro ad alta voce.

Lei rotea gli occhi. "Ho già il mio."

Altroché, se ce l'ha. Quando raggiungiamo il tavolo, un ragazzo sexy *quasi* quanto Max le lancia uno sguardo adorante. Si tratta di nome-in-codice: Tigger. Il suo vero nome è Anatolio Cezaroff.

Gia inizia a presentarci tutte le persone intorno al tavolo in senso orario. Mentre lo fa, li valuto come farebbe una spia.

Il festeggiato, tetro e meditabondo, è Vlad Chortsky. Accanto a lui c'è la sua ragazza, Fanny: una bellezza dal viso rotondo, che sta arrossendo per qualche motivo sconosciuto. Alex Chortsky è il fratello di Vlad, dall'aspetto più allegro, che sta insieme a mia sorella Holly. Buon per lei (i Chortsky hanno chiaramente ottimi geni).

A proposito di buoni geni, anche i Cezaroff sono sexy. Almeno, il fratello di Tigger, Dragomir, lo è. A quanto pare, sta con la sorella Chortsky, Bella: una donna che sfoggia un look da femme fatale molto meglio di me. Prendo mentalmente nota di fare amicizia con lei e chiederle consigli.

Ultimi, ma non meno importanti, sono la matriarca e il patriarca del clan Chortsky, che sono anche i proprietari di questo ristorante. Si chiamano Boris e Natasha (e assomigliano esattamente agli omonimi personaggi di *Rocky e Bullwinkle*). Natasha è più truccata di tutte le drag queen amiche di Fabio messe insieme, mentre Boris ha un monociglio con cui un bruco potrebbe voler intrattenere una relazione passionale.

"Buon compleanno, Vlad." Max stringe la mano all'uomo tetro e ci piazza una busta.

Una mazzetta, per assicurarsi che non lo riconosca come un connazionale russo? O quello, oppure un regalo di compleanno (un'ottima idea a cui avrei dovuto pensare).

"Siete in ritardo, quindi vi spettano gli shottini di penitenza" dice Boris.

Natasha stringe gli occhi verso il marito. "Che t'importa? Tu non berrai vodka, ricordi?"

Interessante. Boris tiene in mano il più grande boccale che io abbia mai visto, con della birra scura dentro. È anche l'unico. Tutti gli altri hanno bicchierini di vodka davanti a sé.

Boris guarda la bottiglia di vodka con desiderio, come io guarderei Maximus, se Max lo tirasse fuori per me. "Le tradizioni sono tradizioni, indipendentemente dalla mia sobrietà."

Bere birra è sobrietà?

"Che ne dite di brindare alla salute del festeggiato?" propone Max, prendendo la bottiglia di vodka.

Poi, versa degli shottini per tutti, tranne che per Boris.

Quando si avvicina a Natasha, lei gli dà una rimirata carnale e lo ringrazia con voce vellutata. Mentre lui riempie il bicchierino di Gia, Natasha le fa l'occhiolino. "Tu e le tue sorelle avete il dono di trovare gli uomini più attraenti."

Bella rotea gli occhi. "Mamma! Tra quegli uomini c'è anche tuo figlio. È troppo chiederti di comportarti come una donna sposata, per una sera?"

Natasha sembra sul punto di dire qualcosa di tagliente alla figlia, ma Dragomir balza in piedi e annuncia: "Volevo aggiungere i miei migliori auguri a quelli di Max."

Tutti si uniscono nello stesso proposito e Fanny bacia il festeggiato sulla guancia, prima di arrossire, come se fosse stata appena sgamata a fargli una sega sotto il tavolo.

Tracanniamo gli shottini.

L'unica cosa positiva che posso dire della vodka è che non è horilka.

Quando riprendo fiato, Max ha già messo un mucchio di cibo russo nel mio piatto. Alcune pietanze assomigliano a quelle che abbiamo mangiato al Salo, ma altre sono diverse. È tutto delizioso, comunque; così, per qualche minuto, mi concentro esclusivamente sul pasto.

Quando il culmine della mia fame è stato attenuato, controllo i piatti delle mie sorelle.

Gia ha un banchetto simile al mio, ma Holly ha solo una pietanza nel proprio piatto: gli gnocchi chiamati *pelmeni*. In particolare, ne ha sette, il che significa che le piacciono ancora i numeri primi.

Catturo il suo sguardo. "Ehi, sorella, qual è il più grande numero primo conosciuto?"

Holly sorride timidamente. "È un primo di Mersenne, il che significa..."

"Che è un numero pari meno uno" intervengo, più che altro per ricordarle che mi occupo di numeri primi come parte della crittografia.

Il sorriso di Holly diventa radioso. "Non è esattamente sbagliato, ma la definizione precisa è 'una potenza di due meno uno'. Tre e sette sarebbero esempi, ma tredici no." Guarda intorno al tavolo e il suo sorriso si affievolisce. "Comunque, il più grande numero primo conosciuto al momento è due alla potenza di 82.589.933 meno uno."

Tutti sembrano pronti per un altro shottino, pur di bloccare la nostra conversazione, ma spero di aver piantato il seme necessario per un incontro con Holly al di fuori degli eventi familiari.

Holly guarda di nuovo intorno al tavolo. "A proposito... Qualcun altro si unisce a noi?"

Ah. Giusto. Siamo in dodici al tavolo, mentre lei preferirebbe il numero primo tredici.

"La mia amica Clarice sta arrivando" Gia dice alla propria gemella con aria rassicurante.

Natasha mette il broncio. "Così saremo in tredici. Porta sfortuna."

"Sciocchezze" ribatte Holly, e tutti la fissano. "Scusate" prosegue lei, facendo un respiro profondo. Con un tono più calmo, spiega: "Il tredici non porta sfortuna in Cina, che ospita il diciassette per cento della popolazione della Terra."

Alex accarezza la schiena di Holly. "Non porta sfortuna nemmeno in India, un altro diciassette per cento dell'umanità."

Natasha apre la bocca, ma dimentica ciò che stava per dire, quando arriva Clarice.

Non posso biasimarla. Non capita tutti i giorni che qualcuno entri in un ristorante vestito da pirata (o in qualsiasi altro posto che non ospiti una festa di Halloween).

Come un disco rotto, Boris dice qualcosa a proposito di shottini di penitenza, mentre sua moglie gli ricorda che, ora, è un bevitore di birra. Prima che qualcuno possa salvarla dal pagare pegno, Clarice si versa una sana dose di vodka e la tracanna come una russa professionista.

"Wow!" esclama Boris. "Un giorno, renderà un uomo molto fortunato."

Bella rotea di nuovo gli occhi. "Se lo farà, non sarà grazie all'alcol."

Stavolta è Boris che sembra sul punto di dire qualcosa di perfido alla figlia, ma Dragomir balza di nuovo in piedi. "È il momento delle barzellette su Vovochka."

Tutti ne sembrano contenti; mi viene in mente che Vovochka è lo zimbello immaginario di molte barzellette russe, un po' come Pierino.

"Ne so una io" esordisce Vlad, con mia grande sorpresa. Tra tutti, non mi aspettavo che il tenebroso raccontasse una barzelletta, soprattutto considerando che Vovochka è un diminutivo del suo nome completo, Vladimir.

"Il giovane Vovochka si avvicina alla piccola Fannychka e le chiede: 'Posso servirmi di te... come donna?' Lei si acciglia. 'Fai pensieri così sporchi!' Lui la guarda, confuso. 'La mia pallina da tennis è rotolata nel bagno delle ragazze'."

Fanny per poco non si strozza con il cibo, mentre tutti gli altri ridacchiano.

"Ne so una" annuncia Alex. "La maestra arriva in classe con un ciondolo a forma di aeroplano sul petto. Per tutta la lezione, Vovochka fissa il ciondolo. Alla fine, l'insegnante non ce la fa più e gli chiede: 'Che c'è? Ti piace l'aereo?' Vovochka scuote la testa. 'Mi piace l'aeroporto!'."

Altre risatine, poi interviene Gia. "Ne so una anch'io, ma il merito è di Tigger."

"Non posso prendermi il merito." Tigger le tocca amorevolmente la mano. "Me l'ha raccontata un diplomatico russo."

"Beh, in ogni caso" continua Gia. "Vovochka è seduto su un albero con un binocolo, con cui sta guardando la sua maestra spogliarsi. Lei se ne accorge e gli grida: 'Vergognati! Non disturbarti a venire a scuola senza tuo padre'. Vovochka gira la testa. 'Papà, l'hai sentita, vero?'"

La maggior parte delle persone ridacchia, ma Tigger, Clarice, le mie sorelle ed io ridiamo fragorosamente per supporto.

"Ne so una" dice Natasha, lanciando un'occhiata a Bella. "La figlia chiede alla madre: 'Che cosa ti piace di più, i cani o le farfalle?' La madre si acciglia. 'Niente tatuaggi'. Anche la figlia disobbediente si acciglia. 'Ma mamma, per favore. Li farò nel posto meno evidente'. È allora che Vovochka si rivolge alla sorella e le chiede: 'Sul cervello?'"

Solo Boris ridacchia stavolta. Tutti abbiamo colto un po' di tensione madre-figlia tra le righe della barzelletta.

"Devono essere per forza barzellette su Vovochka?" domanda Dragomir.

"Tradizionalmente." Boris infonde alla parola volumi di significato.

"Beh, a me piacerebbe sentire qualcosa di diverso" dice Bella in modo significativo.

"Ok" replica Dragomir. "Chiunque sia un fanatico della tradizione può sostituire Vika con Vovochka, nella prossima." Si schiarisce la gola. "La piccola Vika chiede alla madre: 'Dove si inserisce un assorbente?' La madre per poco non si strozza con una mela. Quando si riprende, le risponde: 'Beh... nello stesso posto da dove nascono i bambini'. Vika fissa la madre a bocca aperta. 'In una cicogna?'"

Le risate sono più entusiaste stavolta, ma prima che chiunque altro possa raccontare un'altra barzelletta, l'intrattenitore grassottello parla ad alta voce sul palco. "Signore e signori, siete pregati di raggiungermi sulla pista da ballo."

Vlad e Fanny balzano in piedi, seguiti da Holly e Alex, mentre le altre coppie si affrettano subito dopo.

Max si alza e mi tende la mano. "Ti va di ballare?"

E c'è bisogno di chiederlo?

Quando afferro la sua mano grande, un brivido mi attraversa il corpo e mi sento come se stessi fluttuando, mentre ci dirigiamo verso la pista.

Inizia a suonare una canzone lenta che non conosco, con un testo russo che riesco a malapena a capire. Max mi stringe la mano in una posizione da ballo, procurando un'altra scossa ai miei organi femminili. Poi, posa l'altra sulla parte bassa delle mia schiena, triplicando le scosse.

Cominciamo a ondeggiare, mentre il cantante baffuto canta qualcosa in russo sull'amore, le finestre e milioni di rose scarlatte.

Il mio cuore batte più velocemente. Questo mi ricorda tutte le scene in cui James Bond (o qualche imitatore di spia in smoking) ballava con la femme fatale, proprio prima che iniziasse la parte del colpo dell'infiltrazione al gala. O forse, questo è più che altro un classico duello di seduzione, che non sono sicura di chi vincerà. Maximus è completamente eretto contro il mio ventre e, dal canto mio, se fosse socialmente accettabile, farei i miei porci comodi con Max qui e ora. Per come stanno le cose, sono estremamente tentata di disertare lo spettacolo di Gia e trovare un posto privato, per violentare il mio ragazzo.

Ma no. Devo sostenere mia sorella.

Qualcuno mi dia una medaglia.

A proposito di ricompense, posso almeno baciarlo? È appropriato da fare, nei ristoranti russi? Cosa più importante: posso trattenermi dal diventare un'esibizionista, se ci baciamo?

Max deve avere la stessa idea. Si china e le nostre labbra stanno per toccarsi, quando qualcuno si schiarisce la stupida gola proprio dietro di me.

"Che c'è?" Il tono della mia voce potrebbe uccidere.

Lasciando andare Max, mi giro e incanalo la mia frustrazione sessuale in uno sguardo truce.

Ho già visto la donna di fronte a me. Si chiama Harry ed è una delle innumerevoli amiche coinquiline di Gia. Le piacciono i trucchi con la corda (quelli magici, non il bondage. Forse anche il bondage. Chi può saperlo?)

"Scusa" dice timidamente Harry. "Stavamo solo cercando Gia." Indica con un cenno un gruppetto di altre ragazze; mi rendo conto che si tratta delle suddette coinquiline.

"È qui sulla pista da ballo oppure al nostro tavolo." Indico in direzione del cappello da pirata di Clarice.

"Grazie" mi dice Harry, per poi allontanarsi.

Mi giro di nuovo verso Max per procedere con il bacio, ma la musica si ferma.

"Ora, qualcosa per darvi un po' di energia" annuncia il cantante. "Gangnam Style."

Ed è così che parte la musica gioiosa della K-pop, mentre il tizio baffuto fa mettere tutti in posizione: a gambe aperte, ma non nel modo che vorrei io.

Aspettate, il testo è in russo?

Proprio così. Qualcosa a proposito di cavalli, il che immagino abbia senso, considerando il balletto del "tenere le redini" che tutti stanno eseguendo.

È strano che Max sembri sexy, mentre lo fa? Quando esegue la mossa del lazo, vorrei essere io la cosa che acciuffa. Quando muove le redini, vorrei essere ciò che sta cavalcando. Forse, più tardi, vorrò fare qualche giochetto da pony-play?

A proposito di "più tardi", quando inizierà lo spettacolo di Gia? Voglio che questa uscita finisca, così potrò avere un po' di privacy con Max. Inoltre, che cos'è questa folla sempre più numerosa di persone che si riversano nel ristorante? Sono qui per lo spettacolo di magia?

Sembra probabile. Dato che non c'è più spazio per sedersi ai tavoli, non sono qui per mangiare.

A metà di "Gangnam Style" in stile russo, la natura chiama, quindi dico a Max che tornerò presto e mi dirigo verso il bagno.

C'è un'inserviente qui. Che lusso!

Uscendo dal gabinetto, mi trovo faccia a faccia con Bella, la sorella Chortsky che è la nuova migliore amica di Holly.

Mi sorride. "È sbalorditivo quanto assomigli a Holly e Gia."

Sorrido a mia volta. "Dovresti vedere le altre cinque sorelle che ho. Siamo letteralmente identiche."

"L'ho sentito dire." Comincia a lavarsi le mani. "Devo ammettere che sono invidiosa. Con due fratelli, ho sempre desiderato una sorella."

"L'erba del vicino è sempre la più verde." Apro il rubinetto e l'inserviente mi spruzza il sapone sulle mani tese. Ringrazio con un cenno del capo, prima di rivolgermi a Bella: "Penso di parlare a nome dei miei genitori e di tutte le mie sorelle, quando dico che sacrificheremmo almeno due di noi per un fratello."

Bella si asciuga le mani. "Beh, se Holly sposerà Alex, avrai uno dei miei. Gli darei un voto dieci su dieci come fratello. Anche a Vlad."

Uhm. Quindi, io e Bella potremmo finire per essere imparentate. Fico!

Strofinandomi le mani con un asciugamano, chiedo una cosa che muoio dalla voglia di sapere. "Il mio accompagnatore ti sembra russo?"

Appare pensierosa. "Anche Gia ce l'ha domandato. Secondo me, no. Anche i miei fratelli credevano di no."

La gioia è visibile sul mio volto?

"E i tuoi genitori?" le chiedo.

"Non li abbiamo resi partecipi, perché non conoscono il significato della parola discrezione."

"Ha senso" commento. "E grazie."

"Non c'è di che." Guarda l'inserviente del bagno e dice qualcosa in russo. Penso che sia sulla falsariga di: "Può darci un momento?"

A sostegno della mia traduzione, l'inserviente annuisce e lascia la stanza.

Strano. Di che cosa si tratta?

"Volevo chiederti un favore" mi dice Bella. "E sono disposta a pagarti per il disturbo, naturalmente."

Non possiede forse un'azienda che produce sex toy? Come posso aiutarla in questo? Se vuole il mio permesso per creare una replica di Maximus, la risposta è no. Un "no" molto duro e appetitoso.

"Quale favore?" le chiedo con cautela.

Tira fuori il cellulare. "Ho una nuova linea di giocattoli che funzionano su internet. Il mio paranoico fratello ha scritto l'applicazione, Holly ci ha dato un'occhiata e l'ha ritenuta sicura, ma ho ancora paura che qualche pervertito la hackeri per estrarre video di utenti ignari, così ho pensato di parlarne con te."

Oh. Sembra proprio il mio genere. "Certo" rispondo. "Scambiamoci i contatti e ti farò sapere cosa mi serve per dare una controllata."

Mi tende la mano perfettamente curata. "Grazie mille."

Gliela scuoto in stile professionale. "Come si chiama l'applicazione?"

Me lo dice e io la cerco nell'app store. Quando alzo lo sguardo dal telefono, lei ha in mano un dildo blu gigante.

La fisso sbattendo le palpebre. Da dove l'avrà tirato fuori? È come le femme fatale dei film? Loro nascondono le armi in abiti attillati come il suo, ma l'abilità di base è la stessa.

Faccio un passo indietro. "Preferirei essere pagata in bitcoin, se non ti dispiace. Vanno bene anche i contanti. Persino un assegno."

Lei agita il dildo. "Questo non è un pagamento. È un dispositivo campione che l'app controlla. Ho pensato che avresti..."

"Puoi spedirmelo a casa?" le chiedo. "Non ho un

posto dove nascondere qualcosa di quelle dimensioni, al momento."

Magari, mi dirà dove lo teneva nascosto *lei*?

Mi porge invece il proprio cellulare. "Puoi aggiungerti ai miei contatti?"

Faccio come chiede e, quando alzo di nuovo lo sguardo, il dildo è sparito e non ho idea di dove l'abbia messo (solo supposizioni perverse).

"Dovremmo tornare di là" dico. "Se lo spettacolo inizia e me lo perdo, Gia mi farà scomparire."

Bella sorride. "Andiamo."

È un bene che ci muoviamo in quel momento. Mentre usciamo dalla toilette, il cantante annuncia che lo spettacolo sta per iniziare.

Finalmente!

Prima finisce la magia al The Hut, prima può iniziare quella in camera di Max.

CAPITOLO
Ventinove

MI AFFRETTO A TORNARE al mio posto, solo per restarci di sasso.

Gia è ancora al tavolo.

Come farà ad esibirsi per lo spettacolo, se...?

Le luci si abbassano e un riflettore punta sul palco.

Una donna vestita in stile amish è lì in piedi, con un arco in mano.

"Fa parte di uno dei tuoi trucchi?" sussurro a Gia.

"No, questo è uno spettacolo diverso" mi risponde lei. "Il mio viene dopo."

Una musica malinconica inizia a suonare e un gruppo di ballerini appare sul palco. Una donna con un vestito sgargiante e un trucco pesante esegue uno strano numero di danza. Un'altra balla su una canzone triste e, poi, la signora con l'arco balla su una melodia dal suono eroico.

Perché tutto questo mi sembra vagamente familiare?

Guardo, affascinata, finché noto che l'eroina ha una spilla a forma di uccello sul suo nuovo costume.

Bleah! Uccelli.

Aspettate un attimo!

È una versione non autorizzata di balletto di *Hunger Games*?

Questo è un ristorante e, se ho ragione, il messaggio subliminale potrebbe indurre la gente a comprare più pelmeni del dovuto.

Proprio così. Il tema musicale è quello del film e, ora che ho fatto il collegamento, la prossima serie di balli si adatta perfettamente alla teoria.

Suppongo che i russi non siano troppo interessati a banalità quali le leggi sul copyright. O, forse, The Hut ha davvero la licenza sui diritti?

Da parte mia, vorrei che *Hunger Games* (compresa questa interpretazione) non fosse così dipendente dall'immagine degli uccelli. La ghiandaia imitatrice fittizia che Katniss porta sulla spilla è una creatura da incubo, poiché sa imitare i suoni meglio di un pappagallo. Non che il vero uccello da cui deriva, il tordo, sia migliore. Tutti gli uccelli sono dei maledetti imitatori beffardi. Questa è la ragione principale per cui producono versi.

Come se percepisse il mio disagio, Max avvicina la sedia alla mia e mi passa un braccio intorno alle spalle.

Lo adoro, anche se mi fa venire ancora più voglia di andarmene.

Con la coda dell'occhio, scorgo Gia e Tigger filarsela di nascosto.

Ahah! Spero che questo significhi che il suo spettacolo inizierà presto.

Comincia la parte del balletto nell'arena. Mi ricorda

la danza dei quattro piccoli cigni de *Il lago dei cigni*, solo con più ballerini.

Rabbrividisco. *Il lago dei cigni* è un balletto horror, che osanna creature capaci di serbare rancore in eterno. Ciò che li rende ancora più agghiaccianti è che possono volare a una velocità di cento chilometri all'ora e spezzare ossa con un colpo d'ala.

Mentre il balletto surreale continua, non posso fare a meno di riflettere su ciò che Bella ha detto a proposito di Max. Se non è davvero russo (e, quindi, non è una spia), i nostri piani per stasera assumono una nuova, meravigliosa luce. Anziché sedurre un nemico (il che sarebbe fico), andrò finalmente a letto con il mio ragazzo (il che è straordinario, poiché significa che non dovrò proteggere il mio cuore).

Sfortunatamente, non sono ancora sicura al cento per cento che lui *non* sia una spia.

Riportando l'attenzione sullo spettacolo, mi rendo conto che Katniss sta eseguendo la danza della vittoria… anche se sembra la danza del "cigno nero" del balletto horror, reso famoso anche dall'omonimo film, dove a Natalie Portman tocca il peggior destino possibile. Attenzione allo spoiler: si trasforma in un uccello.

I ballerini se ne vanno e viene annunciato lo spettacolo di Gia.

Fiù!

Applaudo, imitata dalle mie sorelle e dalle amiche di Gia. Alcune fischiano, persino.

Gia appare sul palco insieme a Tigger, il che spiega perché siano andati via insieme. Lei è vestita e truccata nel modo più simile a un vampiro, mentre Tigger indossa un body estremamente scollato e attillato, che mette in mostra tutto il suo petto muscoloso.

"Grazie a tutti per essere venuti al mio spettacolo" esordisce Gia, e la folla si scatena di nuovo.

Se avevo dei dubbi sul fatto che le persone in più nel ristorante fossero venute per vedere lei, sono spariti. Il loro entusiasmo indica che questo sia l'evento principale a cui non vedevano l'ora di assistere.

"Inizierò con un classico" annuncia Gia, facendo un cenno a Tigger.

Lui prende due sedie e le porta al centro del palco. Gia esegue dei gesti misteriosi e sembra che Tigger entri in trance ipnotica. In realtà, non è così, ovviamente. Secondo un file classificato della CIA, l'ipnosi non è reale (almeno non in quanto potenziale arma).

Muovendosi come uno zombie, Tigger va verso le sedie e si sdraia, in modo che la sua testa poggi su una sedia e i piedi sull'altra.

Che Gia stia mettendo in mostra il fisico forte del suo ragazzo?

No. Lei tira via la prima sedia e Tigger rimane in equilibrio solo sul collo. Prima che qualcuno possa reagire, Gia tira via l'altra sedia e Tigger aleggia in aria.

Tutti tra la folla sussultano, tranne forse le amiche maghe di Gia.

Lei agita le mani.

Tigger levita più in alto.

I sussulti diventano più forti.

Gia interrompe per un momento il suo vudù. "Posso avere un volontario?"

Milioni di braccia si alzano.

Lei sceglie un ragazzo alto e gli chiede di verificare che Tigger non abbia dei fili.

Quando il ragazzo non ne trova, lei lo ringrazia e gli dice di tornare al suo posto.

Con un altro gesto della mano di Gia, i piedi di Tigger cominciano a scendere a terra. Lentamente, lui levita verso il basso, prima di risvegliarsi e fare un cortese inchino.

Anche Gia esegue un inchino e tutti noi applaudiamo, creando un rumore proporzionale al miracolo a cui abbiamo appena assistito.

"Ora, qualcosa di più leggero" annuncia Gia. "Ho bisogno di un altro volontario."

Questa volta, sceglie il cantante grassottello.

"Come ti chiami?" gli domanda.

Lui si attorciglia i baffi. "Boris."

Aspettate, non è anche il nome del patriarca della famiglia Chortsky? Ora che ci penso, i due Boris si assomigliano un po'.

"Puoi controllare i capezzoli di Tigger?" lo esorta Gia.

Boris non è confuso dal comando quanto lo sarei io. Sorridendo lascivamente, pizzica il capezzolo destro di Tigger, poi il sinistro.

Wow. Sono contenta che Gia abbia fatto un'inversione di genere con la sua assistente.

Nonostante questo, lei aggrotta le sopracciglia. "Ho forse detto che puoi pizzicare i capezzoli del mio ragazzo?"

Boris impallidisce. "Chiedo scusa."

Lei fa un sorrisino. "Oh, non fa niente. Volevo solo stabilire chi è che comanda qui."

Il pubblico ridacchia.

"Ora." Gia indica il capezzolo destro di Tigger. "Guardate attentamente."

Si avvicina e copre il capezzolo con il proprio palmo guantato per un secondo. Quando ritrae la mano, il capezzolo non c'è più.

Io e tutto il pubblico fissiamo a bocca aperta la pelle liscia del pettorale destro di Tigger.

Come?

Perché?

"Puoi toccarlo" Gia dice imperiosamente a Boris.

Quest'ultimo posa le mani sul pettorale di Tigger un'altra volta, sembrando sempre più perplesso, mentre continua ad accarezzarlo.

"È lì?" domanda Gia.

Boris scuote la testa e indietreggia. "No, e per favore, non far sparire nessuna delle *mie* parti."

Con un sorrisino, Gia replica il trucco sul capezzolo sinistro; è allora che le sue amiche maghe si uniscono finalmente a tutti gli altri in un sussulto.

Essendo cresciuta con Gia, ho imparato che i maghi non ripetono i propri trucchi, perché questo rischierebbe di far capire come vengono eseguiti. Lei ha appena infranto questa regola, eppure non è stata ancora beccata a fare qualcosa di furtivo.

Boris controlla la zona del secondo capezzolo mancante.

Niente.

Con un'aria legittimamente compiaciuta, Gia copre

entrambe le aree senza capezzoli con i propri palmi per un momento, poi ci lascia vedere che il petto muscoloso di Tigger è tornato al suo stato naturale.

L'applauso è fragoroso, stavolta.

Gia e Tigger eseguono un inchino.

Per il trucco classico seguente, lei sta a braccia aperte dentro una struttura di metallo. Una musica drammatica inizia a suonare, mentre Tigger passa attraverso il tronco di Gia, come nel film *Alien*.

Applaudiamo tutti, ma probabilmente non sono l'unica a pensare: Tigger ha appena penetrato Gia davanti a noi?

Il trucco successivo potrebbe anche essere interpretato come uno strano scorcio della vita sessuale di mia sorella. Tigger la lega con catene e lucchetti, poi la deposita in una grande cassa, come la sua schiava personale. Dopodiché, monta in piedi sopra la cassa, tenendo un telo. Con un lampo pirotecnico, Gia finisce sopra la cassa e Tigger si trova all'interno, ora legato per il piacere di Gia.

"Comincio a pensare che lui abbia perso una scommessa contro di lei" sussurro a Max, dopo che l'applauso folle si placa.

Come per confermare la mia teoria, Gia sega Tigger a metà per il prossimo trucco, poi lo mette in una cella di tortura ad acqua.

Ehi, è fortunato che lei non abbia eseguito il trucco delle tazze e delle palle usando le sue, di palle. O forse, è in programma.

No. Le sue palle sono al sicuro. Gia lo fa sedere su una sedia, lo copre con un telo e lo fa sparire.

"Ora dovrò sforzarmi il doppio, senza il diversivo fornito dal mio bell'assistente" dichiara, mentre le donne del pubblico le rivolgono dei cenni consapevoli.

I trucchi successivi sono effetti di mentalismo, che si adattano bene a mia sorella. Dice a un certo numero di persone a che cosa stanno pensando, indovina il numero di conto corrente di qualcuno e, poi, scompare con uno sbuffo di fumo (come Batman) quale saluto d'addio.

Balzo in piedi e applaudo fino a quando mi fanno male i palmi delle mani, come tutti gli altri.

Dopo qualche minuto di applausi, Tigger e Gia escono vestiti con il loro abbigliamento da ristorante ed eseguono un inchino.

Gli applausi impazziscono di nuovo e serve Boris, che intona un'altra canzone, per far calmare tutti.

"Sei stata incredibile" dico a Gia, quando ci raggiunge al tavolo.

Lei sorride. "È un grande elogio, detto dalla famiglia."

È vero. Ci siamo stancati della magia, dopo anni di giochi di prestigio, durante i quali lei imparava e ci usava come cavie per fare pratica.

Per i minuti successivi, m'interroga su quali trucchi mi sono piaciuti di più, al che le do la mia onesta opinione.

"Grazie" mi dice alla fine. "Sto ancora lavorando al mio repertorio."

"Non c'è di che." Lancio un'occhiata a Max, che si dà il caso stia parlando con Vlad. "Se non ti esibirai di nuovo stasera, penso che noi andremo verso casa."

Mi lancia uno sguardo complice. "Buona fortuna. Fammi sapere cosa succede."

Balzo in piedi e mi schiarisco la voce, per attirare l'attenzione di tutti.

Dodici paia di occhi si concentrano su di me.

"Max ha fatto un lungo volo oggi, quindi stasera andremo a casa presto" dichiaro nella maniera più calma possibile.

Max mi fa l'occhiolino, mentre il resto del gruppo sembra non bersi la scusa che sto propinando.

Forse, ho scritto "Voglio scopare Max" in fronte?

"È stato bello conoscervi tutti" dico, mentre stringo il gomito di Max. "E di nuovo buon compleanno, Vlad."

Max mi copre la mano con la propria, mentre saluta, e poi ci affrettiamo verso la porta. Mentre attraversiamo l'atrio, chiudo di nuovo gli occhi per evitare la sensazione di uscire dalla cloaca di un pollo.

Max chiama un taxi.

"Casa tua?" gli sussurro seducentemente all'orecchio, quando il taxi accosta lungo il marciapiede.

"Diamine, sì!" ringhia lui, aprendomi la portiera.

Diamine, sì, davvero! Scoparlo è ciò di cui ho disperatamente bisogno da parecchi giorni e, finalmente, sta per succedere.

Non appena mi raggiunge dentro l'auto, attivo la modalità femme fatale turbo e incanalo la mia eccitazione in un bacio da sciogliere le mutande, che mi induce a lasciare una generosa mancia extra al tassista, per compensare la pulizia della pozzanghera che potrei aver lasciato sul sedile.

———

Il palazzo di Max è lussuoso, il che è un punto a sfavore del fatto che lui sia una spia, suppongo, dato che le spie preferiscono non dare nell'occhio. Beh, qualsiasi cosa faccia davvero per vivere deve pagare bene.

Pomiciamo in ascensore e, quando entriamo nel suo appartamento, mi aspetto che lasciamo una scia di vestiti lungo il tragitto verso la sua camera da letto, come le briciole di Hansel e Gretel. Aspettate, no. Loro lo facevano con le caramelle e, in più, erano fratello e sorella. E se mi aspettassi che ci strappiamo i vestiti di dosso a vicenda come in un film di James Bond?

Sì, così va meglio.

Solo che Max non dà inizio a nessuna delle due opzioni, chiedendomi invece: "Ti va di fare un giro del mio appartamento?"

Se fossi una femme fatale, gli direi: "Diamine, no! Ti voglio dentro di me." Ma essendo la seduttrice smidollata che sono, annuisco e mi ripeto che questa è solo una ricognizione, prima di balzare all'azione.

Max mi conduce lungo un corridoio con poster di animali, che mi ricordano quelli della sua cameretta d'infanzia. Mi mostra un salotto accogliente e, poi, uno studio con scaffali interamente decorati con modellini di animali, ordinati per specie. Ci sono anche animali di peluche, tra cui il panda che ha comprato al nostro primo appuntamento. È seduto in mezzo ad altri orsi.

È allora che lo noto.

Un orribile scaffale brulicante di uccelli.

Dannazione! Non mi ero mai resa conto di quanto

possano essere inquietanti gli uccelli giocattolo. Mi fissano con i loro piccoli occhietti. Quelle bambole dei film horror che prendono vita non sono niente, in confronto a queste piccole atrocità.

Deglutendo a fatica, faccio un passo indietro.

"Oh, merda, scusa!" esclama Max, quando nota dove sto fissando. "Non ci avevo pensato."

"Non fa niente" mento.

"No." Mi fa voltare verso di sé e m'incornicia il viso con i suoi grandi palmi. La sua voce è profonda e suadente, i suoi occhi brillano come giada lucida. "Mi sbarazzerò di loro, te lo prometto."

Loro? Intende gli uccelli? Per qualche motivo, non riesco a ricordare alcun uccello.

M'inumidisco le labbra. "Basta che li tieni in una scatola. O in un armadio che io eviterò."

"Vieni." Mi lascia andare senza un bacio.

Ma che diamine?

Lo seguo in una cucina dall'aspetto moderno.

"Vuoi del caffè per aiutarti a smaltire la sbornia?" mi chiede.

"Sbornia?" La mia spina dorsale s'irrigidisce. "Chi dice che sono sbronza?"

Lui si stringe il ponte del naso. "Mi dispiace. Hai bevuto vodka, quindi ho pensato che…"

È per questo che non mi è ancora saltato addosso? Teme di approfittare di me?

È dolce e paternalistico allo stesso tempo.

"Con questo presupposto, hai reso ridicoli sia me sia te" dico con uno sbuffo. "Sono pronta a manovrare macchinari pesanti." Lancio un'occhiata a Maximus.

"Ma ehi, tu puoi berti una tazza di caffè per mettere in moto il *tuo* cervello."

Sorride timidamente. "Penso di essere a posto."

"Ottimo." Batto il piede in modo significativo. "C'è un'altra stanza che vuoi mostrarmi?"

"Sì." I suoi occhi brillano, famelici. "La camera da letto."

"Ecco, *quella* sì che voglio vederla" affermo con un tono seducente, che mi riscatterebbe agli occhi della Femme Fatale Association of America.

"Sei sicura di essere pronta?" La domanda esce roca, facendomi venire ancora più voglia.

"Sei privo di malattie veneree?" gli chiedo.

Lui annuisce. "E tu?"

Faccio un passo verso di lui. "Sono sana e prendo la pillola."

"Bene." Avanza lentamente. "C'è qualcos'altro che vuoi sapere, prima della fine del tour?"

Questa è la mia occasione. Non sono mai stata così vicina a tenerlo per le palle (finché non accadrà letteralmente, speriamo presto). "Sei sicuro di essere ucraino?"

Lui arresta la propria avanzata. "Che cos'altro potrei essere?"

"Russo, forse?"

Un accenno di cipiglio gli solca la fronte. "No, sono ucraino, come ho detto. E per tua informazione, alcuni ucraini si offenderebbero per questa domanda."

Ora mi sento come un'idiota che non conosce la geopolitica. Cosa che, invece, conosco, come si richiede a tutte le aspiranti spie. "Mi dispiace."

"Non fa niente" replica con un'alzata di spalle. "Io non sono uno di quelli che si offendono facilmente. Essendo di seconda generazione, non nutro l'animosità dei miei genitori contro la Russia."

"Comunque, mi dispiace sul serio. Non volevo insinuare che non ci sia differenza tra la Russia e l'Ucraina." Faccio un respiro profondo. "Quella domanda era un modo indiretto per chiederti qualcos'altro."

Inarca un sopracciglio. "Che cosa?"

"Ha a che fare con il mio lavoro." Traggo un altro respiro profondo e, mentre espiro, sparo: "Sei un agente dei servizi segreti stranieri?"

Ci siamo. Sottile come un rinoceronte sul ghiaccio, ma almeno le carte sono in tavola, ora. Se riesce a convincermi di non essere una spia, mi godrò ancora di più quello che sta per succedere, quindi lo guardo attentamente, mentre risponde.

Con mia grande delusione, ha una faccia da poker. "*Non* sono un agente dei servizi segreti stranieri."

Dannazione! Il suo volto di pietra e il suo tono inespressivo sono tentativi di nascondere la verità, o indicano che si sente ferito per essere stato accusato di una cosa simile?

Propendo per la seconda ipotesi e, quindi, sono convinta al novantanove per cento che non sia una spia.

È sufficiente. Gli prendo la mano. "Mostrami la camera da letto."

Parte della durezza sul suo volto scompare, mentre le venature di miele nei suoi occhi si scuriscono per la voglia riaccesa. Stringendomi le dita nella sua mano grande e calda, mi conduce in una camera lussuosa, dove qualcuno ha disposto petali di fiori e candele in una scena che sembra più da film romantico, che da film di spionaggio.

Il mio battito cardiaco accelera. *Aveva* pianificato di portarmi qui. Cominciavo a chiedermelo.

"Un secondo." Mi lascia la mano per andare ad accende le candele.

Uff! Gli piace stuzzicare?

Quando ha finito, quasi gli rivolgo il saluto militare. Sono chiaramente sotto l'influenza del Sergente e del Capitano, che sono sull'attenti.

"Allora?" gli chiedo, per poi mordermi il labbro inferiore, improvvisamente secco. Tutta l'umidità del mio corpo è chiaramente da qualche altra parte.

Impersonando finalmente le spie dei film, Max piomba su di me e rivendica le mie labbra.

Sì!

Mentre mi divora, comincia a togliermi i vestiti di dosso.

Doppio sì!

Si strappa via la camicia e i pantaloni insieme ai boxer, esponendo Maximus in piena erezione.

"Finalmente!" ansimo.

La sua risposta suona come un ringhio da orso, mentre mi prende in braccio e mi stende sul letto.

Ci siamo.

CAPITOLO
Trenta

CI BACIAMO DI NUOVO, con le lingue che si aggrovigliano selvaggiamente, mentre lui fa scorrere avidamente le mani lungo il mio corpo, procurandomi ondate di calore all'intimo. Il suo profumo di acero e lavanda mi stuzzica le narici, mentre la mia pelle formicola per un piacevole brivido, quando lui mi gira a pancia in giù e inizia a baciarmi la nuca.

Dannazione! È così bello!

Fa scorrere la lingua lungo la mia spina dorsale, prima di fermarsi a lambire le fossette sulla parte bassa della mia schiena.

Sto ansimando, ora, con il cuore che batte all'impazzata. Perché è così eccitante? Inoltre, lui riesce a vedere il mio ano sbiancato?

Forse. Ringhia "Sei bellissima" ed è possibile che stia parlando del mio sedere.

Richiamando la modalità femme fatale, mormoro: "Ti voglio. Adesso."

Lui dimostra eccezionali capacità di

maneggiamento, quando mi capovolge. Nonostante l'arredamento romantico, qualcosa di animalesco danza nei suoi occhi, mentre mi rimira. Qualcosa di bestiale, che adoro.

Forse, è uno di quegli agenti sotto massima copertura, ignari di esserlo fino a quando non sentono una frase d'innesco che li "attiva". Per il Soldato d'Inverno, quell'innesco era "Brama, Arrugginito, Diciassette, Alba, Fornace, Nove, Benigno, Ritorno, Uno, Vagone merci" pronunciato in russo. Ma per Max, l'innesco potrebbe essere il mio ano sbiancato.

Maximus si contrae, quando Max dà al Sergente un duro morso.

Le attenzioni al capezzolo possono procurare un orgasmo?

Non ne ho idea, ma sono sull'apice di *qualcosa*, quando Max sposta le proprie attenzioni sul Capitano, risucchiandolo abilmente.

Un gemito mi sfugge dalle labbra. Per il semplice gioco con i capezzoli! Forse lui ha davvero frequentato quella scuola di seduzione, dopotutto?

Quando gemo di nuovo, incontra i miei occhi e prodiga baci al mio ventre, scendendo sempre più in basso, finché non sento il suo fiato raffreddare il mio sesso surriscaldato.

Dà una leccata lenta al mio clitoride e ringhia, o per creare vibrazioni o perché è ufficialmente entrato in modalità bestia.

Il mio gemito successivo è più disperato, il che incoraggia la sua prossima leccata ad essere ancora più devastante.

I miei occhi roteano all'indietro e il mio respiro va alle stelle.

Sono sul punto di venire e sembra che la sua abile lingua mi stia tenendo lì, a un passo dall'apice.

Perfido! Voglio varcare quella soglia talmente tanto, che gli rivelerei qual è il nome in codice segreto del mio clitoride… insieme a qualsiasi altra cosa voglia sapere.

Non c'è da stupirsi che insegnino tecniche di seduzione in quelle scuole.

Mi palpa il seno destro, massaggiando sapientemente il Capitano col pollice. La sua voce è roca e vellutata. "Vieni per me."

E proprio così, quel comando e le vibrazioni che procura al mio clitoride mi spingono oltre il limite. Mi si arricciano le dita dei piedi, ogni muscolo del mio corpo si contrae e mi sento come se stessi cadendo attraverso il letto, mentre i fuochi d'artificio esplodono nelle mie terminazioni nervose, facendomi venire con il gemito più forte fino ad oggi.

Lui mi guarda con soddisfazione puramente maschile. "Ottimo lavoro, sonechko."

Respirando affannosamente, costringo i miei muscoli flosci a funzionare e mi sollevo a sedere. Perché questo è ciò che farebbe una femme fatale. "È il tuo turno di fare il bravo."

Inarca un sopracciglio.

"Mettiti in piedi sul letto." Il mio comando vellutato proviene direttamente dal manuale della Femme Fatale Association of America.

Mormorando "cazzo, sì!", lui si alza.

Mi metto in ginocchio. Che fortuna: le nostre altezze

sono giuste, perché io abbia Maximus proprio davanti al viso.

Gli occhi di Max sono selvaggi, mentre mi guarda dall'alto.

Mantenendo il contatto visivo, do a Maximus una leccata da lecca-lecca.

Max grugnisce.

Maximus si contrae.

Sentendomi incoraggiata, impersono la mia gattina interiore, lambendo Maximus su e giù.

Un altro grugnito. Un'altra contrazione.

È il momento dell'escalation. Prendo in bocca la cappella di Maximus.

Accidenti! È come seta stesa sopra del vetro antiproiettile.

Lo prendo più a fondo.

Le pupille di Max si dilatano.

Con un sorrisino, gli afferro le palle (nome-in-codice kiwi) con la mano sinistra.

Max geme. "Che cosa mi stai facendo?"

Oh, non ho ancora fatto niente. Stuzzicando la parte inferiore della cappella di Maximus con la lingua, tiro delicatamente i kiwi.

Una tormentata supplica/maledizione è la mia ricompensa.

Accelero, facendo del mio meglio per eguagliare il ritmo che usava Max, quando si masturbava (cosa che ho studiato a fondo, durante la nostra settimana di sesso virtuale).

Sento i kiwi diventare più tesi nella mia mano.

"Sono vicino." La voce di Max sembra sofferente, mentre spreme fuori quelle parole.

Tiro fuori Maximus, per poter rispondere: "Bene. Voglio che tu mi venga in bocca." Detto ciò, torno alle mie cure, prendendolo a fondo, mentre guardo gli occhi di Max allargarsi quasi alla dimensione di due kiwi (i frutti).

Ho mentito, però. Per quanto sarebbe eccitante farlo venire nella mia bocca, lo voglio ancora di più dentro di me e, se viene, la penetrazione dovrà aspettare il tempo necessario perché Maximus si riprenda.

Con questo pensiero, rallento. Prima, lui mi ha tenuta in sospeso, quindi questo è un caso di occhio per occhio.

A proposito di occhi, chiudo i miei per concentrarmi sul ritmo. Questo sembra aiutare. Così, riesco a percepire le reazioni più minute di Maximus e dei kiwi, perciò rallento il ritmo di conseguenza. Quando sento che parte della tensione lascia il corpo di Max, riacquisto velocità.

Al terzo ciclo, Max ringhia come un orso affamato a cui abbiano rubato il miele.

Mi ritraggo e gli sorrido. "Non ti piace quando io stuzzico te, eh?"

La sua mascella si contrae. "Non mi piace. Lo amo."

Wow! Deve stare attento con la parola "amo", quando ho i suoi kiwi in una posizione così vulnerabile. Ci vuole tutto il mio allenamento, per non stringere accidentalmente troppo forte.

"Ti meriti un trattamento speciale." Mi lecco il dito in modo significativo, assicurandomi di coprirlo con la saliva che ho prodotto, quando avevo Maximus in fondo alla gola.

I suoi occhi sono i più selvaggi che mai.

Sorridendo diabolicamente, riprendo Maximus in bocca e stringo i kiwi con la mano destra, mentre dirigo il dito appena lubrificato verso il culo di Max.

Questa è la sua occasione per fermarmi.

Posiziono il dito in modo che la mia destinazione sia lampante.

Lui grugnisce di piacere. Deduco che accetti l'idea. Ne sono lieta. Questo è materiale da corso avanzato della Femme Fatale Association of America.

Molto delicatamente, comincio a cercare la nome-in-codice: noce.

Max sembra immobilizzarsi. Speriamo che sia un buon segno.

Ci siamo. Morbida, liscia e interessante al tatto: dev'essere la noce. La massaggio delicatamente, mentre accelero il ritmo con Maximus.

"Cazzooo!" grida Max.

Gli avrò fatto male? Allontano il dito dalla noce, ma continuo a succhiare Maximus, pensando che ciò produrrà abbastanza endorfine, da annullare qualsiasi dolore.

Ah. No, non si trattava di dolore.

Max grugnisce, mentre Maximus diventa duro come il diamante, per poi eruttare nella mia gola.

Ops! Sono troppo brava per il mio stesso bene. Il coito dovrà aspettare, ora. Ma ehi, non mi sono mai sentita così sexy, come quando catturo lo sguardo di Max e ingoio ostentatamente.

Lui ringhia qualcosa in ucraino, che mi ricorda la parola russa per "incredibile".

Sì, credici.

S'inginocchia sul letto. "È di nuovo il tuo turno."

Deglutisco rumorosamente. "Il mio turno?"

Mi guarda come un predatore. "Mettiti a carponi."

Obbedisco volentieri. Questa è una posa fondamentale da femme fatale. Inoltre, in questo modo, lui noterà sicuramente la mia opera di sbiancamento, se non l'ha già fatto prima.

Mi stringe le natiche.

Interessante.

Improvvisamente, c'è una lingua che entra nel mio sesso da dietro.

È proprio il mio turno! Questo sviluppo non è semplicemente interessante. È avvincente.

Il dito di Max entra in contatto con il mio clitoride.

Le sorprese non finiscono mai.

La sua lingua abilissima scorre sulle mie pieghe.

Se è competitivo e sta cercando di dimostrare che la sua scuola di seduzione è superiore, sono disposta a perdere la gara.

Il dito e la lingua si sincronizzano.

Un orgasmo succoso si sviluppa nel mio intimo, mentre il mio respiro accelera.

Se mi stuzzicherà di nuovo, riuscirò a sopportarlo?

Lui aumenta la velocità.

Stringo le lenzuola con le mani.

Accelera ancora di più.

Quanto è lunga la sua lingua? Potrei giurare di

sentirla accendere le terminazioni nervose sulla mia cervice.

"Sono vicina" dico in un sussurro, immaginando che sia educato avvertirlo, come lui ha fatto con me.

Grugnisce qualcosa in tono soddisfatto, mentre la vibrazione di quel suono mi catapulta dritta nella terra promessa dell'orgasmo.

Ogni muscolo del mio corpo si contrae e si rilassa, mentre grido, e scie calde di piacere mi scorrono attraverso le terminazioni nervose. Quando ho concluso, per poco non collasso.

"No, resta così" mormora lui.

"Eh?" Mi guardo alle spalle con aria stralunata.

Lui lecca ostentatamente il dito che era appena stato appoggiato sul mio clitoride. "Non ho finito con te."

Detto questo, mette il dito dov'era stata la sua lingua fino a un secondo prima.

Mi giro e chiudo gli occhi.

Il dito individua infallibilmente il mio punto G (o almeno, presumo che sia quello). Sento un'esplosione di piacere formicolante accendere l'inizio di un altro orgasmo pazzesco (che, se accadesse, sarebbe un record per me).

"Sei bellissima" dice con voce roca.

Starà di nuovo parlando del mio sedere? Come per confondere la questione, sento il suo fiato nel bel mezzo della zona sbiancata.

Quanto da vicino sta guardando…?

Aspettate un attimo!

La sua lingua si connette con l'area in questione.

Il mio cervello va in cortocircuito.

È una bella sensazione, ma anche strana. Calda e sconcia (e un tantino solleticante).

È così che devono essere gli esami finali alla Femme Fatale Association of America. Tranne che, forse, dovrei farlo io a lui? Oh, pazienza. Non riesco a pensare lucidamente.

Inoltre, darei qualsiasi cosa per sostituire quel dito dentro di me con Maximus. Eppure, anche il dito mi sta facendo avvicinare all'orgasmo, ma prima che mi porte oltre il limite, sia quello sia la lingua vengono straziantemente rimossi.

"Sei pronta?" mormora Max con voce roca.

Mi guardo alle spalle, più che frustrata. "Pronta per cosa?"

E poi fisso a bocca aperta Maximus, gloriosamente eretto. Sembra che l'orgasmo precedente sia successo a qualche altro pene.

È un tempo di recupero davvero rapido. Possono insegnare *questo* alla scuola di seduzione?

Rendendomi conto che sto sprecando momenti preziosi, durante i quali potrei essere scopata come si deve, ansimo: "Pronta!" Per dargli un incoraggiamento aggiuntivo, inarco la schiena e sollevo leggermente il sedere.

Con volto teso, Max stuzzica la mia apertura con Maximus.

Mentre lo avvolgo, un gemito mi sfugge dalle labbra.

Lui entra più a fondo, scivolando dentro e fuori.

I miei gemiti aumentano di volume.

Spinge lentamente, una, due, tre volte.

"Di più!" ansimo.

Mi stringe le natiche con forza e le sue spinte si fanno più profonde. Solo che non è ancora abbastanza, perciò mi ritrovo a implorare di essere scopata più forte e più veloce. Comincio a pensare che a Max piacciano così tanto gli animali, perché lui stesso è un animale a letto. In risposta alle mie suppliche, si pianta dentro di me con ferocia bestiale... e la madre di tutti gli orgasmi mi appare all'orizzonte.

Lui accelera ulteriormente.

Ho appena ululato? Questa è la posizione a quattro zampe, quindi...

Lui allunga la mano e stringe il Sergente con forza.

Signore e signori, stiamo per incontrare delle turbolenze. Vi preghiamo di allacciare le cinture di sicurezza.

Il mio tsunami di un orgasmo si abbatte.

Mentre urlo e gemo, i miei muscoli intimi si contraggono intorno a Maximus, strizzandolo con disperazione violenta.

Con un ringhio, Max viene dentro di me, provocando un piccolo secondo orgasmo, che segue quello pazzesco, da cui non mi sono ancora ripresa.

"Beh, ecco" dico con voce rauca. "Sono sfinita."

Crollo sul letto, con i muscoli gelatinosi come *holodet*.

Sento Max allontanarsi. Pochi attimi dopo, torna con un asciugamano umido e mi fa girare per pulirmi, ma sono troppo esausta per aprire gli occhi, mentre lui passa delicatamente l'asciugamano tra le mie pieghe.

"Lo sai?" Sento il suo sorriso, che mi fa sentire come

se una coperta di pile mi avesse avvolta. "Di solito, è l'uomo quello che va in stato comatoso, dopo."

Anziché rispondere, mi giro su un fianco, afferro il suo cuscino e fingo di russare.

Con una risatina, mi abbraccia, accoccolandosi a cucchiaio. Con il suo fiato caldo che mi lambisce la spalla e il suo corpo grande e forte intorno a me, non posso evitare di sentirmi inondata di soddisfazione.

Un unico pensiero guasta la perfezione del momento, mentre fluttuo dolcemente nel sonno.

È stato bello. Forse, fin troppo bello. Che lui abbia frequentato quella scuola di seduzione russa, in fin dei conti?

CAPITOLO
Trentuno

Quando il primo raggio dell'alba filtra attraverso la finestra della camera di Max, mi sveglio.

Mi sono sognata quella sessione epica, la scorsa notte?

No. Un leggero indolenzimento interno è la prova che ciò che abbiamo fatto è stato deliziosamente reale.

Sorrido come un'ebete a Max, ma lui sta dormendo come un orso in letargo. Un orso splendido, possente e muscoloso, con capelli che meriterebbero un proprio account su Instagram e ciglia che mi inducono a domandarmi se usi segretamente Latisse.

Muovendomi piano per non svegliarlo, mi alzo, raccolgo i miei vestiti e trovo un bagno in fondo al corridoio.

Che premuroso! Mi ha preparato uno spazzolino sigillato.

Mentre mi lavo i denti e inizio a vestirmi, un pensiero assillante s'intromette nella mia beatitudine.

Max era premuroso o calcolatore, ieri sera?

Se tutto è come sembra, allora è vera la prima ipotesi e lui merita un voto A+ come mio fidanzato. Tuttavia, se è una spia, potrebbe essere vera la seconda ipotesi... e anche in questo caso lui merita un voto A+, ma stavolta per avermi raggirata intorno al suo dito. A proposito di dita, i peli sexy sulle nocche fanno parte della sua strategia di seduzione?

Una volta che la mia mente imbocca questa sfortunata direzione, riaffiorano un mucchio di elementi che ero riuscita a ignorare, quand'ero ubriaca di vodka e lussuria. Per esempio, che cos'era quel tentativo di intercettare il telefono di qualcuno all'Hot Poker Club? Perché lui stava parlando con quei banchieri in quelle condizioni di segretezza? Perché il suo cellulare è protetto come Fort Knox?

Mi guardo allo specchio, mentre il mio umore euforico svanisce. Com'è che le cose sono arrivate a questo punto? Come ho potuto permettere a me stessa di sviluppare sentimenti per Max, senza prima risolvere tutti i miei dubbi?

Perché questa è la spiacevole verità: ho lasciato il mio cuore incustodito e, adesso, l'idea che lui possa essere una spia mi terrorizza quanto uno struzzo arrabbiato.

Combatto l'impulso di svegliarlo e iniziare un interrogatorio. Se è una spia, avrà la meglio, mentre se è il mio ragazzo, cesserà di esserlo.

Che cosa farebbe una vera spia femme fatale in questa situazione?

La risposta è ovvia e mi procura dei brividi di paura eccitata in tutto il corpo.

E se curiosassi in casa sua, mentre lui dorme, e trovassi delle prove a sostegno di una delle due teorie?

Posso quasi immaginare un diavolo sulla mia spalla (che assomiglia un po' a Gia) esortarmi a farlo. Dopotutto, ciò che sto contemplando di fare è il pane quotidiano per qualcuno che lavora nel mio campo, perché se Max *è* davvero una spia, la sicurezza della nostra nazione potrebbe essere a repentaglio. Se avessi un angelo sull'altra spalla, assomiglierebbe a Olive: le sue argomentazioni si limiterebbero a definire il concetto di violazione della privacy.

Dimenticando per un attimo i concetti di giusto e sbagliato, se procedo, come posso essere sicura di non farmi sgamare?

Non posso. Il meglio che posso fare è avere una scusa pronta sul motivo per cui mi trovo dove non dovrei essere.

Un piano mi si presenta subito. Non così subdolo come qualcosa che Gia potrebbe escogitare nel proprio cervello magico, ma dovrebbe funzionare in caso di necessità.

Tiro fuori il cellulare. Come pensavo, mi rimane circa un venti per cento di carica. Attivo la modalità "risparmio batteria" e, in un attimo, a colpo d'occhio, sembra che il mio telefono sia quasi scarico.

Ci siamo. Posso girare per la casa di Max con il cellulare in mano e, se lui mi becca a curiosare, gli dirò che sto cercando un caricabatterie.

Suppongo che il diavolo vinca. Se non troverò alcun materiale compromettente, confesserò a Max i miei più grandi segreti per placare la mia coscienza. Oppure, glieli confesserò... dopo dieci anni di matrimonio.

Prima di poter perdere il coraggio, entro in punta di piedi nel salotto e scruto il tavolino.

C'è un libro sui safari africani. Ottimo. Ora so che cosa potremmo fare, come bel regalo di compleanno per Max per il nostro anniversario di diamante, proprio prima che gli sveli la verità su oggi.

Non c'è alcun caricabatterie in vista, il che è un bene. Sono totalmente giustificata a continuare a cercare.

Entro furtivamente nel suo ufficio di casa. Nessuna pistola fumante qui (né tantomeno un caricabatterie, il che è davvero strano).

Sospiro. Avevo lasciato questa stanza per ultima, ma non c'è modo di evitarlo. Entro nello studio e rabbrividisco sotto gli sguardi di malefiche bambole-uccello.

Sono solo giocattoli. Non possono fare male a nessuno.

Volto le spalle agli uccelli, per concedermi un secondo per riprendere fiato, e mi trovo faccia a faccia con la cassaforte a muro.

Bingo! Un posto classico dove tenere i propri segreti. A proposito di classici, la serratura è del tipo a combinazione meccanica, il che è astuto da parte di Max. Queste hanno un basso tasso di fallimento e non richiedono elettricità per funzionare. Ed è anche una fortuna per me, perché è proprio il tipo di cassaforte che Gia mi ha insegnato a scassinare.

Lancio un'occhiata furtiva alla porta. Se comincio e Max entra, non avrò più scuse. Lui non crederà che sia così stupida, da cercare un caricabatterie per il cellulare dentro una cassaforte chiusa a chiave.

Nonostante il rischio, non posso trattenermi. Premo l'orecchio sulla porta della cassaforte e ruoto la manopola, finché non sento due scatti uno vicino all'altro. Da lì, uso il mio cellulare per registrare i dati che mi servono per procedere e, dopo quella che mi sembra un'ora, riesco finalmente a sbloccare la serratura.

Guardo il contenuto e lo stomaco mi si riempie di azoto liquido.

Cazzo!

Cazzo!

Cazzo!

Alla fin fine, lui è una spia.

La pistola fumante è proprio qui, letteralmente. Inoltre, ci sono un mucchio di valute e un assortimento di passaporti.

Questa dev'essere la sua scorta per la fuga, un classico delle spie, per un buon motivo. Frastornata, apro a caso il passaporto francese. Felix Stone. È un nome falso, oppure è Maxim Stolyar quello falso? Il passaporto è scaduto l'anno scorso, il che indica negligenza, ma la sua mera esistenza è incriminante.

Controllo quello tedesco. Un altro nome ancora, anch'esso scaduto. Perché averlo, se non sei una spia?

Le implicazioni mi colpiscono come una gomitata allo stomaco.

Sono andata a letto con il nemico, pensando che potesse essere il mio ragazzo.

Mi sento usata. Sporca, ma non in senso buono.

Anche se ho conosciuto Max proprio perché pensavo che fosse una spia russa, mi sento più che tradita. In qualche modo, mi aveva convinta di non essere ciò che pensavo fosse (oppure, io sono riuscita a convincere me stessa).

Stento a credere a quanto mi sento sorpresa e ferita. Stento a credere a quanto profondamente sto rimpiangendo una relazione che non è mai esistita.

Vado fuori dai gangheri (e non sono nemmeno sicura di cosa siano i gangheri). Max è il male incarnato. Come ha osato inviarmi tutte quelle foto di animali carini? Come ha osato darmi tutti quegli orgasmi? Come ha osato fingere di essere un buon partito?

La parte peggiore è quanto mi sento impotente. Non ho idea di cosa fare, ora. Questo non è solo un caso di cuore spezzato. Devo decidere se denunciarlo. Probabilmente *dovrei*. Ma, persino adesso, ferita dal suo tradimento, sono preoccupata per quello che gli succederà. Inoltre, che cosa succederà a me? Perderò il mio lavoro, se la mia agenzia verrà a sapere che sono andata a letto con un agente straniero? Mi riterranno un rischio per la sicurezza?

Per un infido momento, mi chiedo quanto sarebbe grave se non lo denunciassi. Riuscirei a vivere con me stessa? Il mio paese ne risentirebbe?

Inoltre, per un momento, mi domando se dovrei procedere nella direzione del finale della serie *Homeland*.

Ma no. Non sono neanche lontanamente brava a recitare quanto Claire Danes. Diamine, ha più capacità di recitazione lei nel mento, che non io in tutto il corpo.

Inoltre (e forse sono pazza), la cosa che mi fa arrabbiare di più non è che lui voglia nuocere al mio paese, ma che mi abbia mentito ieri sera, quando gli ho chiesto se era una spia. Sapeva che glielo stavo chiedendo come prerequisito per concedermi a lui, eppure mi ha mentito... che è come mentire sul fatto di essere single, quando non lo si è.

Forse, peggio.

Oh, merda! Che abbia una moglie in Russia? Dove finiscono le bugie?

Aspettate un attimo! Ho dimenticato il punto più importante di tutti. Dato che è una spia, se mi becca qui, la mia vita sarà in pericolo. Mi ha ferita emotivamente, quindi è fin troppo facile immaginare che mi faccia del male anche fisicamente.

Beh, non se prenderò questa pistola.

La afferro, ma scopro che non è carica. Non ci sono nemmeno proiettili in vista. È abbastanza inutile.

Ok, acquisirò delle prove e richiuderò la cassaforte, per poter fuggire con grazia. Tiro fuori il cellulare e scatto una foto a un paio di passaporti. Più tardi, potrò scoprire se sono stati rilasciati dal governo o sono falsi.

Il mio battito cardiaco s'impenna. Se non è interessato a me come fidanzata, che cosa vuole veramente? Avrà chiuso a chiave la porta d'ingresso? Mi lascerà andare via? Devo orchestrare qualcosa come garanzia: programmare un'email a un collega di lavoro per riferire la situazione (per poi cancellarla in seguito, se ne uscirò viva).

Con le mani che tremano, lancio un'applicazione che mi dà un accesso di emergenza alle email di lavoro. Il suo utilizzo regolare è disapprovato, ma ciò è irrilevante in questo momento.

Sto per inviare il messaggio, quando vedo un'email nella mia casella di posta in arrivo. L'oggetto è "Re: Favore personale" ed è da parte dell'esperto del Canada.

Mi scuso per il ritardo. Ho finalmente avuto la possibilità di fare qualche verifica su Maxim Stolyar *per te. Non mi stupisce che tu abbia incontrato difficoltà. Ho dovuto mettermi in contatto con quelli del CSIS, che mi hanno detto che lui è uno di loro. Hanno...*

Smetto di leggere, sbalordita.

Il cambio di paradigma quasi mi mozza il fiato.

Dovrei sentirmi sollevata. Emozionata, persino. Max non è russo. È canadese, proprio come aveva detto di essere. CSIS sta per *Canadian Security Intelligence Service*, il servizio di *intelligence* nazionale del Canada. Ha un budget annuale di mezzo miliardo, oltre ad essere un alleato formidabile.

Eppure, per qualche motivo, la mia rabbia non si è placata. Chiunque sia "uno di loro" non può affermare di *non* essere un agente dei servizi segreti stranieri.

Max mi ha comunque mentito in faccia, ieri sera. E aveva ancora meno motivi per farlo.

Dannato stronzo! Perché non dirmi "Non posso rispondere alla tua domanda" oppure "È un'informazione riservata"? Il solo fatto di mentire, quando io gli ho rivelato che facevo parte della NSA...

Qualcuno si schiarisce la gola con rabbia.

Merda!

Mi giro e guardo la fonte del rumore.

È Max. Come in uno specchio contorto, la sua espressione mostra la furia che imperversa dentro di me.

"Che diavolo sta succedendo?" mi chiede con voce dura.

M'infilo il telefono in tasca ed eguaglio il suo tono. "Dimmelo tu."

Max avanza con passo pesante nella stanza. "Ti ho chiesto se stavi indagando su di me per lavoro. Hai detto di no."

Sembra ferito. Che faccia tosta!

Stringo i denti. "Non è per lavoro. È più una ricerca personale."

I suoi occhi verde foresta diventano insolitamente freddi. "Molto socialmente accettabile!"

I muscoli del mio braccio fremono, mentre trattengo l'impulso di schiaffeggiarlo. "Ieri sera ti ho chiesto se eri un agente dei servizi segreti stranieri. Hai negato, ma a quanto mi risulta, il Canada non fa parte degli Stati Uniti."

Ahah! Ora, ha un'aria colpevole. Almeno per un momento. Poi, le sue labbra si appiattiscono e i suoi occhi sparano dardi di ghiaccio. "Ti ho detto la verità. Non sono nel CSIS. Non più."

"Stronzate!" grido, sopra il rimbombo del cuore che mi martella nelle orecchie. "Ti ho visto condurre operazioni clandestine."

Dannazione! Forse non avrei dovuto ammetterlo.

Sembra che l'abbia *davvero* schiaffeggiato. "Tu cosa?"

"Lascia perdere" ringhio. "Qual è lo scopo di questa

conversazione? Chiaramente, qualunque cosa ci fosse tra noi, è stato un errore, che adesso è finito."

Correzione. *Ora* sembra che gli abbia dato uno schiaffo. Forse, persino una ginocchiata all'inguine. "Bene."

"Bene?" Giro sui tacchi. "Benissimo."

Con gli occhi che mi bruciano, esco di corsa dall'appartamento e mi precipito verso l'ascensore, come se fossi inseguita da un falco rabbioso.

CAPITOLO
Trentadue

REPRIMO l'impulso di piangere per tutto il viaggio in taxi verso casa. Quando Olive mi saluta, riesco solo a fare un gesto per liquidare la sua preoccupazione e fiondarmi in camera mia. Lì, finalmente, lascio che le mie emozioni abbiano la meglio e, per le prossime non so quante ore, piango e mi crogiolo nell'autocommiserazione.

A un certo punto, un animaletto peloso si accoccola accanto a me. Me lo stringo al petto e mi sento un po' meglio, quando comincia a fare le fusa.

A Machete non piace che qualcun altro, oltre a lui, turbi la sua umana insignificante. Basta solo puntare gli artigli di Machete nella giusta direzione e poi distogliere lo sguardo, prima che la vista del massacro conseguente ti segni per tutta la vita.

Comincio a singhiozzare. Per quanto l'intera situazione faccia schifo, non voglio che Machete faccia del male a Max. Per non parlare del fatto che c'è una discreta probabilità che il felino traditore si strusci contro il responsabile della mia angoscia. Dopotutto, il loro sembrava essere un amore fraterno a prima vista.

La mia sveglia suona.

Merda! Mi ero dimenticata del lavoro.

Il viaggio verso l'ufficio avviene in uno stato di stordimento. Nella mia mente, si susseguono scene del tempo trascorso con Max: le sessioni video, gli appuntamenti, il sesso incredibile...

Per qualche motivo, ho sempre pensato che rompere con qualcuno sarebbe stato come strappare un cerotto: fa male all'inizio, ma ci si sente meglio subito dopo aver preso la decisione giusta. Stronzate! Questo sembra l'esatto opposto. Come strappare il cerotto, ma ottenere come risultato la famosa "morte per mille tagli."

Mangio la colazione alla mia scrivania... ed è insapore. Lavoro al progetto che il capo mi affida, come se avessi il pilota automatico inserito. Il mio pranzo sa di cartone; inoltre, è possibile che avvenga anche una sessione di pianto in bagno.

Devo dare merito ai miei colleghi. Nessuno di loro fa la battuta: "Sei di umore blu?" Suppongo che abbiano un buon istinto di sopravvivenza.

Il resto della mia giornata lavorativa è ancora più robotico.

Mentre vado a casa, ricevo un messaggio da Olive.

Mi dispiace per l'avviso dell'ultimo minuto, ma il mio primo colloquio di lavoro è andato così bene, che vogliono che vada in Florida per il secondo. Ho trovato dei biglietti super-economici per un volo stasera. Puoi dare da mangiare a Beaky, per favore?

Seguono istruzioni dettagliate sulla cura e l'alimentazione dei polpi.

Grandioso. Ora, persino mia sorella mi ha abbandonata. Cos'altro, poi? Una nuvoletta direttamente sopra la mia testa, come in una pubblicità di antidepressivi?

———

Quando torno a casa, la trovo vuota e solitaria. La mia cena è più insapore della colazione e del pranzo messi insieme. Dopo un altro breve pianto, do da mangiare a Beaky; poi, mando un messaggio a Olive per informarla che l'ho fatto.

Il suo cellulare suona nelle vicinanze.

Poverina! L'avrà dimenticato nella fretta di andare in Florida. Speriamo che i nostri nonni le prestino uno dei loro.

Sentendomi esausta, prendo in braccio Machete e gli accarezzo il pelo. Mentre lui mi fa le fusa, la nebbia di rabbia nel mio cervello inizia finalmente a sollevarsi. Comincio a ragionare in modo semi-coerente.

Quindi, Max è una spia. O comunque lo era. Urrà per il mio istinto! La cosa fondamentale è che non è una spia attualmente, o almeno sostiene di non esserlo. Inoltre, anche quando lo era, non era un agente nemico, ma uno dei nostri alleati.

Se guardiamo la faccenda da un certo punto di vista (cosa che mi è stata difficile da fare, fino ad ora), potrei aver reagito *un tantino* eccessivamente, quando ho rotto con lui. Sempre se è vero che non lavora più per il CSIS.

In tal caso, non mi ha davvero mentito. *Attualmente* non è un agente dei servizi segreti stranieri. In effetti, questo spiegherebbe i passaporti scaduti.

Ma se non è del CSIS, perché si comportava come una spia? Perché cercava di intercettare il telefono di qualcuno all'Hot Poker Club? Perché usava tecniche di spionaggio durante i suoi incontri con i banchieri d'investimento?

Apro le email di lavoro e torno al messaggio dell'esperto del Canada, nel caso possa gettare un po' di luce sulla questione.

Dannazione!

Sono proprio un'idiota.

Se avessi finito di leggere l'email questa mattina, la conversazione a casa di Max sarebbe potuta andare molto diversamente.

Forse. O forse no. Si sarebbe comunque incazzato per il mio ficcanasare.

In ogni caso, rileggo tutto un'altra volta, dall'inizio alla fine.

Mi scuso per il ritardo. Ho finalmente avuto la possibilità di fare qualche verifica su **Maxim Stolyar** *per te. Non mi stupisce che tu abbia incontrato difficoltà. Ho dovuto mettermi in contatto con quelli del CSIS, che mi hanno detto che lui è uno di loro. Non hanno specificato che cosa facesse per loro, ma il fatto che sia ucraino di seconda generazione è il nostro indizio. Dicono che si è ritirato qualche anno fa e ora lavora come consulente per le aziende, anche se, leggendo tra le righe, ho la sensazione che non abbia lasciato completamente il campo. Malgrado il suo lavoro nel settore privato sia segreto, sembra spionaggio aziendale, di tipo* *legale. Comunque, spero che questo ti sia d'aiuto e che ora siamo pari.*

La rileggo altre due volte.

Max si *è* ritirato.

Ritirato.

Questo significa che non mi ha mentito. *Non* è un agente dei servizi segreti stranieri.

Non attualmente.

Però... si occupa di spionaggio aziendale, il che potrebbe facilmente spiegare qualsiasi cosa stesse facendo con i banchieri e con quel telefono. Potrebbe anche essere il motivo per cui sembrava sconcertato dalla mia domanda sul fatto di essere una spia. Una persona che fa spionaggio aziendale si definisce una spia?

Suppongo di sì. Soprattutto se è un'ex spia. Se lo sei una volta, lo sei per sempre. Tuttavia, io ho detto "agente dei servizi segreti stranieri" e lui non lo è.

Questo potrebbe anche essere il motivo per cui è stato evasivo, quando mi ha detto di essere un "consulente aziendale".

Ma perché? Se mi avesse rivelato che si occupa di spionaggio aziendale, l'avrei trovata una cosa fichissima. Forse, gli avrei persino chiesto un lavoro. Sono stata così presa dai miei sogni della CIA, che non ho mai considerato d'intraprendere questa strada, ma è un'opzione molto più realistica per una come me.

Balzo in piedi e comincio a camminare avanti e indietro, mentre il mio malumore precedente si dissipa.

È stato un errore rompere con Max. Ora, me ne rendo conto chiaramente. Però, ormai ho rotto con lui e non posso cambiare il passato. La domanda fondamentale è: come posso rimediare?

Non ne ho idea, ma probabilmente servirà un grande gesto. E forse un'umiliazione. Dopotutto, nemmeno io sono stata del tutto sincera con lui.

Se facessi un grande gesto, quale dovrebbe essere?

Cammino avanti e indietro, ricevendo occhiatacce sia da Beaky sia da Machete.

Infine, mi viene in mente.

Posso aiutare Max con il suo attuale incarico! Sì, questo è quanto. Nel nuovo contesto dello spionaggio aziendale, vedo finalmente la connessione tra l'Hot Poker Club e i banchieri d'investimento. O almeno, credo di vederla.

Si tratta di Mr. Pila Sciatta. Ecco di chi era il telefono che Max cercava di intercettare.

Mr. Pila Sciatta dev'essere la chiave o, più specificamente, la società di software per cui lui lavora, quella che realizza piattaforme di trading.

Evviva! Adoro questa sensazione di pezzi del puzzle che s'incastrano.

Mi precipito al computer e le mie dita danzano sulla tastiera.

Come ho ipotizzato, le due banche sono clienti della società di Mr. Pila Sciatta e, se la mia teoria è giusta, sono anche clienti di Max.

Entro in modalità analista e leggo tutto quello su cui riesco a mettere le mani, finché non m'imbatto in due articoli che parlano delle banche d'investimento in questione. A quanto pare, entrambe le banche hanno perso un mucchio di soldi, quando alcuni fondi speculativi hanno previsto una grossa mossa che avevano appena fatto sul mercato. Entrambe le banche sostenevano che ci fosse stato un gioco sporco. Nessuna delle due aveva prove.

Ottimo. Ora, ho sufficienti conferme della mia teoria, per giustificare la parte leggermente meno legale della mia ricerca.

Una cosa alla volta. Lancio una serie di strumenti che non sono classificati, ma che preferisco non rivelare nei dettagli.

Il primo è il meno dannoso. Infatti, è una cosa che mio padre usa per la sua professione perfettamente legale di tester di penetrazione (che, come dice lui, "non è così sconcio come sembra").

Ciò che sto facendo è testare la sicurezza della società di software di Mr. Pila Sciatta. Non è una cosa malvagia. Infatti, se rivelassi loro i miei risultati, sarebbe un servizio pubblico.

La sicurezza non è terribile, nel complesso, ma scadente per una squadra di informatici. Di certo, riuscirei ad accedere senza rischiare di farmi beccare.

Questa parte successiva, mi auguro che mio padre non la faccia mai. Mi infiltro nell'intranet dell'azienda di Mr. Pila Sciatta e, poi, individuo il repository del codice, dove ci sono i file della piattaforma di trading, concentrandomi sulle sezioni di cui lui è responsabile.

Puah! Mr. Pila Sciatta non è sciatto solo con le fiches da poker; lo è anche con il proprio codice. Comunque, alla fine, trovo quello che sto cercando.

Una backdoor.

Come sospettavo, il subdolo Pila Sciatta si è

codificato un modo per scoprire ciò che i clienti della sua azienda fanno con le piattaforme di trading che comprano (come, ad esempio, investire un mucchio di soldi in una specifica azione, che ne avrebbe fatto salire incredibilmente il prezzo).

Scommetterei tutti i miei bitcoin che Mr. Pila Sciatta sta vendendo al miglior offerente queste informazioni ottenute illegalmente, il che spiegherebbe come si è procurato i soldi per la quota d'ingresso dell'Hot Poker Club.

Incoraggiata, mi vesto e torno di corsa al lavoro.

L'ufficio è vuoto, il che è un bene.

Lancio il programma **classificato** e faccio quello che Max ha cercato di fare, senza riuscirci: accedo al cellulare di Mr. Pila Sciatta.

Wow! Pila Sciatta ha un problema col gioco d'azzardo. Un problema grave, stando a giudicare dalle sue email e dai suoi messaggi.

Secondo alcuni di questi, deve dei soldi a persone losche. Infatti, lo sciocco si trova all'Hot Poker Club proprio in questo momento, probabilmente perdendo ancora una volta i propri fondi guadagnati illegalmente.

Aspettate!

Se lui è alla partita, potrebbe esserci anche Max? Dopotutto, non ha più portato a termine la sua operazione di intercettazione telefonica, il giorno in cui ci siamo incontrati per la prima volta, e vedo che Mr. Pila Sciatta si è preso una pausa dall'Hot Poker Club fino ad oggi.

Il mio battito cardiaco accelera. Mi immagino Max

che viene beccato con la cimice e poi ferito da Bogdan, il pericoloso proprietario dell'Hot Poker Club.

Dannazione! Quante possibilità ci sono che Max abbia già piazzato una cimice nel telefono di Mr. Pila Sciatta, fuori dalla partita? Poche. È stato in Canada fino a ieri. Oggi, probabilmente, è la sua prima occasione di ripetere il tentativo. È quello che farei io al suo posto.

Merda! Dovrei avvertire Max. *Devo* avvertirlo.

Ma come? Non posso telefonargli. Ti fanno spegnere e mettere via il cellulare.

Le mie gambe iniziano a muoversi, prima ancora che il mio cervello si metta in pari.

La risposta è semplice: devo andare al Palace e parlargli faccia a faccia.

Sì. Questo è quanto. Ecco ciò che farò.

A tempo record, raggiungo la mia Aston Martin e, non appena il motore prende vita, schiaccio l'acceleratore.

È il momento di una corsa automobilistica alla James Bond.

CAPITOLO
Trentatré

SECONDO IL GPS, questo viaggio dovrebbe durare venticinque minuti. Il mio obbiettivo: arrivare a destinazione in dieci.

All'inizio, fila tutto liscio. Poi, alla terza svolta, le gomme stridono e l'auto sbanda, ma mi ritrovo viva e vegeta sulla via successiva (anche se, d'ora in poi, dovrò stare un po' più attenta nelle curve).

Il limite di velocità è di cinquanta chilometri all'ora. Che assurdità! Quando posso, corro quattro volte tanto.

Un taxi giallo si ferma a uno stop: che faccia tosta! Sterzo bruscamente, cambiando corsia in un batter d'occhio, poi lo oltrepasso, come se il cartello non esistesse. Faccio altrettanto con un semaforo rosso all'incrocio successivo.

Due isolati dopo, sono costretta a rallentare per risparmiare la vita a un paio di pedoni ubriachi; cinque isolati più avanti, vedo una macchina della polizia, quindi rallento di nuovo. Anche nel caso in cui riuscissi a evitare una multa con il mio fascino, farmi fermare comporterebbe un ritardo che non posso permettermi.

Dopo nove minuti e trenta secondi, accosto davanti al Palace.

Per poco non inciampo, mentre esco dalla macchina e lancio le chiavi a un parcheggiatore.

"Puoi tenerla qui vicino all'ingresso?" Gli schiaffo in mano una banconota da cento dollari come incentivo.

Lui annuisce, con gli occhi sgranati, e io mi precipito verso l'entrata.

Ed è allora che mi ricordo di un problema che avevo completamente rimosso dalla mia mente.

Un problema enorme, da incubo.

Uccelli.

Tantissimi uccelli.

CAPITOLO
Trentaquattro

PER UN SECONDO, spero che magari qualcuno abbia acquisito un po' di buon senso e abbia decontaminato l'atrio. Quando entro, però, quella speranza va in frantumi, come un mirtillo sotto il becco crudele di un pavone.

Gli uccelli sono ancora qui.

Pavoni con le loro code abominevoli e pappagalli che assomigliano ancora di più a clown malvagi, grazie all'adrenalina che mi scorre nelle vene.

Esco immediatamente dall'atrio e afferro il parcheggiatore a cui ho appena dato la mancia. "Ho bisogno di usare l'entrata posteriore dell'hotel. So che ce n'è una. L'ho usata l'altro giorno."

Cioè, qualcuno mi ci ha portata con gli occhi bendati, ma ehi, l'ho pur sempre "usata".

Lui scuote la testa con veemenza. "Nessuno è autorizzato a entrare da là. Precauzioni di sicurezza."

Dannazione! Non ho tempo per discutere né per mettermi a cercare questo ingresso posteriore.

Suppongo che oggi sia il giorno in cui mi costringerò a camminare in un atrio infestato da uccelli. Vorrei solo avere una di quelle tute da artificieri, come quelle che indossavano in *The Hurt Locker*.

Facendo un respiro profondo, entro di nuovo nell'atrio.

Andrà tutto bene. I pappagalli sono in gabbia. Quante possibilità ci sono che scappino proprio oggi?

Questo pensiero aiuta. Un pochino.

Faccio un altro passo avanti.

Posso farcela. Sono una spia, dannazione!

Il mio prossimo passo è più sicuro.

Ma poi, come se stesse aspettando proprio questo momento, un pavone si precipita verso di me.

Con un urlo indegno, scappo via dalla bestia (e mi ci vuole tutta la mia forza di volontà, per correre in direzione dell'ascensore, anziché tornare fuori).

Un altro pavone deve fiutare l'odore della preda. Cerca di bloccarmi la strada.

Corro a zigzag verso destra, aggirando la creatura malvagia con un ampio cerchio. Ho la gola secca per l'urlo ininterrotto e mi sembra che i muscoli delle gambe mi si stiano lacerando, mentre corro verso l'ascensore con tutte le mie forze.

"Va tutto bene?" mi grida dietro il receptionist.

Non ho le energie per rispondergli che, ovviamente, niente va bene. 'Bene' è stato immerso nel catrame, coperto di piume e mi sta inseguendo proprio mentre parliamo.

Chiusa la distanza rimanente verso l'ascensore, schiaccio con foga il pulsante e mi preparo a respingere qualsiasi attacco di pavone con calci di Krav Maga spacca-ossa.

I pavoni devono rendersi conto di aver braccato un animale selvaggio, contro cui non vale la pena lottare. Dopotutto, presumibilmente, qualcuno in questo hotel li nutre (e non sanno quanto io potrei avere un buon sapore).

L'ascensore finalmente arriva. Salto dentro e schiaccio il pulsante del seminterrato, come se ne andasse della mia vita (perché probabilmente è così). Le porte si chiudono, bloccando gli orrori all'esterno. Sforzandomi di riprendere fiato, pianifico le mie prossime mosse.

Sto per andare dove non dovrei. Imbucarmi a una partita privata. Come riuscirò a farla franca?

Scarto subito una serie di idee. Fingere di essere del servizio in camera non funzionerà, per quanto potrebbe essere divertente imitare il classico film di spionaggio, rubando l'abbigliamento a una cameriera o corrompendola per farmelo dare. Forse, dovrei infilarmi nelle prese d'aria? No. Di nuovo, per quanto mi piacerebbe calarmi da qualche parte in stile *Mission Impossible*, non credo che la sauna dell'Hot Poker Club abbia una presa d'aria, anche se potrebbe essercene una nello spogliatoio.

No. Userò il buon vecchio principio del *KISS*, popolare tra gli sviluppatori di software: *Keep It Simple, Stupid* (rimani sul semplice, stupido).

Se sfidata, dirò che sto cercando il bagno. Questo è quanto.

Posso recitare facilmente quella copertura. Mi

basterà ricordare che mi sono quasi pisciata sotto durante l'attacco dei pavoni nell'atrio.

Le porte dell'ascensore si aprono. Esco e mi precipito nel corridoio più vicino.

A quest'ora, non ci sono membri del personale in giro. È un bene.

Annuso l'aria. Si percepisce un leggero odore di cloro e limone, quindi l'Hot Poker Club non può essere lontano.

Corro su pavimenti in moquette, svoltando qua e là, grazie all'olfatto e all'intuito. Una di queste due cose si dimostra affidabile, perché alla curva successiva, la moquette sotto i miei piedi diventa un pavimento di piastrelle, cosa che ricordo dalla mia visita precedente.

Ottimo.

Alla prossima svolta, l'odore che stavo seguendo diventa molto forte e, poi, scorgo una porta in lontananza.

Scommetto che è quella dello spogliatoio.

Il problema è che due tipi corpulenti sono in piedi davanti alla soglia.

Mentre mi avvicino, ne riconosco uno. È l'anima coraggiosa che aveva scacciato via un piccione per me.

Accidenti! Adesso mi sentirò in colpa a ingaggiare un combattimento per entrare (che forse non sarebbe l'idea migliore, considerando che questi tipi potrebbero essere armati).

Mi attengo al mio semplice piano e sfrutto tutta la mia capacità di recitazione, per correre come una donna con la vescica che sta per scoppiare.

"Che diavolo succede?" chiede la guardia sconosciuta, mentre io sfreccio verso di loro.

"Ho bisogno del bagno." Saltello da un piede all'altro, come se una fontana zampillante stesse per sgorgare dalla mia uretra.

Il tipo che ho riconosciuto sembra riconoscermi a sua volta. Aggrotta la fronte. "Devi giocare oggi? Non avevo capito che fossi una cliente fissa, adesso."

"Ho solo bisogno del bagno" ripeto e, senza aspettare che mi trattengano, mi precipito nello spogliatoio.

"Ferma!" grida qualcuno.

Non obbedisco. Invece, corro verso la sauna, come se tutti i pavoni e i pappagalli del mondo mi stessero alle calcagna.

Quando irrompo nella stanza, il vapore blocca inizialmente la mia visuale dei giocatori.

Sbattendo le palpebre, distinguo il proprietario, Bogdan, con le fiches in una disposizione scultorea. Anche Mr. Pila Sciatta è qui e, com'era prevedibile, il suo cumulo di fiches è disordinato.

I due buttafuori entrano di corsa dietro di me. Allungano le mani per afferrarmi, ma Bogdan li ferma con soltanto uno sguardo.

Sudando a più non posso (e non solo per il caldo), scruto ancora una volta l'ambiente che mi circonda e mi rendo conto che due cose non hanno senso.

Uno: Max non è qui.

Due: c'è Clarice (anche se non la riconosco subito, senza il suo costume da pirata).

L'assenza di Max è misteriosa. L'ho mancato?

Sembra improbabile, visto che non c'è alcuna sedia vuota.

Pensandoci bene, la presenza di Clarice ha un senso. *Aveva* effettivamente intenzione di venire a giocare qui. Le ho dato io stessa i soldi per la quota d'ingresso.

Deduco che la sua partita sia oggi.

Mmm. I suoi capelli sono sempre stati così belli sotto il bicorno (o in qualunque modo si chiami il suo cappello)? Inoltre, come mai sta fissando Bogdan in modo così lussurioso? Non le ho forse detto che lui è pericoloso?

A proposito di pericolo, Bogdan stringe gli occhi verso di me. "Che ci fai tu qui?"

Clarice sposta lo sguardo da lui a me e sgrana gli occhi. "Blue?"

Merda! È il momento di una strategia d'uscita. La mia mano si tuffa nella borsa come se avesse una mente propria.

Gia sarebbe orgogliosa del mio prossimo stratagemma.

La mia mano se ne esce reggendo un tampone. Mi precipito da Clarice e glielo piazzo tra le mani, con la serietà di un'atleta di staffetta che passa il testimone.

Prevedibilmente, gli uomini si comportano come se il tampone fosse un lebbroso, tirandosi tutti indietro all'unisono.

Essendo una maga, Clarice è abile nell'inganno quanto Gia. Prende il tampone come Gollum farebbe con il suo prezioso anello. "Grazie, Blue. Mi hai salvato la vita."

Guardo Bogdan. "Scusate l'interruzione." Mi

preparo a dirgli che sono un'agente governativa, per cui uccidermi sarebbe davvero nocivo per i suoi affari *e* la sua salute.

"Come hai trovato questo posto?" mi chiede con espressione di pietra. "Non ti hanno bendata l'ultima volta, mentre entravi?" Lancia un'occhiata truce ai buttafuori.

"Oh, mi hanno bendata molto bene" rispondo rapidamente. "Soprattutto questo signore." Indico il tizio che mi ha salvata dal piccione. "Solo che ho un ottimo senso dell'orientamento e il mio ragazzo mi ha detto in quale hotel si teneva il gioco. È un cliente abituale."

Bogdan inarca un sopracciglio. "Maxim Stolyar?"

"Come fa a saperlo?" gli domando di botto.

Lui sorride. "Osservo sempre quello che succede al tavolo."

Giusto. Ha colto il nostro linguaggio del corpo e lo ha estrapolato. Un uomo pericoloso sotto più di un aspetto.

"A proposito di Max, oggi non sono riuscita a contattarlo" dico. "Non è venuto qui, vero?"

Clarice scuote la testa.

"Bene, bene." Vorrei *davvero* poter usare il bagno, a questo punto. "Immagino che me ne andrò?"

Dannazione! Una spia tosta non la farebbe suonare come una domanda.

"Scortatela" ordina imperiosamente Bogdan ai buttafuori.

Indietreggio. "Grazie." Saluto Clarice. "Buona fortuna."

Dopo essere uscita dalla sauna, chiedo: "Posso usare il bagno?"

I buttafuori si sono forse esercitati a roteare gli occhi in sincronia, come le ragazze adolescenti?

L'ammazza-piccioni indica i gabinetti vicini. "Vai."

Uso i servizi e, poi, lascio docilmente che i due tizi mi guidino attraverso i corridoi. Quando vedo che ci stiamo dirigendo verso l'ascensore, mi blocco. "C'è la possibilità che mi facciate passare dall'uscita posteriore?"

"Perché?" mi chiede l'ammazza-piccioni.

Fisso la moquette sotto i miei piedi. "Ci sono uccelli nell'atrio."

Un altro roteare d'occhi è seguito da un riluttante: "Da questa parte."

Evviva! Mi fanno uscire da una porta sul retro, poi mi mostrano la strada per l'ingresso anteriore dell'hotel.

Il parcheggiatore a cui avevo dato la mancia prende la mia auto con la massima rapidità.

Non appena salgo, schiaccio l'acceleratore, allontanandomi da lì, prima che qualcuno cambi idea sul fatto di lasciarmi andar via.

Quando sono abbastanza distante, rifletto sulla mia destinazione.

Dovrei andare a trovare Max a casa?

È tardi, perciò potrebbe sembrare un po' strano. D'altra parte, se non lo faccio, starò sveglia tutta la notte, desiderando di esserci andata.

Così decisa, guido direttamente fin lì o, più precisamente, sfreccio.

———

Sette minuti dopo, suono il campanello di Max. Non apre. Non si oscura nemmeno il suo spioncino, quindi è probabile che lui non sia in casa. O forse, è così astuto: sa che sono io e non si avvicina nemmeno alla porta.

Reprimo l'impulso di forzare la serratura. Se è in casa, non sarei d'aiuto alla mia causa, e se non lo è, che senso avrebbe fare irruzione?

Sospirando, torno alla macchina e guido verso casa mia lentamente, cioè al doppio del limite di velocità.

———

Dopo aver parcheggiato l'auto nel parcheggio del mio seminterrato, salgo in ascensore e valuto se dovrei chiamare Max, dato che non sono riuscita a organizzare un faccia a faccia.

Prima che io prenda una decisione, l'ascensore si ferma al piano dell'atrio ed entra un uomo dall'aspetto familiare.

Dove l'avrò conosciuto? E come fa lui a conoscere me? Perché dev'essere così. Le sue narici si dilatano e la sua mascella si contrae, mentre mi fissa trucemente, cosa che non si farebbe con gli sconosciuti. In genere. A meno di non essere uno psicopatico.

"Ti sei tagliata quei cazzo di capelli?" chiede a denti stretti, con un fiato che odora di distilleria.

Ah. Ora ricordo! Ho visto la sua faccia in una foto a casa di Olive.

È Brett, quello stronzo del suo ex. Pensa che io sia lei. Ma che cosa ci fa qui?

"Come mi hai trovata?" gli chiedo, decidendo di stare al gioco.

Arriccia il labbro superiore. "Stupida troia. Riesco sempre a trovarti."

I miei occhi si riducono a due fessure. "Come mi hai appena chiamata?"

In un lampo, mi rendo conto che lui pensa che Olive sia qui a causa di qualche applicazione che deve aver installato sul suo telefono (che lei ha dimenticato a casa mia).

È ipocrita da parte mia ritenerlo uno stronzo ancora più grande per questo, considerando che io stessa ho messo un localizzatore sul *suo* telefono? Anche se mi sono completamente dimenticata d'impostare un allarme per avvisarmi, nel caso in cui si fosse avvicinato a Olive. Dovrò correggere questo errore (e rendere il raggio d'azione di trenta metri).

Inoltre, grazie al cielo ha incontrato me anziché Olive.

"Ho detto 'stupida troia del cazzo'" ringhia Brett, assaporando ogni parola.

Assumo una posizione da Krav Maga. "Stai commettendo un grosso errore. Hai una sola possibilità per andartene e non pensare mai più a me. Una sola ed unica possibilità."

Lui mi schernisce. "Quel taglio di capelli ti fa sembrare un finocchio."

Stringo e rilasso i pugni. "D'accordo. Una *seconda* possibilità. Non costringermi a farti del male."

L'ascensore si ferma.

"Vattene" gli dico gelidamente, uscendo dall'ascensore. "Finché puoi."

Con uno ghigno, Brett si scaglia contro di me.

Penso che intenda afferrarmi il gomito, ma non succederà. Ruoto sulle punte dei piedi e lui trova aria dove c'era il mio gomito. Prima che possa riprendersi, gli sferro un pugno sul tronco.

L'aria gli esce dai polmoni con un udibile fruscio, ma suona come "troia", quindi gli do un manrovescio in faccia.

A suo credito, si riprende rapidamente e cerca di darmi un pugno.

Mi abbasso, ma prima che io possa concludere questo combattimento con un calcio fracassa-palle caratteristico del Krav Maga, c'è una macchia in movimento dietro di me.

Mi giro e guardo con stupore, mentre un pugno forte si connette con la mascella di Brett, mettendo lo stronzo al tappeto.

Sbatto le palpebre senza capire in direzione di Max, il proprietario del pugno. "Che cosa ci fai qui?"

"Chi è questo?" Max dà un calcio al corpo svenuto di Brett con la punta della scarpa.

"Brett. L'ex ragazzo di Olive. Sul serio, ti stavo proprio cercando."

"Un secondo." Max tira fuori il cellulare e compone un numero.

"911, qual è la sua emergenza?" chiede una voce squillante all'altro capo della linea.

"Un uomo ha appena aggredito la mia ragazza" dice

Max. "Potete mandare qualcuno, per favore?" Fornisce l'indirizzo.

Mi ha definita la sua ragazza! Significa che mi ha perdonato, o era solo il modo più semplice per spiegare la situazione all'operatrice telefonica?

Quando Max riattacca, sto per chiedergli cosa stia facendo a casa mia, quando lui mi domanda: "Hai delle manette?"

Giusto. Brett potrebbe riprendere i sensi.

"Dammi un secondo." Corro nel mio appartamento e, per poco, non inciampo su Machete.

Non preoccuparti della polizia. Lascia Brett da solo con Machete. Non darà più fastidio a nessuno.

Trovo un paio di manette ricoperte di pelliccia leopardata (che speravo di usare su Max, prima o poi).

Quando torno e le porgo a Max, lui ammanetta Brett alla scala, prima di scrutarmi con un'espressione illeggibile.

"Mi stavi cercando?" chiede.

Annuisco vigorosamente. "Come mai sei qui?"

Sospira. "Ti stavo cercando. Ovviamente."

"Perché?" gli chiedo.

Brett comincia a imprecare e a lottare contro le manette.

Indico la mia porta con un cenno. "Ti va di parlare dentro?"

Max accetta.

Entriamo nel mio appartamento e chiudo la porta, tagliando fuori i rumori fastidiosi che escono dalla bocca di Brett.

Machete saluta Max strusciandosi contro i suoi pantaloni.

Machete non sa cosa ci sia di così simpatico in questo umano insignificante, ma Machete segue la corrente e fa tutto quello che vuole.

Beaky cambia colore e il gatto se la dà a gambe.

Mi siedo sul divano e do dei colpetti al cuscino accanto a me.

Max si accomoda dove gli ho suggerito. "Volevo scusarmi."

Per poco non salto in piedi. "Anch'io!"

Un sorriso gli sfiora gli occhi. "Prima io."

Metto un finto broncio. "Non è molto cavalleresco da parte tua, ma va' avanti."

La sua espressione torna seria. "Quando mi hai chiesto se ero un agente straniero, avrei dovuto parlarti del mio passato nel CSIS."

Annuisco. "E anche dello spionaggio aziendale."

Sgrana gli occhi. "Stavo proprio per... Come fai a saperlo?"

Sorridendo diabolicamente, gli confesso che non solo conosco il suo lavoro in generale, ma che ho capito la sua attuale indagine in particolare e, oltretutto, l'ho risolta per lui.

"Non ho parole" esclama. "Ok, forse ne ho tre: tu sei pericolosa."

Mi avvicino a lui. "Pericolosa in senso meraviglioso, vero?"

Il suo sguardo verde foresta si scalda. "Nel senso più meraviglioso."

Gli poso la mano sul ginocchio. "Se vuoi, posso fare

in modo che le malefatte di Pila Sciatta siano segnalate alla SEC, e tu puoi dire ai tuoi clienti che è opera tua."

Mi copre la mano con la propria. "Ripeto, non ho parole."

"Bene" commento. "Ora è il mio turno. Mi dispiace di aver invaso la tua privacy in quel modo e, soprattutto, mi dispiace di aver detto che tra noi era finita."

Si sporge verso di me. "No. Dispiace a me per non aver cercato di convincerti a restare e parlare. E perché mi ci è voluto tutto il giorno, per rendermi conto che dovevo riprenderti. Tu sei…"

Lo zittisco con le mie labbra e lui ricambia con meravigliosa ferocia.

Mentre le sue mani vagano sul mio corpo sopra i vestiti, mi viene una gran voglia di spogliarmi.

Perché la cosa è così eccitante? Stiamo per fare del sesso riappacificatore?

Sto per sbottonargli i pantaloni, quando suona il mio stupido campanello.

Max si ritrae. "Dev'essere la polizia."

Oh. Giusto. Mi ero dimenticata di Brett… e del resto della razza umana.

Mi alzo e mi sistemo i vestiti. "Sai, non avevo bisogno che tu mi proteggessi da quello stronzo."

Max ride. "Oh, lo so bene. Mi sa che, in realtà, stavo proteggendo le palle di quello stronzo. È un fatto di solidarietà maschile."

Ridendo, apro la porta ai poliziotti e offro loro un caffè. Bevande alla mano, ci sediamo in cucina e parliamo. Dico loro che lavoro per il governo, il che li conquista subito. Poi, spiego che Brett è stato orribile con la mia sorella gemella, che oggi mi ha scambiato per lei e, infine, che ho intenzione di sporgere denuncia. Mi rassicurano sul fatto che Brett stia andando in prigione a smaltire l'alcool che ha in corpo e, poi, si raccomandano che mia sorella ottenga un ordine restrittivo.

"Allora, dove eravamo rimasti?" chiedo a Max, quando gli agenti se ne vanno.

Agita le sopracciglia. "Credo che tu volessi farmi fare un giro del tuo appartamento."

Stringo le mie perle inesistenti. "C'è solo una stanza che non hai visto, a questo punto: la mia camera da letto."

Mi guarda con desiderio. "Mostrami tutto."

Obbedisco volentieri. Non appena siamo in camera da letto, ci saltiamo addosso a vicenda.

Il sesso è più urgente di quello della notte scorsa. Più sudato e più disperato.

Mentre giaciamo distesi, dopo l'orgasmo, Max si solleva su un gomito e mi guarda. "Scusarmi era solo uno dei motivi per cui volevo parlarti faccia a faccia" afferma con voce bassa e seria.

Mi mordo il labbro. "Ah sì?"

"Volevo anche dirti una cosa."

Il mio battito cardiaco va alle stelle. "Anch'io."

I suoi occhi si arricciano agli angoli. "Prima io."

Sento che potrei scoppiare dall'eccitazione. "Di nuovo, non è molto cavalleresco da parte tua, ma va' avanti."

I suoi occhi brillano. "Sei una coppia per il mio tris. Un bambù per il mio panda. Un..."

"Un Martini agitato, non mescolato, per il tuo James Bond" sbotto. "Il salo per il tuo pane. Un..."

Mi posa la mano sulla guancia. "Quello che sto cercando di dire è che ti amo, sonechko. Con tutto me stesso."

"È quello che stavo cercando di dire anch'io! Cioè, anch'io ti amo."

Il sorriso che mi rivolge illumina tutto il mio mondo e, mentre le nostre labbra s'incontrano di nuovo, so che ovunque andremo da qui in poi, ricorderò per sempre questo momento.

E, auspicabilmente, molti altri momenti come questo a venire.

Epilogo

MAX

"CHE COS'È QUELLO?" Indico una delle due piccole creature che sembrano antilopi. Sono le mie attuali favorite per il titolo di animale più carino che abbia mai visto.

Blue sorride raggiante, cosa che sta facendo spesso, durante questo viaggio alla fattoria dei suoi genitori. "Quello con le corna è Buzz" risponde. "Quello senza corna è Bean."

Scuoto la testa. "Sai che ti stavo chiedendo che tipo di creature sono Bean e Buzz. Non i loro nomi."

Sono rimasto sconcertato più volte di quante voglia ammettere, qui alla fattoria, e solo in parte dalle specie dei residenti pelosi. Più spesso, sono stato spiazzato dal comportamento degli adorabili genitori hippie di Blue, come quella volta in cui sua madre ci ha dato una serie di consigli molto specifici per la camera da letto. O la volta in cui ci ha impartito una lezione sull'importanza della lubrificazione. O quando suo padre mi ha massaggiato i piedi, dopo che io e Blue siamo tornati da

317

una lunga escursione e ho commesso l'errore di dire che avevo i piedi stanchi. O la volta in cui suo padre mi ha massaggiato le spalle (dopo che gli ho chiesto la sua benedizione per fare quello che sto per fare), perché riteneva che fossi troppo teso. O la volta in suo padre mi ha massaggiato la testa, senza alcuna ragione. Oppure…

"È un dik-dik" afferma Blue, interrompendo il treno dei miei pensieri.

Fisso la piccola creatura simile a un'antilope. "Un cosa?"

"Hai sentito bene. Un dik-dik." Sogghigna. "Sono autoctoni delle regioni meridionali dell'Africa."

Stavolta, non mi prendo la briga di verificare la sua dubbia affermazione con una ricerca sul cellulare, come ho fatto l'altro giorno con Salty, che si è rivelato essere esattamente ciò che Blue aveva dichiarato: un clamidoforo rosa, endemico dell'Argentina centrale.

Lancio dei mirtilli a Bean e Buzz. "Stento a credere a ciò che sto per dire, ma i dik-dik sono carini."

Lei sbuffa. "Credo che tu intenda" rende la voce più profonda, "'mi piace il dik-dik'."

Resisto all'impulso di fare l'ovvia battuta su quanto a lei piaccia il mio cazzo (in inglese, *dick*), che ha ritenuto così importante, da affibbiargli il nome in codice 'Maximus'. "I dik-dik sono più carini dei clamidofori rosa."

Lei sussulta teatralmente. "Sei pazzo! Salty è la creatura più adorabile, qui alla fattoria. Quanti altri animali rosa conosci?"

So bene che è meglio non menzionare uccelli come

la spatola rosa e il fenicottero, soprattutto in questo giorno speciale. "Intendi qui alla fattoria? I maiali. Se intendevi in generale, invece, ci sono i nudibranchi e altre creature marine."

Si morde il labbro. "Mi piacerebbe approfondire il tuo ramo nudista."

Dannazione! Il sangue mi defluisce dal cervello per scorrere giù fino a Maximus.

Forse, posso rimandare il mio piano e trascinarla nella nostra camera da letto?

"Mamma sta pulendo la casa" dice Blue, leggendomi chiaramente nel pensiero. "E papà sta spalando il letame di cavallo, quindi anche rotolarci nel fieno è fuori questione." Si china, mi lecca l'orecchio e sussurra dolcemente: "Che ne dici di fare una passeggiata e fermarci di nuovo in quel prato?"

Cazzo, sì! È proprio il prato dove l'avrei portata comunque, ma ora, prenderemo due piccioni con una fava (espressione che, al giorno d'oggi, uso solo mentalmente).

Usciamo e discutiamo sulla carineria degli animali lungo la strada, in particolare quando qualche creatura attraversa il nostro cammino. Quando individuo degli uccelli, sparo loro con un fucile Nerf. I piccoli dardi arancioni non farebbero male alle creature piumate nemmeno se le colpissi, ma io miro al ramo su cui sono appollaiate (e sono un buon tiratore).

Parliamo anche della prossima missione che svolgeremo. Sono riuscito a convincere Blue a lavorare per me, anziché per la CIA. Lei sostiene che sia bastato guardare *Duplicity*, un film di spionaggio aziendale con Clive Owen e Julia Roberts.

"Che cos'è questo?" chiede Blue, quando raggiungiamo il prato.

Sorrido.

Su mia richiesta, sua madre oggi le ha domandato di fare una "chiacchierata tra donne", così io ho avuto l'occasione di sgattaiolare fuori e spargere petali di rosa su tutto il terreno, aumentando il romanticismo di questo posto già splendido.

Mi giro verso di lei. "Voglio dirti una cosa."

Sgrana gli occhi. "Anch'io!"

"Prima io." Le scosto una ciocca di capelli biondo fragola dietro l'orecchio. Se li è lasciati crescere durante i sei mesi in cui siamo stati insieme e, ora, corrispondono alla parrucca che aveva indosso il giorno in cui ci siamo conosciuti. Il giorno in cui è piombata semi-nuda in quella partita di poker.

Il giorno in cui ho deciso di farla mia.

Inclina la testa. "Ancora non cavalleresco, ma va' avanti."

Tiro fuori la scatola con l'anello e mi godo l'espressione di gioia stupita sul suo volto, mentre m'inginocchio. La mia voce si fa più roca. "Blue, sonechko... Non posso immaginare la mia vita senza le tue 'capacità molto particolari'. Tu fai onore alla Femme Fatale Association of America e ora, io vorrei avere l'onore di farti diventare mia moglie."

Con un respiro profondo, apro la scatola.

"Sì!" risponde con un sussulto e infila il dito

nell'anello, prima ancora che io lo tiri fuori dalla scatola. "Ora alzati. È il mio turno."

Mentre mi alzo, provo quella sensazione (ormai familiare) di restare sconcertato. "Vuoi ancora dirmi qualcosa?"

"Beh, sì." Fissa l'anello con aria rapita, girando il dito da una parte all'altra.

Sembra che io debba un enorme favore al suo amico Fabio. Aveva ragione, quando mi ha detto che lei sarebbe impazzita per questo anello.

Infine, alza lo sguardo sul mio viso. "Quello che ho da dirti si riconduce alle creature carine. In questo caso, credo addirittura che concorderemo." Tira fuori dalla tasca un oggetto simile a un bastoncino e me lo spinge tra le mani. "È meglio che non lo lecchi" aggiunge. "Ci ho fatto la pipì sopra."

Fisso il bastoncino di plastica. Ci sono due linee nella finestrella.

Un test di gravidanza.

Due linee e, di lato, c'è una spiegazione.

Due linee significano incinta.

Incinta.

Lo shock e la gioia irradiano calore in tutto il mio corpo, come uno shottino di horilka bollente.

Come? Quando? In realtà, chi se ne frega? Stiamo parlando di una piccola creatura che è in parte Blue. Sarà sicuramente più carina di un panda. Forse anche più carina di un dik-dik.

Blue sembra insolitamente incerta, mentre dice: "Avremmo dovuto usare un preservativo, quando ho preso quell'antibiotico, credo. So che è…"

La metto a tacere con un bacio. Sollevandola da terra, la faccio volteggiare, come potrei fare con la nome-in-codice: Piccola Creatura.

"Hai dimenticato che conosco il Krav Maga?" mi chiede tra le risate.

La metto giù con un sorriso. "Ora che hai ottenuto da me quello che ti serviva, sfodererai i calci fracassa-palle?"

"No." Si sbottona la parte superiore della camicetta, esponendo la pelle liscia, tutta da leccare, e i rigonfiamenti dei seni deliziosamente rotondi. "Ho ancora bisogno dei tuoi kiwi." La camicetta cade sull'erba. "Bisogno urgente."

La bestia dentro di me si risveglia. Mi sembra che i vestiti mi stiano stretti sul corpo, come se stessi per trasformarmi in un orso mannaro, a cominciare dal cazzo. Blue raggiunge il gancetto del reggiseno e io mi lancio verso di lei, spogliandomi contemporaneamente.

Ridacchiando, si mette a correre; io la inseguo fino al centro del prato, dove ho preventivamente disteso una coperta. Afferrandola, la atterro come una dik-dik, ma con attenzione. Perché è una dik-dik incinta.

Bloccandole le braccia sopra la testa, sorrido al suo viso arrossato. "Ti amo" le dico in ucraino.

Mi sorride a sua volta. "Ti amo anch'io. A proposito, chi sta seducendo chi in questo momento?"

Le mordo il lobo dell'orecchio, come piace a lei, e inalo il suo dolce profumo femminile. "Io seduco te?"

"Non è giusto!" ansima.

Le mordicchio il collo delicato. "È questo il

problema delle spie. Non giochiamo mai secondo le regole."

Geme. "Questo è vero. Terribilmente vero."

Intrecciamo le dita e io comincio la mia seduzione. O, forse, lei inizia con la sua. È dura a dirsi. Dura come il marmo...

Più tardi, mentre ci accoccoliamo insieme, con il suo culo formoso annidato contro Maximus, ora soddisfatto, guardo il cielo azzurro e immagino il nostro futuro insieme, nonché quello che potrebbe l'aspetto di nome-in-codice: Piccola Creatura.

Un ampio sorriso mi si estende sul volto. Questo nostro futuro sarà pieno di avventura, amore e gioia (e giochetti anali).

Non lo direi mai ad alta voce, ma non corro il rischio che mi vengano le palle blu, con Blue al mio fianco.

Anteprime

Grazie per aver partecipato al viaggio di Blue e Max!

Cerchi altre commedie romantiche spassose? Se non
l'hai già fatto, devi assolutamente conoscere la famiglia
Chortsky nella serie *Hard Stuff*! Leggi la storia di Vlad
in *Hard Code – Codice Duro*, la storia di Bella in *Hard
Ware – Arnese Duro* e quella di Alex in *Hard Byte –
Lavoro duro*. E assicurati di dare un'occhiata a *Royally
Tricked – Inganno regale*, un romanzo principesco che
vede protagonisti lo spericolato Tigger (da *Hard Ware –
Arnese Duro*) e Gia, la sorella maggiore di Blue!

Inoltre, vorrai sicuramente leggere *Uomini e Polpi*, una
commedia romantica con protagonisti Olive (una delle
gemelle di Blue) e il suo nuovo capo straordinariamente
sexy (e irritante), che passeranno dall'essere nemici a
diventare amanti.

Se desiderate ricevere una notifica quando il prossimo

libro verrà pubblicato, iscrivetevi alla mia mailing list delle nuove pubblicazioni sul sito www.mishabell.com/it/.

Misha Bell è una collaborazione tra marito e moglie, gli autori Dima Zales e Anna Zaires. Quando non ti stanno facendo sbellicare dalle risate sotto lo pseudonimo di Misha, Dima scrive romanzi di fantascienza e fantasy, mentre Anna scrive storie d'amore dark e contemporanee.

E ora, voltate pagina per un breve assaggio di *Royally Tricked – Inganno regale* e *Il Titano di Wall Street* di Anna Zaires.

Estratto da Royally Tricked – Inganno regale

DI MISHA BELL

Un principe spericolato vuole pagarmi un mucchio di soldi affinché lo alleni a trattenere il respiro sott'acqua per dieci minuti? Ci sto!

Solo che io sono una maga, non una consulente di acrobazie. La mia immersione in apnea da record era un trucco. Naturalmente, non posso dirlo al mio cliente, il maestosamente affascinante Anatolio Cezaroff, alias Tigger. Non se voglio riuscire a pagare l'affitto.

Inoltre, non sono esattamente a mio agio con i germi. Tutti i germi, compresi quelli che si annidano su uomini super-attraenti. Quindi, innamorarsi del mio bellissimo cliente è fuori questione; ho intenzione di mantenere le distanze.

Questo… finché lui non si offre di allenarmi a letto.

"Holly?" chiede una voce maschile sconosciuta, proveniente dalla strada.

Guardo il nuovo arrivato e, improvvisamente, è il mio turno di rimanere a bocca aperta.

Non mi ero resa conto che questo livello di perfezione maschile esistesse al di fuori di Hollywood.

Lineamenti cesellati. Naso romano. Occhi nocciola vagamente felini, che puntano il mio viso in modo predatorio, facendomi sentire come una gazzella in procinto di essere divorata.

Ingoio la sovrabbondanza di saliva nella mia bocca con un sonoro 'gulp'.

Lo sconosciuto ha le spalle larghe, il torso muscoloso ricoperto da una maglietta bianca aderente e, nonostante i jeans strappati che gli calzano bassi sui fianchi stretti, c'è qualcosa di regale in lui... un'impressione avvalorata dallo strano disegno sulla fibbia della sua cintura. Assomiglia a uno stemma che un cavaliere medievale potrebbe apporre sul proprio scudo.

Mi hanno detto che paragono troppo le persone alle celebrità, ma è difficile farlo con questo ragazzo. Forse, se l'amore tra Jake Gyllenhaal e Heath Ledger in *Brokeback Mountain* avesse dato un frutto?

No, lui è addirittura più bello di così.

Rendendomi conto che sto fissando il suo viso troppo intensamente, perché sia considerato educato, abbasso lo sguardo e noto che sta impugnando due cinghie di cuoio. Guinzagli, presumibilmente.

Aspettandomi quasi di vedere delle schiave sessuali

consenzienti all'altra estremità di quei guinzagli, vi trovo invece due strani cani.

Almeno, credo che quelle creature siano cani.

Uno sfoggia macchie bianche e nere, che lo fanno sembrare un panda. In realtà, date le dimensioni gigantesche della creatura, non posso escludere la possibilità che si tratti *davvero* di un orso. Inoltre, come se l'aspetto di una specie orsina in via di estinzione non fosse già abbastanza strano, la bestia indossa degli occhialini.

Che sia per problemi di vista, oppure il panda sta andando a fare snowboard?

La seconda creatura è senza occhiali e mi ricorda un koala, solo molto più grande e con una lingua canina a penzoloni.

Mi sforzo di riportare lo sguardo sul loro padrone assurdamente bello. "Ciao" è tutto ciò che riesco a dire. I miei ormoni iperattivi sembrano avermi privata della facoltà di parola.

Lo sconosciuto stringe gli occhi nocciola. "Tu *sei* Holly, vero?"

Questa è la tua occasione, afferma la prestigiatrice che è in me. *Inganna lo sconosciuto sexy! Prendilo per i fondelli!*

Scacciando la lussuria con un eroico sforzo di volontà, mi sfrego (mentalmente) le mani, come un'autentica cattivona. Prima di adottare il mio attuale personaggio dalla pelle pallida e dai capelli corvini, venivo regolarmente scambiata per la mia gemella identica, persino dalle persone più vicine a noi. I nostri volti di forma ovale sono esattamente uguali, con tanto di zigomi alti e naso importante. Sono letteralmente nata per questo specifico inganno.

Aggiungendo un leggerissimo tocco snob alla mia voce, chiedo: "Chi altro potrei essere?"

Ci siamo. Se sa che Holly ha una gemella di nome Gia (cioè, me), esprimerà quel dubbio adesso e io mi arrenderò.

Forse.

Scommetto che riuscirei a raggirarlo, persino se sapesse della mia esistenza.

Lui mi fissa intensamente. "Hai cambiato colore di capelli."

"Cosplay della *Famiglia Addams*" dico con la mia migliore voce da Morticia Addams. Non è la mia bugia più convincente, ma sembra che il ragazzo se la beva comunque. Poi, mi accorgo di un problema: Waldo, che sbatte le palpebre con aria confusa, sta per parlare. Gli do un calcio alla gamba sotto il tavolo e chiedo allegramente allo sconosciuto: "Conosci Waldo?"

Spero che il figo gli tenda la mano e si presenti, permettendomi così di scoprire il suo nome.

La mia manovra malvagia viene sventata dal panda, che tira con i denti la gamba dei pantaloni del figo. Vedendolo, il koala fa altrettanto dall'altra parte, solo che i suoi movimenti sono goffi, da cucciolo, e gli lascia un buco nei pantaloni.

Se è così che i cani ottengono la sua attenzione, non c'è da stupirsi che indossi dei jeans tanto strappati. Inoltre, bleah! Spero che lavi via quella saliva di cane dai pantaloni il prima possibile.

"Un attimo, ragazzi" dice lo sconosciuto ai propri amici pelosi, con un tono caloroso e paterno, che mi agita qualcosa nel petto. "Non vedete che sto parlando con Holly?"

Bingo! Crede che io sia Holly.

Alzando lo sguardo dai cani, lo sconosciuto lancia un'occhiata a Waldo. Anche lui pensa che il mio amico assomigli a Willem Dafoe, però quando interpretava il mentore di Aquaman e non il Green Goblin di *Spider-Man*?

Prima che possa chiederglielo, lo sconosciuto riporta lo sguardo su di me. "Quello non è il tuo ragazzo."

Sbatto le palpebre. Conosce il ragazzo di Holly? Dov'è che mia sorella trova tutti questi bei fusti? Questo qui è ancora più figo del suo Alex.

"Infatti" confermo, impersonando di nuovo lei. "Lui è solo un *amico*."

Il sorrisino malizioso dello sconosciuto è come un guizzo sul mio clitoride. "Non credo che uomini e donne possano essere solo amici."

Possono, eccome. Io e le mie sorelle siamo amiche di un certo ragazzo da sempre, ma lui non ci ha mai provato con nessuna di noi. Certo, è gay, ma comunque...

Waldo si alza in piedi, ferito nella dignità. "Senti, amico, sono allergico ai cani, perciò, se non ti dispiace..."

"Amico?" Gli occhi felini dello sconosciuto sono beffardi, mentre catturano i miei. "Vedi? Non gli piace che io mi stia intromettendo nel suo territorio."

Il calore che mi attraversa non è più lussuria. Che faccia tosta, questo tipo! "Io non sono il territorio di nessuno." E certamente non di Waldo. Anche lui non ci ha mai provato con me, in tutti i diciotto mesi che ci conosciamo.

Waldo diventa rosso in faccia e stringe la presa sul coltello (che non mi aveva restituito).

Sul serio? Il testosterone può rendere qualcuno *così* stupido?

"Ha ragione lei, amico" afferma Waldo, con la sua voce più minacciosa (che, per essere onesti, suona un po' come se stesse facendo un'imitazione di Cookie Monster). "Faresti meglio a smammare."

Lo sconosciuto incurva il labbro superiore, guardandolo. Se è consapevole di quel coltello, non lo dà a vedere. Un'altra vittima dell'avvelenamento da testosterone, senza dubbio.

"Smammare?" Guarda di nuovo me. "Dove hai trovato questo Waldo?"

Ok, basta così. Sono l'unica autorizzata a fare battute su "Dov'è Waldo?" a spese del mio amico.

Lo sconosciuto sexy ha appena superato il limite.

Spingo indietro la sedia e mi alzo in tutta la mia statura di un metro e sessanta. "Che te ne pare di 'levati dalle palle'? È una scelta di parole migliore per te?"

A questo punto, il panda ringhia contro Waldo: un verso minaccioso, che non ci si aspetterebbe da un cane così carino, per quanto enorme. Mi ricorda una notizia di cronaca a proposito un uomo che aveva cercato di abbracciare un panda allo zoo, per poi finire in ospedale, dopo che l'orso spaventato lo aveva attaccato.

Impallidendo, Waldo posa il coltello sul tavolo. È chiaro che ci siano almeno dieci neuroni, dentro quel suo cranio spesso.

Lo sconosciuto accarezza la testa della bestia con gli occhiali e mormora qualcosa di rilassante in una lingua che sembra dell'est europeo.

Uhm. Non aveva alcun accento, quando mi parlava, ma l'inglese dev'essere la sua seconda lingua. Altrimenti, non si sarebbe rivolto ai cani in quell'idioma straniero.

Merda! Con la fortuna che abbiamo, il figo sarà un mafioso russo.

"Siediti" sibilo a Waldo e, con mio sollievo, lui obbedisce.

Mi correggo: venti neuroni.

I bellissimi occhi dello sconosciuto vagano sul mio viso, prima di stringersi di nuovo. "Tu non sei Holly. Lei è gentile." Un accenno di quel sorrisino malizioso gli torna sulle labbra, mentre la sua voce si fa più profonda. "Invece, *tu* sei birichina."

Questo è quanto. Niente più Prestigiatrice Affabile!

Mi avvicino lentamente a lui.

Anche se... forse, non è una buona idea.

Adesso che gli sono più vicina, mi rendo conto di quanto sia alto. E con le spalle larghe. I cani giganti mi avevano confuso la prospettiva, creando l'illusione visiva che il loro padrone fosse di dimensioni normali. Non lo è. Peggio ancora, ha un profumo divino, come di onde marine miste a qualcosa di ineffabilmente maschile.

Un trucco di magia in queste condizioni metterà alla

prova tutta la mia abilità.

Aspettate! I cani si arrabbieranno, se mi avvicino così tanto?

Come se mi leggesse nel pensiero, lo sconosciuto impartisce un comando severo e le bestiole si accucciano timidamente dietro di lui.

Quel comando serviva forse a invogliare *me* a comportarmi come una brava cagna obbediente? Perché, in un certo senso, ne ho voglia.

No, col cavolo! Mi atterrò al mio piano, che richiede di arrivare a distanza di borseggio.

"Vuoi vedere quanto so essere birichina?" gli chiedo, con la voce più sensuale che riesco ad avere.

È normale che i suoi occhi si riducano a due fessure, come se fosse un leone?

"Quanto birichina, *myodik*?" mormora lo sconosciuto.

Ha appena detto "my dick" (il mio cazzo)? Ma no! Era una parola in quella lingua che usava con i cani, qualunque fosse. Comunque, il suo cazzo adesso è saldamente nei miei pensieri, il che non facilita la situazione di sovraccarico ormonale.

Scacciando via le immagini a luci rosse, mi lecco intenzionalmente le labbra. "Ti ruberò il portafoglio. Oppure l'orologio. A te la scelta."

La presunta scelta serve a depistarlo, ovviamente. Il mio vero bersaglio non è nessuna di queste due cose, ma non c'è bisogno che lui lo sappia.

Le sue narici si dilatano, mentre gli cade lo sguardo sulle mie labbra. "Si chiama rubare, se mi avverti?"

Se potessi dimenticare le mie preoccupazioni

riguardo ai germi e considerare di posare le mie labbra su quelle di qualcun altro, lo farei ora. È l'impulso più forte che abbia mai provato.

"Che c'è?" gli chiedo senza fiato. "Hai paura?"

Si dà qualche pacca sulla tasca destra dei jeans. "Che ne dici di rubarmi il portafoglio?"

Faccio un respiro calmante. "Grazie per avermi mostrato dov'è."

Prima che lui possa rispondere, scavo in quella tasca. Mi serve un notevole depistaggio, per ciò che sto davvero cercando di rubare.

Per le sopracciglia di Houdini! È quello che penso che sia?

Eh già! Non ci si può sbagliare. Mentre gli sfioro il portafoglio con le dita guantate, percepisco qualcos'altro dietro il tessuto dei pantaloni.

Qualcosa di grande e molto duro.

Beh, qualcuno è estremamente felice di essere borseggiato.

Forse stava *davvero* dicendo "my dick", prima?

Faccio del mio meglio per sostenere il suo sguardo e non schiarirmi la gola, improvvisamente secca. "Riesci a sentire che lo sto rubando?"

Mentre parlo, armeggio con la sua cintura per slacciarne la bella fibbia: quello è il mio vero obiettivo.

Le sue palpebre si abbassano e la sua voce si fa più profonda. "Le tue dita agili sono esattamente dove le desidero."

Merda! Tra i miei guanti e il suo assurdo sex appeal, sto avendo qualche difficoltà con la fibbia.

No, non posso farmi beccare. Sarebbe come rivelare

un segreto magico: il più grande tabù che io possa immaginare.

"Queste dita?" gli chiedo con voce vellutata, mentre accarezzo delicatamente la sua erezione attraverso gli strati di tessuto, usando il diversivo creato da questa mossa da zoccola, per tirare più forte la fibbia con l'altra mano, aprendola finalmente.

Mi piacerebbe vedere David Blaine fare *questo*.

Il gemito basso e gutturale dello sconosciuto è animalesco (e mi fa venire i capezzoli così duri, che mi sembrano sul punto di rivoltarsi!). Ora, sembra un leone che sta per spiccare un balzo.

Deglutendo, tiro fuori la mano dalla sua tasca e cerco di rivolgergli un sorriso subdolo. Invece, mi esce vacillante. "Ho cambiato idea. Ti ruberò l'orologio."

Gli afferro il polso e glielo stringo forte, mentre tiro fuori la cintura con l'altra mano.

Sì! Ce l'ho fatta. Nascondendomi la cintura dietro la schiena, metto il broncio, guardandogli l'orologio. "Ripensandoci, credo che ti lascerò tenere i tuoi effetti personali."

Lui sembra trionfante, probabilmente convinto che il suo sex appeal abbia sconfitto le mie abilità di borseggiatrice. Dato che ci era quasi riuscito, non posso biasimarlo per averlo pensato.

Indietreggio con cautela. "Oh, a proposito, hai perso questa?"

Gli mostro il mio premio.

Sgranando gli occhi, sposta lo sguardo avanti e indietro tra la mia mano e i propri pantaloni.

"Come?" chiede.

La domanda è musica per le mie orecchie.

"Estremamente bene" rispondo, ma non riesco nella mia solita spavalderia.

Lui tende la mano, per riprendersi la cintura. "Sei una donna pericolosa."

Mentre avanzo verso di lui per restituirgliela, due cose accadono simultaneamente.

Il panda cerca di attirare nuovamente la sua attenzione, tirandogli la gamba sinistra dei pantaloni. Non volendo essere da meno, il koala fa altrettanto sulla gamba destra; solo che, stavolta, non c'è più la cintura a sorreggere i pantaloni, che scivolano giù.

Giù fino in fondo.

Porca. Vacca.

La più grande erezione nella storia dei falli spunta fuori e (anche se potrebbe trattarsi della mia immaginazione) ammicca verso di me.

È stato senza mutande per tutto questo tempo?

"My dick" sul serio!

Fisso quell'enormità a bocca aperta. Anche se l'ho tastato e ne ho percepito le dimensioni, mentre frugavo nella sua tasca, non l'avrei mai immaginato così.

Liscio. Dritto. Deliziosamente venoso. Praticamente, implora di essere toccato, succhiato o leccato... ma non posso farlo, per motivi che sono difficili da ricordare, in questo momento.

Per portare in giro un pistolone come quello, dovrebbe essere richiesto il porto d'armi! E anche una licenza per usare macchinari pesanti. E una licenza di caccia. Forse, persino una licenza di uccidere, in stile 007...

Dietro di me, sento Waldo sussultare. Poverino! Scommetto che persino *lui* è pronto a mettersi in ginocchio per un assaggio (e, a quanto ne so, è etero).

Non riesco a distogliere lo sguardo.

Se quel cazzo fosse una bacchetta magica, sarebbe uno dei Doni della Morte: quello che Voldemort brandisce alla fine. E se fosse una banana, sarebbe lo spuntino delle dimensioni giuste per King Kong.

Lo sconosciuto dovrebbe diventare rosso per l'imbarazzo e cercare di coprirsi; invece, un sorrisino presuntuoso gli solleva gli angoli delle labbra. "Ti piace quello che vedi?"

Eccome! Talmente tanto, che vorrei tirare fuori il cellulare e scattarmi un selfie con lui.

Con mia enorme (e intendo proprio *enorme* delusione), si tira su i pantaloni. La sua voce è roca. "Come ho detto: birichina. Molto birichina."

Strappandomi la cintura dalle dita prive di forza, se la infila di nuovo nei pantaloni e si allontana con i cani, lasciandomi lì, a bocca aperta.

"Riesci a credere a quel tipo?" mi chiede Waldo, da qualche parte in lontananza, con tono indignato.

No, non ci riesco.

Non riesco a credere a ciò che è appena successo, punto.

Tutto quello che so è che questo non era ciò che avevo in mente, quando ho deciso di prendere per i fondelli quel ragazzo.

———

Per maggiori informazioni, iscrivetevi alla mia mailing list delle nuove pubblicazioni sul sito www.mishabell.com/it/.

Estratto de Il Titano di Wall Street

DI ANNA ZAIRES

Un miliardario che vuole una moglie perfetta...

Il trentacinquenne Marcus Carelli ha tutto: ricchezza, potere e il tipo di look che lascia le donne senza fiato. Un miliardario che si è fatto da sé, dirige uno dei maggiori hedge fund di Wall Street ed è in grado di affossare le grandi società con una sola parola. L'unica cosa che gli manca? Una moglie che sarebbe una grande conquista come i miliardi sul suo conto bancario.

Una gattara che ha bisogno di un appuntamento...

Emma Walsh, impiegata ventiseienne in una libreria, è rinomata per essere una gattara. Non è esattamente d'accordo con tale valutazione, ma è difficile negare la realtà dei fatti. Vestiti logori ricoperti da peli di gatto? Ce li ha. Ultimo taglio di capelli professionale? Più di un anno fa. Oh, e tre gatti in un piccolo monolocale di Brooklyn? Sì, ha anche quelli.

E sì, non frequenta un ragazzo da... beh, non riesce nemmeno a ricordarlo. Ma quella parte può essere corretta. Non è a questo che servono i siti d'incontri?

Un caso di errata identità...

Un'elegante organizzatrice di incontri, un'app di incontri, un fraintendimento che cambia tutto... Gli opposti possono attrarsi, ma può durare?

––––––

Inspirando profondamente, entro nel ristorante e mi guardo intorno per vedere se Mark sia già lì.

Il locale è piccolo e accogliente, con dei separé disposti a semicerchio attorno a un bancone. L'odore del caffè tostato e dei prodotti da forno mi fa venire l'acquolina in bocca e borbottare lo stomaco per la fame. Avevo intenzione di optare solo per un caffè, ma decido di prendere anche un cornetto; il mio budget dovrebbe bastare.

Solo alcuni séparé sono occupati, probabilmente perché è martedì. Esamino le persone, alla ricerca di chiunque possa essere Mark, e noto un uomo seduto da solo al tavolo più lontano. Non sta guardando nella mia direzione, quindi tutto quello che posso vedere è la sua nuca, ma ha i capelli corti e castano scuro.

Potrebbe essere lui.

Raccogliendo il coraggio, mi avvicino al séparé. "Scusa" dico. "Sei Mark?"

L'uomo si gira verso di me, e il battito schizza nella stratosfera.

La persona davanti a me non assomiglia affatto alle foto sull'app. Ha i capelli castani e gli occhi azzurri, ma questa è l'unica somiglianza. Non c'è nulla di arrotondato e timido nei lineamenti duri dell'uomo. Dalla mascella d'acciaio al naso simile a un falco, il suo viso è audacemente virile, con una sicurezza di sé stampata sopra che rasenta l'arroganza. Un accenno di barba gli copre le guance magre, facendo risaltare ancora di più gli zigomi alti, e le sopracciglia sono spesse strisce scure sopra i suoi penetranti occhi chiari. Anche seduto dietro il tavolo, sembra alto e potente. Le sue spalle sono larghe un chilometro nel completo cucito su misura, e ha le mani due volte più grandi delle mie.

Non è possibile che questo sia il Mark dell'app, a meno che non abbia trascorso un bel po' di tempo in palestra da quando sono state scattate quelle foto. Potrebbe essere così? Una persona potrebbe cambiare così tanto? Non ha indicato la sua altezza nel profilo, ma avevo ipotizzato che l'omissione significasse che non fosse un gigante, come me.

L'uomo che sto guardando non è affatto basso e sicuramente non indossa gli occhiali.

"Sono... sono Emma" balbetto, mentre l'uomo continua a fissarmi, con volto duro e imperscrutabile. Sono quasi certa che sia la persona sbagliata, ma mi sforzo di chiedere: "Sei Mark, per caso?"

"Preferisco essere chiamato Marcus" mi risponde scioccandomi. La sua voce è un profondo rombo maschile, che suscita qualcosa di primitivo e femminile dentro di me. Il mio cuore batte ancora più velocemente e i palmi iniziano a sudare, mentre si alza in piedi e dice senza mezzi termini: "Non sei quella che mi aspettavo."

"Io?" *Che diavolo sta succedendo?* Un'ondata di rabbia offusca tutte le altre emozioni, mentre osservo il maleducato gigante davanti a me. Lo stronzo è talmente alto che devo alzare il collo per guardarlo. "E tu? Non assomigli affatto alla persona nelle foto!"

"Suppongo che entrambi siamo stati ingannati" ribatte, con la mascella stretta. Prima che io possa rispondere, fa un gesto verso il séparé. "Tanto vale che ti siedi e pranzi con me, Emmeline. Non sono venuto fin qui per niente."

"Mi chiamo *Emma*" lo correggo, furiosa. "E no, grazie. Devo andare."

Le sue narici si dilatano e si sposta sulla destra per bloccarmi la strada. "Siediti, *Emma*." Pronuncia il mio nome come se fosse un insulto. "Dovrò parlare con Victoria, ma per il momento non vedo perché non possiamo condividere un pasto come due adulti civili."

Le punte delle mie orecchie bruciano per la rabbia, ma scivolo nel séparé piuttosto che fare una scenata. Mia nonna mi ha insegnato l'educazione fin da piccola e, anche se sono un'adulta che vive da sola, trovo difficile ignorare i suoi insegnamenti.

Non approverebbe, se dessi un calcio nelle palle a questo idiota e gli dicessi di andare a fare in culo.

"Grazie" dice, scivolando sul sedile di fronte a me. I suoi occhi brillano di un azzurro gelido, mentre prende in mano il menu. "Non è stato così difficile, vero?"

"Non lo so, *Marcus*" replico, ponendo particolare enfasi sul nome formale. "Ti conosco da appena due minuti e mi sento già omicida." Offro l'insulto con un sorriso da signora, approvato dalla nonna, e, poggiando la borsa nell'angolo del mio posto nel séparé, raccolgo il menu senza preoccuparmi di togliere il cappotto.

Prima mangiamo, prima potrò andarmene da qui.

Una risatina profonda mi fa sussultare. Con mia sorpresa, il coglione sta sorridendo, con i denti che brillano di bianco sul viso leggermente abbronzato. Niente lentiggini per lui, noto con invidia; la sua pelle è perfettamente uniforme, senza nemmeno un neo in più sulla guancia. Non è bello in senso classico—i suoi lineamenti sono troppo audaci per essere descritti in quel modo—ma è straordinariamente affascinante, in un modo potente, puramente mascolino.

Con mio sgomento, una scia di calore s'insinua nel mio intimo, facendomi stringere i muscoli interni.

No. Non è possibile. Questo stronzo *non* mi sta facendo eccitare. Riesco a malapena a stare seduta di fronte a lui.

Stringendo i denti, guardo il mio menu, notando con sollievo che i prezzi in questo posto sono effettivamente ragionevoli. Insisto sempre per pagare il mio cibo agli appuntamenti, e ora che ho conosciuto Mark—anzi, *Marcus*—non gli permetterei di trascinarmi in un posto lussuoso, dove un bicchiere d'acqua del rubinetto costa più di uno shottino di Patrón. Come ho potuto sbagliarmi così clamorosamente sul ragazzo? Chiaramente, aveva mentito sul fatto di lavorare in una libreria e sull'essere uno studente. Per quale motivo, non lo so, ma tutto dell'uomo di fronte a me grida ricchezza e potere. Il suo vestito gessato gli abbraccia le spalle larghe come se fosse stato fatto su misura per lui, ha la camicia blu inamidata e sono abbastanza sicura che l'elegante cravatta a scacchi sia un marchio che fa sembrare Chanel un'etichetta Walmart.

Mentre prendo nota di tutti questi dettagli, mi viene in mente un nuovo sospetto. Qualcuno potrebbe avermi fatto uno scherzo? Kendall, forse? O Janie? Entrambe conoscono i miei gusti in fatto di ragazzi. Forse una di loro ha deciso di attirarmi a un appuntamento in questo modo—anche se il motivo per cui me l'abbiano organizzato con *lui*, e perché lui abbia accettato, è un enorme mistero.

Accigliata, alzo lo sguardo dal menu e studio l'uomo di fronte a me. Ha smesso di sorridere e sta sfogliando il menu, con la fronte corrugata in un cipiglio che lo fa sembrare più vecchio dei ventisette anni dichiarati sul profilo.

Anche quella parte dev'essere stata una bugia.

La mia rabbia s'intensifica. "Allora, *Marcus*, perché mi hai scritto?" Lasciando cadere il menu sul tavolo, lo guardo storto. "Davvero hai dei gatti?"

Solleva lo sguardo, aggrottando le sopracciglia. "Dei gatti? No, certo che no."

La derisione nel suo tono mi fa venire voglia di dimenticare la disapprovazione di nonna e di dargli uno schiaffo sul viso magro e virile. "È una specie di scherzo per te? Chi ti ha spinto a fare questo?"

"Scusa?" Le sue folte sopracciglia si sollevano in un arco arrogante.

"Oh, smettila di fare l'innocente. Mi hai mentito nel tuo messaggio, e hai il coraggio di dire che *io* non sono quella che ti aspettavi?" Posso praticamente sentire il vapore uscirmi dalle orecchie. "*Tu* mi hai inviato il messaggio, e *io* ero completamente sincera sul mio profilo. Quanti anni hai? Trentadue? Trentatré?"

"Ho trentacinque anni" risponde lentamente, con il cipiglio che riaffiora. "Emma, di cosa stai parlando—"

"Esatto." Afferrando la borsa per una cinghia, scivolo fuori dal séparé e mi alzo in piedi. Insegnamenti della nonna o meno, non cenerò con un coglione che ha ammesso di avermi ingannata. Non ho idea di cosa potrebbe spingere un ragazzo a giocare in questo modo con me, ma non rimarrò qui a farmi prendere in giro.

"Buon appetito" ringhio, voltandomi e raggiungendo l'uscita, prima che possa bloccarmi di nuovo la strada.

Ho così tanta fretta di andarmene che quasi mi scontro con una bruna alta e snella, che si avvicina al ristorante, e al ragazzo basso e grassoccio che la segue.

———

Volete continuare a leggerlo? Visitate www.annazaires. com/book-series/italiano/.

L'autore

Sono l'autore Misha Bell. Adoro scrivere storie umoristiche (spesso del genere inappropriato), con lieto fine (di entrambi i tipi) e con personaggi abbastanza stravaganti da essere definiti strambi.

Se ti piacciono le storie d'amore con una forte componente comica e vibrazioni positive, visita il sito www.mishabell.com/it/ e iscriviti alla mia newsletter.